大雅

为一种品格注脚

拜德雅
Paideia
人文丛书

拜德雅·人文丛书
学 术 委 员 会

声音中的另一种语言

[法] 伊夫 · 博纳富瓦（Yves Bonnefoy）| 著
许翡玎　曹丹红 | 译

广西人民出版社

目 录

- 总　序 -

重拾拜德雅之学

1

中国古代，士之教育的主要内容是德与雅。《礼记》云：“乐正崇四术，立四教，顺先王《诗》、《书》、《礼》、《乐》以造士。春秋教以《礼》、《乐》，冬夏教以《诗》、《书》。”这些便是针对士之潜在人选所开展的文化、政治教育的内容，其目的在于使之在品质、学识、洞见、政论上均能符合士的标准，以成为真正有德的博雅之士。

实际上，不仅是中国，古希腊也存在着类似的德雅兼蓄之学，即 paideia（παιδεία）。paideia 是古希腊城邦用于教化和培育城邦公民的教学内容，亦即古希腊学园中所传授的治理城邦的学问。古希腊的学园多招收贵族子弟，他们所维护的也是城邦贵族统治的秩序。在古希腊学园中，一般教授修辞学、语法学、音乐、诗歌、哲学，当然也会讲授今天被视为自然科学的某些学问，如算术和医学。不过在古希腊，这些学科之间的区分没有那么明显，更不会存在今天的文理之分。相反，这些在学园里被讲授的学问被统一称为 paideia。经过 paideia 之学的培育，这些贵族身份的公民会变得“καλὸς κἀγαθός”（雅而有德），这个古希腊词语形容理想的人的行为，而古希腊历史学家希罗多德（Ἡρόδοτος）常在他的《历史》中用这个词来描绘古典时代的英雄形象。

在古希腊，对 paideia 之学呼声最高的，莫过于智者学派的演说家和教育家伊索克拉底（Ἰσοκράτης），他大力主张对全体城邦公民开展 paideia 的教育。在伊索克拉底看来，paideia 已然不再是某个特权阶层让其后嗣垄断统治权力的教育，相反，真正的paideia教育在于给人们以心灵的启迪，开启人们的心智，与此同时，paideia 教育也让雅典人真正具有了人的美德。在伊索克拉底那里，paideia 赋予了雅典公民淳美的品德、高雅的性情，这正是雅典公民获得独一无二的人之美德的唯一途径。在这个意义上，paideia 之学，经过伊索克拉底的改造，成为一种让人成长的学问，让人从 paideia 之中寻找到属于人的德性和智慧。或许，这就是中世纪基督教教育中以及文艺复兴时期，paideia 被等同于人文学的原因。

2

在《词与物：人文科学考古学》最后，福柯提出了一个“人文科学”的问题。福柯认为，人文科学是一门关于人的科学，而这门科学，绝不是像某些生物学家和进化论者所认为的那样，从简单的生物学范畴来思考人的存在。相反，福柯认为，人是“这样一个生物，即他从他所完全属于的并且他的整个存在据以被贯穿的生命内部建构了他赖以生活的种种表象，并且在这些表象的基础上，他拥有了能去恰好表象生命这个奇特力量”[1]。尽管福柯这段话十分绕口，但他的意思是很明确的，人在这个世界上的存在是一个相当复杂的现象，它所涉及的是人在这个世界上的方方面面，包括哲学、语言、诗歌等。这样，人文科学绝不是从某个孤立的角度（如单独从哲学的角度，单独从文学的角度，单独从艺术的角度）去审视我们作为人在这个世界上的存在，相反，它有助于我们思考自己在面对这个世界的综合复杂性时的构成性存在。

其实早在福柯之前，德国古典学家魏尔纳・贾格尔（Werner Jaeger）就将 paideia 看成是一个超越所有学科之上的人文学总体之学。正如贾格尔所说：“paideia，不仅仅是一个符号名称，更是代表着这个词所展现出来的历史主题。事实上，和其他非常

1　米歇尔・福柯：《词与物：人文科学考古学》，莫伟民译，上海三联书店，2001，第 459-460 页，译文有所改动。

广泛的概念一样，这个主题非常难以界定，它拒绝被限定在一个抽象的表达之下。唯有当我们阅读其历史，并跟随其脚步孜孜不倦地观察它如何实现自身，我们才能理解这个词的完整内容和涵义。……我们很难避免用诸如文明、文化、传统、文学或教育之类的词来表达它。但这些词没有一个可以覆盖 paideia 这个词在古希腊时期的意义。上述那些词都只涉及 paideia 的某个侧面：除非把那些表达综合在一起，我们才能看到这个古希腊概念的范阈。”[1] 贾格尔强调的正是后来福柯所主张的“人文科学”所涉及的内涵，也就是说，paideia 代表着一种先于现代人文科学分科之前的总体性对人文科学的综合性探讨研究，它所涉及的，就是人之所以为人的诸多方面的总和，那些使人具有人之心智、人之德性、人之美感的全部领域的汇集。这也正是福柯所说的人文科学就是人的实证性（positivité）之所是，在这个意义上，福柯与贾格尔对 paideia 的界定是高度统一的，他们共同关心的是，究竟是什么，让我们在这个大地上具有了诸如此类的人的秉性，又是什么塑造了全体人类的秉性。paideia，一门综合性的人文科学，正如伊索克拉底所说的那样，一方面给予我们智慧的启迪；另一方面又赋予我们人之所以为人的生命形式。对这门科学的探索，必然同时涉及两个不同侧面：一方面是对经典的探索，寻求那些已经被确认为人的秉性的美德，在这个基础上，去探索人之所

1　Werner Jaeger，*Paideia: The Ideals of Greek Culture. Vol. 1*（Oxford: Blackwell, 1946）, p.i.

以为人的种种学问；另一方面，也更为重要的是，我们需要依循着福柯的足迹，在探索了我们在这个世界上的生命形式之后，最终还要对这种作为实质性的生命形式进行反思、批判和超越，即让我们的生命在其形式的极限处颤动。

这样，paideia 同时包括的两个侧面，也意味着人们对自己的生命和存在进行探索的两个方向：一方面它有着古典学的厚重，代表着人文科学悠久历史发展中形成的良好传统，孜孜不倦地寻找人生的真谛；另一方面，也代表着人文科学努力在生命的边缘处，寻找向着生命形式的外部空间拓展，以延伸我们内在生命的可能。

3

这就是我们出版这套丛书的初衷。不过，我们并没有将 paideia 一词直接翻译为常用译法“人文学”，因为“人文学”在中文语境中使用起来，会偏离这个词原本的特有涵义，所以，我们将 paideia 音译为“拜德雅”。此译首先是在发音上十分近似于其古希腊词语，更重要的是，这门学问诞生之初，便是德雅兼蓄之学。和我们中国古代德雅之学强调“六艺”一样，古希腊的拜德雅之学也有相对固定的分目，或称为“八艺”，即体操、语法、修辞、音乐、数学、地理、自然史与哲学。这八门学科，体现出拜德雅之学从来就不是孤立地在某一个门类下的专门之学，而是统摄了古代的科学、哲学、艺术、语言学甚至体育等门类的综合性之学，其中既强调了亚里士多德所谓勇敢、节制、正义、智慧这四种美德（ἀρετή），也追求诸如音乐之类的雅学。同时，在古希腊人看来，“雅而有德”是一个崇高的理想。我们的教育，我们的人文学，最终是要面向一个高雅而有德的品质，因而我们在音译中选用了“拜”这个字。这样，“拜德雅”既从音译上翻译了这个古希腊词语，也很好地从意译上表达了它的涵义，避免了单纯叫作“人文学”所可能引生的不必要的歧义。本丛书的logo，由黑白八点构成，以玄为德，以白为雅，黑白双色正好体现德雅兼蓄之意。同时，这八个点既对应于拜德雅之学的“八艺”，也对应于柏拉图在《蒂迈欧篇》中谈到的正六面体（五种柏拉图体之一）的八个顶点。它既是智慧美德的象征，也体现了审美的典雅。

不过，对于今天的我们来说，更重要的是，跟随福柯的脚步，向着一种新型的人文科学，即一种新的拜德雅前进。在我们的系列中，既包括那些作为人类思想精华的**经典作品**，也包括那些试图冲破人文学既有之藩篱，去探寻我们生命形式的可能性的**前沿著作**。

既然是新人文科学，既然是新拜德雅之学，那么现代人文科学分科的体系在我们的系列中或许就显得不那么重要了。这个拜德雅系列，已经将历史学、艺术学、文学或诗学、哲学、政治学、法学，乃至社会学、经济学等多门学科涵括在内，其中的作品，或许就是各个学科共同的精神财富。对这样一些作品的译介，正是要达到这样一个目的：在一个大的人文学的背景下，在一个大的拜德雅之下，来自不同学科的我们，可以在同样的文字中，去呼吸这些伟大著作为我们带来的新鲜空气。

- 译者序 -

《声音中的另一种语言》由法国瑟伊出版社于2013年出版，这是伊夫·博纳富瓦的一部诗歌翻译论集，收录了二十篇谈论诗及诗的翻译的文章。除与书同名的序言外，其他文章都曾发表于不同场合，包括讲座报告、研讨会发言稿、演讲、访谈以及为其他译者的译著所作的序言等，部分文章在收录时有所改动。在本书中，我们会读到这位诗人翻译家对诗及诗的翻译的特殊性与重要性的阐述，对某些诗歌译作的批评，对译者处境与任务的思考，以及对不同语言的诗歌的独特见解，等等。

博纳富瓦是法国当代最重要的诗人之一，也是著名的艺术评论家、翻译家。我国著名诗人、翻译家树才在2002年出版的《博纳富瓦诗选》译后记中称："从诗、译诗、诗学影响等多个角度来看，博纳富瓦都堪称活着的法国诗人中最重要的一位。”[1]

博纳富瓦1923年出生于法国西部城市图尔。他先后在图尔市笛卡尔中学、普瓦捷大学和巴黎索邦大学受教，专攻数学和哲学，数学的精确性与哲学的深刻性在他的创作生涯留下了深深的烙印。然而，中学时期阅读法国诗人乔治·休奈特（Georges Hugnet）编选的《超现实主义诗歌小集》（*Petite Anthologie poétique du surréalisme*，1934）的经历在他心中埋下了诗的种子，促使他决定于1943年定居巴黎并投身诗歌创作。1945年至1947年，博纳富瓦趋向于超现实主义，结识了保尔·艾吕雅等超现实主义诗人。1947年，他批评超现实主义以超现实取代现实的做法，最终与之疏远。1949年至1953年，他在意大利、荷兰、英国等地游学，在存在主义哲学家让·华尔（Jean Wahl）的指导下研究波德莱尔与克尔凯郭尔。1953年，博纳富瓦出版了第一部诗集《杜弗的动与静》（*Du mouvement et de l'immobilité de Douve*），在法国诗坛一举成名。从1960年起，博纳富瓦在法国、瑞士、美国的多所大学任教。1981年，他当选法兰西公学院教授，开设“诗歌功能的比较研究”课程，成为继瓦雷里之后第二位在法兰西公学院讲学的诗人。2016年7月，博纳富瓦在巴黎逝世，享年93岁。

---

1 伊夫·博纳富瓦:《博纳富瓦诗选》，郭宏安、树才译，北岳文艺出版社，2002，第166-167页。此外，本书中译名也是在树才老师建议下确定的，特此表示感谢。

博纳富瓦一生笔耕不辍。《杜弗的动与静》之后，他出版的多部诗集逐渐形成了独树一帜的创作风格，如《昨日荒漠遍野》（*Hier régnant désert*，1958）、《刻字的石头》（*Pierre écrite*，1965）、《在门槛的圈套中》（*Dans le leurre du seuil*，1975）、《弯曲的船板》（*Les Planches courbes*，2001）等，都是公认的杰作。他的诗已被译为三十余种语言，获得多项大奖。此外，博纳富瓦还撰写了多部文艺批评著作，内容关涉诗歌创作及诗的翻译、艺术史及艺术理论等方面，如《戈雅，黑色绘画》（*Goya, les peintures noires*，2006）、《我们需要兰波》（*Notre besoin de Rimbaud*，2009）等。

值得注意的是，博纳富瓦不仅撰写翻译批评文章，同时也一直在进行翻译实践。他是莎士比亚作品在法国的主要翻译者和研究者。1956 年，他翻译并出版莎士比亚剧作《裘力斯·凯撒》，一年后又翻译出版了《哈姆雷特》，由此开启他漫长的翻译生涯，倾力一生译出莎士比亚戏剧、诗集十余种。此外，他还向法语读者译介了叶芝、彼特拉克、莱奥帕尔迪、济慈、乔治·塞菲里斯等多位著名诗人的作品，并在多个场合讨论了他对这些诗人、诗作及相关译介工作的思考。

迄今，我国对博纳富瓦作品的译介与研究并不多。从译介方面来看，除少量发表于文学期刊或收录于合集的诗歌、散文译作外，正式出版的译本包括诗集《博纳富瓦诗选》（2002）、《杜弗的动与静》（2017）、《弯曲的船板》（2019）和《词语的诱惑与真实》（2019）、随笔集《隐匿的国度》（2017）、诗学论集《红云：论诗学》（2019）等。本书是博纳富瓦诗歌翻译论集的第一种中译本，希望有助于国内读者从翻译诗学这一新的角度，去认识这位世界诗坛巨匠作为诗歌翻译家及翻译思想家的一面。

一、博纳富瓦翻译诗学的基本观念

在多年创作和翻译诗歌的过程中，博纳富瓦逐渐形成了自己独特的诗学与翻译诗学观。他对诗的翻译的本质进行思考，并提出了“在场”、“广义的翻译”等重要概念，下面我们将借助本书来管窥博纳富瓦的翻译思想。

诗的翻译，翻译“在场”

“在场”（présence）是博纳富瓦诗学理论中最为重要的一个术语。由于博纳富瓦将诗的翻译视作诗歌创作的一部分，因而在其谈论诗的翻译的文章中，“在场”诗学的影响无处不在。博纳富瓦的“在场”诗学观认为，“诗歌存在的理由是超越再现、分析、套话，也就是超越关于一切知识的一切话语，抵达时常被观念盗走的感性存在的即时性”[1]。这种“感性存在的即时性”

1　Yves Bonnefoy，*La Communauté des traducteurs*（Strasbourg：Presses Universitaires de Strasbourg，2000），p.28.

即是他所说的“在场”。

对于“在场”，博纳富瓦虽然没有进行明确的界定，“但他在不同场合指出‘在场’是幻觉、形象、表征、梦境、幻想、彼岸……的反义词，它是生存，是存在，是有限性，是即时性，是此在”[1]。在《语言，动词，parlar cantando》一文中，博纳富瓦以一棵橡树为例来解释其诗学观中的“在场”理念：科学在研究一棵橡树时，会从这棵树上提炼出研究所需的简单形象，而这棵树本身所具有的丰富特征被剥夺了意义，事物（这棵树）内在的无限性被无视，词典中的词语概念所指称的也正是这种放弃了事物无限性的表象。但从诗的角度去看这棵橡树时，我们会即刻感知到这棵树无限丰富的特征。正是这无限性，偶然地构成了这棵橡树本质上的独特性和绝对性。如果我们直接说出“树”，并且不让这个词与我们的生活产生关联，此时，“树”这个词产生的是词典向我们呈现的具有普遍性的概念化形象。而当我们指着眼前某一棵特定的树说出“树”时，虽然使用的是同一个词，但我们通过这个词直接联想到的是更为具体、繁复、独特的一棵树，于是，“树”这个词在我们心中只代表这一种“在场”，并在此后保留它直接指示这一“在场”的能力，即便我们不再看到这棵树，甚至忘却了大部分关于它的感知，但我们仍然保留了关于这棵树与众不同的“在场”的记忆。

1 曹丹红：《诗意是翻译中不会失去的东西：兼评伊夫·博纳富瓦的翻译诗学》，《外语教学》2015 年第 6 期，第 94 页。

“在场”就是事物无限性与绝对性的融合，是词典中概念性词语的对立面。它体现了博纳富瓦的诗歌创作理念，即通过以简单质朴的语言叩问事物在此时此地直接呈现之真实的方式，来“反映现实生活，寻找世界当下的呈现”[1]。而对于诗与“在场”的关系，《但丁与词》一文是这样解释的：“诗是一项行动。不是话语、表达或言说，而是一项永远在进行中的行动，试图使陷于涵义之中的词语能够重新指出拥有完整在场的人事物，在场是这些人事物被表达出来的内在性。”博纳富瓦由此赋予诗一项十分重要的使命，那就是拯救“陷于涵义之中的词语”，令后者能够指出人事物的完整“在场”。

翻译诗，翻译诗歌，就是翻译“在场”。既然诗的使命是反映“在场”，那么肩负着译诗使命的译者首先要做的，不应是徘徊于诗歌字面上的涵义或形式，而是通过倾听词语的音响与节奏，在自身存在经验的帮助下，重新经历原诗的“在场”。翻译只是重新开始的诗，诗歌译者，或者说诗人译者，在重新经历原诗的“在场”之后，根据自己的“在场”经验，在自己的语言中重新构建“在场”。也许这番构建之后，其结果从形式上看起来与原作并不对等，但由于“在场”及“在场”经验的普遍性，这样的译作反而能更多地保留原诗的诗意。

1　李建英：《反映“在场”，诗歌不可终结的使命：博纳富瓦诗学研究》，《外国文学评论》2018 年第 1 期，第 198 页。

广义的翻译

“广义的翻译”是博纳富瓦在本书提及的另一个重要概念。《广义的翻译》一文指出：“在发现一首诗和决定翻译它之间，以及在接下来的工作（这工作似乎只能生产出几页纸的文字，大多数情况下被等同于翻译）中，会发生很多我们想象不到的事。［……］它们是真正的翻译，是深入、包围、超越表面的翻译的东西。”博纳富瓦将这些“真正的翻译”称为“广义的翻译”。博纳富瓦所定义的“广义的翻译”扩大了“翻译”的范围，在他看来，“翻译不仅仅是译者为结束任务，最后不得不同意拿出的文本［……］它是思考与决定的总和”。也就是说，“广义的翻译”的范围不仅不止于语言的转换过程，甚至不止于乔治·斯坦纳“理解即翻译”的阐释过程，因为上述“思考与决定”涉及的不仅是翻译或理解的过程，它们还会“从不同的意识层面影响译者的生活，更影响译者自己的作品”。换言之，“广义的翻译”还包括译作之外的、译者以诗人身份创作的其他作品，毕竟这些创作或多或少都会受到诗人先前的翻译活动的影响。同时，诗人译者在进行翻译活动时所作出的很多选择会受到自身创作经历的影响，其结果可能会由于在形式上不同于原作而饱受诟病，但这样的“背叛”也被博纳富瓦纳入“广义的翻译”。简言之，博纳富瓦将诗的翻译与诗歌创作视为一体，因此认为在阅读或批评诗的翻译时，应将个别的译作放到译者整体的作品（不仅包括翻译，还包括创作）中去考察，分析其与译者其他作品之间的关系。这也是为什么博纳富瓦视波德莱尔和马拉美对爱伦·坡作品的翻译为“完美的翻译”，尽管它们常常被认为是不那么忠实的改写。

在博纳富瓦这里，“广义的翻译”与我们通常所理解的不太相同，它体现出诗的翻译之于诗人译者的重要性。一方面，诗的翻译会影响诗人译者的创作甚至生活，而发生了改变的诗人译者又会在翻译中有新的发现：翻译的“益处更多地体现为一种质疑的决心和坚持”，在两种语言的间隙之间，翻译使译者更能看清文本中真正诗性的东西，从而对概念化言说提出质疑。译者有时能够通过翻译与作者对话，在作者的生活或作者其他的作品中寻找其词语关于“在场”的记忆。这也将是译者与自身思想的对话，通过反思，译者能够“更好地察觉概念化再现与在场经验之间的过渡”。另一方面，即便是博纳富瓦，也承认诗是不可译的，但由于翻译工作中呈现的语言差异使译者更好地意识到应当对概念化言说投去批判的目光，译者反而会被诗的翻译计划以及诗中的不可译因素激起成为诗人的使命感，或者增强作为诗人的使命感，从而更有意识、更有效地成为诗人。肩负诗人使命的译者开始用全新的目光去更好地观察诗歌的类型，理解创作的道路，对诗歌、诗学进行进一步的思考，在变得更为“诗人”的同时，他也能够成为批评家，成为诗歌的思想者。

“广义的翻译”这一概念，从诗的翻译与译者创作的相互影响来看，还体现了博纳富瓦对某个诗的翻译标准的强调，这一标准便是“经验的融合重于形式的对等”[1]。在博纳富瓦看来，诗的翻译尤其不应拘泥于形式上的忠实，而应看重译者能否在译作中反映原诗的“在场”经验。在《广义的翻译》一文中，博纳富瓦向波德莱尔和马拉美的翻译活动致以敬意，因为他认为他们对爱伦·坡作品的翻译正是这种经验融合的代表。首先，两位诗人面对爱伦·坡的诗歌——比如《乌鸦》，放弃了诗歌形式而采用散文形式进行翻译。这种选择很容易遭到批评甚至攻击，但博纳富瓦却认为两位诗人如此翻译《乌鸦》，是“一种向自我的回归，回到自我的最深处，后者内在于一切诗歌欣赏中”。“回到自我的最深处”体现了“译者主体与原文表达的经验融合［……］从整体看，形式的连贯最终还是要依靠经验的连贯来支撑”[2]。其次，从博纳富瓦对“广义的翻译”的定义来看，对于波德莱尔和马拉美的翻译，“我们确实应该将它们视作对爱伦·坡诗歌的翻译，甚至是真正的翻译”，真正的诗的翻译应该具备的品质不会出现在那些“翻译而不投入，翻译而不斗争，有时甚至可以说翻译而不自我拒绝”的译作中。“真正的翻译是译者投入和克制的产物，投入自我经验，克制

---

1 曹丹红:《诗意是翻译中不会失去的东西:兼评伊夫·博纳富瓦的翻译诗学》,《外语教学》2015 年第 6 期，第 96 页。

2 同上，第 96-97 页。

自我令他者经验显现，如此才有可能达到经验的融合。”[1]

二、博纳富瓦翻译思想的重要启示

对诗的翻译的本质认识促使博纳富瓦在不少翻译问题上提出了独特的见解。我们将选择“翻译与涵义”和“翻译与差异”这两个问题进行讨论，首先是因为任何翻译实践及理论思考都无法回避这两个问题，其次是因为历史上有很多学者从不同角度对这两个问题进行过讨论，而博纳富瓦通过自己的翻译经验所提出的看法即便不是与这些学者背道而驰，至少也可以说是与众不同。他的观点的独特性促使我们从新的角度对翻译中的“涵义”、“差异”等问题进行新的反思。

翻译与涵义

涵义（signification）之于翻译的重要性毋庸置疑。涵义通常被认为是翻译的出发点，而对涵义的再现是翻译的最高任务。博纳富瓦并不反对这种观点，因为他指出概念性的涵义网络是“文学活动尤其小说创作的素材”，而一般的文学翻译任务的确在于传达文本的涵义。只不过，博纳富瓦也认为，不应将诗的翻译等同于一般的文学文本翻译，因为在诗歌中，“涵义根

1　曹丹红：《诗意是翻译中不会失去的东西：兼评伊夫·博纳富瓦的翻译诗学》，《外语教学》2015 年第 6 期，第 97 页。

本不是一首诗的构成要素［……］诗歌只有超越涵义的界限才能存在，才能获得真正的价值”。

这首先是因为涵义产生自人们所熟知的“日常”言语。《语言，动词，parlar cantando》是这么解释的：“‘日常’言语依赖的是概念性思考。我们要讨论我们周遭的事物，以及影响我们活动的事件。为此，我们需要注意到存在于这些事物的某些特征，我们能够将其中一些特征与另一些相对照，从中推论出一些预测，甚至总结出一些规律。在经验中对这些特征进行筛选，认识便开始于此。这些特征应该有个名称，它们被称作概念，借助概念，我们能创造被我们称为涵义的一切。”诗歌经验显然与此不同。诚然，对言语的诗性运用并不能完全摆脱概念与涵义，但涵义无论多么有必要，它始终是一种障碍，阻碍着我们对“在场”直觉的感知。相比之下，受音色、韵律与节奏支撑的词语才是诗人所用的材料，由此创作出来的音乐令诗人与属于梦境的涵义拉开了距离，遇见真实的“在场”，意识到被概念性“自我”压制的“我”。译者若要译诗为诗，便不应该停留在文本材料之上，他首先需要关注的应该是“诗歌音乐的节奏、音响材料的热情”，单纯在形式上照搬原作会压制译者的自发性。因此，要翻译诗歌，译者要进入诗句的音乐中，“只能使用在生存处境中重新淬炼过的词语”，面对多元涵义的圈套，译者应体验诗人保存诗意的经验，实现“我”对“自我”的超越。

那么要如何僭越涵义呢？博纳富瓦在《涵义与诗》中指出，“学习别样地行动，别样地思考，首先重新找回那些象征性的指示，令它们在接近即时性时重新获得色彩与形式”。因此，诗要尽量少用普通的涵义，以别样的行动和思考穿透涵义，探究涵义背后词语所指的真实“在场”。诗句音响的运用便是这别样的行动的一种方式，博纳富瓦指出，许多诗歌对音响的运用并不是为了像歌曲那般实现音乐的协调，而是更多地在暗中破坏词语的所指，僭越词语的概念性涵义，削弱涵义的力量，从而呈现一个充满真实“在场”的世界。

诗肩负着僭越涵义、反映“在场”的任务，这也赋予了诗歌译者同等甚至更为艰难的任务：“译者的任务不是捕获涵义，而是重新穿越涵义的灌木丛，走向被它阻挡在外的一切。译者必须记住，在最理想的情况下，涵义也只是对本质的模拟。因此译者不应该模仿最终迫使诗人投降的涵义，而更应该重新体验在这一失败面前趔趄的诗歌词语的激情。”译者想要翻译某部作品的计划拉近了译者与原作者之间的距离，这段距离既由文本涵义承载，又受到涵义的阻碍。译者不同于普通的读者，翻译的计划使他在与文本相遇时，能够时时驻足、停留、回望，由此召唤词语包含的所有意义，体会到词语在成为诗时所具有的激情，由此踏着原作者的道路再次跨越涵义的藩篱，走向被涵义“阻挡在外的一切”，与他所要翻译的作者达到真正的心灵相通。

对涵义与诗的翻译之关系的认识促使博纳富瓦在另一些问题上也持有独特见解，比如对巴别塔神话的理解。在博纳富瓦看来，所谓巴别塔之前人类的唯一共同语言是不存在的，但这种对唯一语言观的否定并没有导致对翻译可能性的否定，因为他认为，使用不同语言的人类是拥有共相的，这共相不在于所谓唯一共有的语言，而在于所有人类都能感知到的，存在于大地各处、生活各处的重要形象，是唯有通过诗的话语才能回想起的、唯有透过概念性涵义的面纱隐约瞥见的“在场”。正是由于一切人类所共有的这种对“在场”的体验，翻译，诗的翻译，具有了可行性。如果译者只借助概念性涵义，就会止步于普通的文学翻译；而如果译者能够借助于超越概念的“在场”，便有可能抵达作品的诗意，获得想要成为诗的翻译。

再如对想象与翻译之关系的理解。我们通常认为，诗歌、诗意是富于想象的（比如超现实主义诗歌）。博纳富瓦对此却有不同的看法，他认为，一般文学翻译与诗的翻译之间存在着一条分隔线，这条分隔线便是涵义，因为“涵义是想象滋长的极佳土壤”，想象赋予了词语捉摸不定的涵义，涵义与想象造就了一个个富含文学意味的形象，却会破坏诗意。因此，他将科技翻译视为诗的翻译的盟友，科技翻译会尽可能避免主观性，赋予词语尽可能精确的内容，而诗的翻译也始终在努力摆脱捉摸不定的涵义，寻找词语涵义背后独特而具体的真实“在场”。想象体系对诗意造成的困扰始终存在。当原文一边为概念所困，一边努力摆脱概念时，译者所能做的不是彻底摆脱想象的世界，而是尽可能“忠实于原文，用心聆听在文中意味着这场斗争的词语、喻象、感慨”，毕竟诗歌原文想通过词语呈现的，并不是词语在词典中的概念性涵义，而是我们在生活中真实体验到的事物，是这些事物的“在场”。

翻译与差异

翻译是一种跨文化交际活动，翻译因语言文化差异而生，差异是翻译存在的前提，没有差异就无须翻译。因此差异是翻译实践与理论思考中又一个绕不过去的问题。在翻译中如何对待差异？“归化”还是“异化”？“直译”还是“意译”？对于这些问题，古今中外的翻译家与研究者们从未取得过完全一致的意见。

20 世纪以来，借助越来越频繁的翻译活动，我们对世界其他国家、民族文化的认识日渐加深，而这种认识伴随着一种越来越受肯定的思想：对于不同文明之间的差异，对于我们之外的“异”，我们应该尽力去理解、去研究、去充分尊重。博纳富瓦当然不可能否定这种思想本身，但他也认为，诗人译者仅止步于认识、说明文明之间的差异是不够的，他不能放弃普遍性思考，对他者不加批判地予以接受。他同时也对很多人在差异面前机械地表现出的“政治正确”态度提出了质疑。他认为，很多时候人们对差异性的所谓“包容”和“敞开”其实并非一种精神进步，反而是一种“严重的放弃”，因为它实际上是放任他者“自我封闭于历史演变进程中的某种状态”，于自我的发展不利。博纳富瓦将这种“尊重”差异的态度与做法视为一种冷漠的利己主义、一种“种族主义精致的现代形式”，它们把开放性放错了位置。比如，美洲与欧洲在这种利己主义的影响下，美其名曰不干预自由，任由更为贫穷弱小的他者与不幸抗争，却不提供任何帮助。此种情形下，这种不干预又何尝不是一种冷暴力呢？在博纳富瓦看来，如此“尊重”差异其实等于放弃检验和质疑的意愿，与翻译的任务背道而驰。因为翻译这一无止尽的活动，其目的在于通过与原作合作，萃取一种完整的、具有普适性的理性，而理性“有义务检验、质疑一切人类行动”。这“一切人类行动”既包括他者的行动，也包括面对他者的我们的行动，既检验、质疑他者进而接受他者，也以批判的目光审视自我，以更好地存在，更好地思考。“真正的开放性是同情也是批判”。换言之，博纳富瓦强调理性的普遍性，认为以理性目光审视、批判一切文明，令他者与自我真正“在场”，而非以“尊重”差异之名将他者视为猎奇的对象或任意忽略的对象，这才是真正开放地对待他者的途径。

博纳富瓦在自己的诗的翻译实践中也始终坚持以批判的态度审视他者，审视自我。面对翻译中遇到的语言文化差异，他既不忽略它们，也不放任其自流，而是结合自己的“在场”经验，对差异进行一定的干预，进而令他者、令自我更充分地“在场”。比如他在翻译叶芝的诗歌《驶向拜占庭》（Sailing to Byzantium）时，并没有直接按照字面涵义翻译诗歌题目，而是对诗歌题目体现出来的语言文化差异进行了干预，就题目蕴含的神话色彩、在英语语境下呈现深刻内涵的“sailing”一词和法语本身进行审慎的思考之后，将诗歌题目译成“拜占庭——彼岸”（Byzance - l’autre rive）。

也正是因此，博纳富瓦特别看重诗歌创作与诗的翻译。在《译者共同体》的结尾，博纳富瓦强调，在处理差异的问题上，“诗的翻译在今日社会中无疑具有一种有益的功能”：“诗既得益于理性，又服务于理性”，正确进行的诗的翻译能够“突显普遍价值，重新打开理性的场域”。这是因为，一方面，在新的历史时期，以新的言语对伟大的诗歌作品进行复译，有益于重新经历诗歌原作所完成的对“在场”的指称；同时，诗的翻译能够通过不断的复译指明哪些是真正伟大的诗人，哪些是具有批判性的伟大诗歌，帮助我们学会以批判的目光审视过去与现在，更以批判的目光探索未来。另一方面，真正的诗的翻译为读者提供自我反思、自我批评和批评他者的机会，实现对异化与惰性的超越，以理性的态度面对差异，面对“异的考验”。

我们已经看到，在本书中，博纳富瓦以诗人和诗歌翻译家——这两者在他眼里是一回事——的身份提出了自己独特的翻译诗学观，为我们思考诗歌创作与诗的翻译带来了新的视角。这一翻译诗学观——我们避免使用“诗学理论”一词，因为博纳富瓦本人很反对“理论”——对“广义的翻译”、涵义、复译、理性等概念，都提出了与众不同又不乏启发性的见解。

总而言之，在博纳富瓦看来，诗，我们在声音中触及的另一种语言，是存在僭越概念性日常言语，书写生命真实“在场”的语言，诗的语言不同于世上其他一切语言，它斟酌词语，倾听节奏，“一首诗歌（poème）的诗（poésie）以一种声音（voix）的方式走向读者”。诗的翻译是可能的，但不同于其他任何翻译，只能以独特的方式进行：“诗歌唯一需要忠实的是‘在场’”[1]，译者要保留诗意，便要倾听词语的音乐，重新经历诗人用声音勾起的关于“在场”的记忆，用自己的语言和存在经验去重构、去分享原诗的“在场”。诗的翻译应当受到重视，通过诗的翻译，处于两种语言间隙的译者和另一种语言的读者能够对虚幻的概念性言语提出质疑，在进一步自我批评的同时重新思考与异的关系，从而探寻真实的生活与场所，与自己真实的信念相遇。

1 曹丹红：《诗意是翻译中不会失去的东西：兼评伊夫·博纳富瓦的翻译诗学》，《外语教学》2015年第6期，第95页。

声音中的另一种语言

L'Autre Langue à portée de voix.
Essais sur la traduction de la poésie

声音中的另一种语言

I

有件事每每令我吃惊：有关翻译的思考多种多样，诗（poésie）的翻译问题却始终没有得到应有的正视。所谓应有的正视，也就是从一开始就承认，诗语（la parole en poésie）与其他一切言语存在根本性的差异，因此只能用一种独特的方式进行翻译。同样令我吃惊的是，人们可以一面像安托万·贝尔曼（Antoine Berman）那样，以一种极大的智慧执着于对某些诗歌（poèmes）翻译进行批评，一面却似乎从未想过，要评价在另一种语言中的迁移，首先得思考诗意本身的性质问题。

至于我，我并不怀疑在诗的写作计划中，在诗与词语的关系中，在诗歌文本中，因而也就是在诗歌所要求的翻译中，存在一种特殊的东西。

但是，这番话意味着，我首先要解释清楚我所谓的诗究竟是什么，因为如果不重新界定，我将变得不可理解，尤其因为认同我诗歌观的人并不在多数。但这个一开始就得解释清楚的思想，它并不仅仅决定了我对翻译的思考，因为在艺术活动中，甚至在社会生活的其他领域，严格意义上的诗性直觉都是其他众多行为或行动的起源。我已经在太多场合提到过它，尝试概括它，这里不太想再重复。在本书中，大家会看到不少此类演讲，例如《诗的翻译》一文的开头，或者《语言，动词，parlar cantando[1]》全文。这里仅就两三个问题进行说明，而且由于某个困难的词的不同用法，其中的一点说明显得尤为必要。

这个词，是"言说"（dire）。在很久以前的一次讲座（《译者共同体》，1996 年，阿尔勒）中，我已经谈过诗歌的"言说"，当时用它来指称诗歌的教义，这教义涉及的，是言说着的存在必须与自身建立的关系。为了建立这一关系，存在必须僭越话语（discours），因为概念性思维将认识封存于这话语中，有损于对有限性（finitude）的认知。至少在阅读某些诗歌时，读者会接受命令，思索改变自己生活的可能性，同时也增强了明辨是非与价值的能力；而这正是一种我们可以琢磨的思想，即诗歌一定告诉了我们些什么。这一有关诗人言说的想法其实只是重拾了某个早已成为传统的古老思想。诗歌让人思考，仿佛它想让自己成为思想，并试图自我言说。

但这诗性言说显然无法以某个固定句式的形式出现。历经几个世纪后，其概念已从方方面面得到扩大，最终表现得自相矛盾，比如德语中的"dichtung"[2]一词，没有一个源自拉丁语

1　意大利语，意即以唱歌的方式言说。为避免脚注过多影响阅读，下文出现法语以外的其他语言时，除特殊情况外，均在正文中保留外文，并直接在外文后以括号夹注中文译文。——译注（本书注释均为译注，下文不再一一说明）

2　同时具有诗歌作品、文学作品等涵义。

的概念比这个词包含更多的矛盾。言说，是的，但借助了想象，在神话里碰运气，与寓言眉来眼去，在个人的欲望之上久久停留，这过程产生了与真实的收获同样多的幻觉，有时还是很严重的幻觉。诗的言说，在哪一首诗歌中，诗能找到真正表达它的词语，找到将它写入语言（langue）的言语（parole）？事实上，诗完全抵达自身的行动显然是不可能的，或者至少是无法实现的。而这个事实只能令一首诗歌中被察觉到的一切言说变得可疑，而且，只要人们认为能在某一首特殊的诗歌（poème）中找到诗（poésie），那么上述事实还会令视诗为言说的想法也变得可疑。

是的，诗是对某个真理的揭示。由此观之，如果它完全抵达了自我，那么它将是一种宣言，并将说出这一宣言。但一首诗歌呢？它永远只是各种泛音中的一簇，在这簇音中，纯粹的诗意只不过是其中一个组成部分，有时甚至微不足道。诗歌言说，但它以千万种方式言说，时而身不由己，时而意图明显，有时贫瘠，正如有时满载卑微的日常真理。因此，要听到诗的言说，必须提防自己过分青睐现存无数诗歌言说方式中的一种。我们不会在荷尔德林（Hölderlin）或赖纳·马利亚·里尔克（Rainer Maria Rilke）的诗句中——即便是那些有着箴言外表的诗句——发现表达诗意精髓的真正句式，哪怕仅仅是隐喻意义上的。即使在这些渴望理解诗意精髓的诗人身上，也只能找到某种完全个人化的思想，融合了真正的直觉和某个 18 世纪或 20 世纪头脑中的种种思虑。

II

所以，最好不要过多谈论诗歌的言说，尤其因为另一种语言——我简单地称之为“散文的”（de prose）语言——更明显、更完全地拥有言说的本质。普通言语，即我们用来进行思考、作出反应，也用来做梦的言语，尽管它被直觉或无意识的、未被掌控的表象侵占，它仍被观念、概念和具有概念性定义的形象所组织构造，后者对言语来说必不可少，它促使言语能够认识并控制客体。不过，这些工具产生自集体的决定，只有在不断调整自身以适应集体需求的情况下才是可用的，它们从一开始便被运用于交流和沟通中。因此，在这“散文的”语言中，一切形式都建立在那些以概念性思维为必要组成部分的句式上，这个根本的事实令一切精神活动都处在言说、被建构或被交流的涵义（signification）层面。陈述、描写、提供的信息、提出的问题、联翩的浮想，散文是涵义，我们只能从这个层面去理解这句话，它言说，它为言说而生。这在科学话语中很明显，但在欲望的表达中同样明显，尽管有时从表面看并非如此，因为欲望只有在现实或在想象中倾听另一个人时，通过自己的回音才意识到自身，才具备形式，只有在明白自己的对象是一个被它感受为超验的客体时，它才会从交流中撤退。

有时，散文语言确实预感到，组成它的全部涵义无法把握某些真实或假设的现实，无法把握这种或那种存在模式，而且我不会忘记，那些渴望甚至强烈渴望，甚至狂热渴望成为涵义和言说的话语，它们只有在承认自己所谈论的东西无时无刻不在逃脱它们掌控的前提下，才能意指，才能言说。这是神学家话语中与上帝有关的经验：神学家为这个无法言说的存在那没有被说出的东西命名。散文懂得承认自己的局限。在沉浸于祷告的信徒身上，在街上大声喊出自己的愤怒、传递词语的游行者身上，这一点同样明显。

而这无法被把握的东西，也是某些批评家、哲学家在今天察觉到的东西，他们已接近某个边界，在这个边界处，散文很可能与另一种语言并存。但批评家和哲学家却不懂得去遇见或理解语言的这另一种用法，也就是我一开始就提到的、被我称作诗歌的用法。这些思想家，他们如何对待他们中的某些人——例如莫里斯·布朗肖（Maurice Blanchot）称为文学的东西？他们还记得某些情境，在这些情境中，涵义的巨大网络构成了他们有关世界和存在的意识。这网络是他们使用的散文，它曾在瞬间化为乌有，被清空自身，因为存在一个令人难以忍受的事实，即这一切有一个外在，一个无法被认识的外在，它是永恒地超越我们白昼的黑夜，它摧毁了直至那时确保我们幼稚存在的幻觉。一种对绝对外在的体验，而且这绝对外在无法被忽视，除非我们丧失严肃性。在马拉美（Mallarmé）或乔治·巴塔耶

（Georges Bataille）之后，如果我们不懂如何承受这个事实，或者退一步说，如果我们不承认这个事实，或不检验它的实在性，那么我们就无法追求真理。如果不这样做，我们在面对自己或他人时就会被贴上谎言的标签，而且我们对此无法提出反驳意见。

布朗肖进行了这种检验。他先是作出了某个判断，这判断似乎天生就是为了摧毁人类在宇宙中的印迹能够或试图达成的一切，它首先摧毁了语言。但在作出这样的判断后，他又回到了语言，并认为我们能够——我们应该——继续说话，但目的是尝试说出那超越言说的事件，因为他不认为语言除了生产以被传达、被聆听为使命的涵义之外，还能有别的什么用途。他设想了一种吊诡的、不可能的行动，也就是言说不可说，并用文学来命名某种努力，在这种努力中，他看到了唯一可设想的真理，看到了我们唯一可能性的崇高。如果不重新体验我前面提到的神学家的忧虑（尽管无关任何宗教信仰），文学就无法存在。

III

然而，我们应该看到，这个号称以马拉美以及洛特雷阿蒙（Lautréamont）甚至萨德（Sade）为祖师的计划从实践来看是一项否定的工作，只能通过对幻觉的解构起作用，而幻觉是一切存在的基础。这个言说不可说的计划是对一切事物的虚无性的体察，随之而来的显然是一种必要性：我们必须摆脱快乐、忧伤、希望、迷茫。这些本来是生活的日常，但我们再也无法为它们找到存在的借口。可是，与它们一道，色彩、气味和人类场所的流言也消失了，燥热的傍晚的阳光也不再流连于阳台。这种文学获得了真理，正如物质刺穿事物，暴力在行动中说话，怀疑论取笑奉献及对奉献的回应，然而在生活的某些时候，那些我们很难心甘情愿将其视作虚妄的时刻，我们其实非常渴望奉献。在这执念中，不再有赋予美以意义（sens）的东西，但也不再有恐惧与焦虑的残余，后者尽管是阻碍，却也在希望的伴随下，刺激着崩溃之前的存在方式。也就是说，不再有曾令济慈（Keats）、贾科莫·莱奥帕尔迪（Giacomo Leopardi）、波德莱尔（Baudelaire）心绪不宁的惊惶和陶醉。这种将自己身上看来徒劳无益的一切都清空的书写，用它的滔天巨浪带走了生活渴望从这世上选择的一切，所以看到它对诗歌一无所知，便不足为奇了。

我观察到了这一点，所以——正是这个想法促使我写下这些文字——我作出了如下结论：如果说有对外在的检验，如果说我们已意识到这个由再现和信仰组成的世界的虚幻性（这当然是不应被忽略的事实），那么我刚才提到的作家和哲学家们，他们的所作所为尤其让我们意识到，他们没能从中获得必要的教训。

让我们回到外在开启、起身的瞬间，夜晚就在那，无处不在，人们从睡梦中醒来，恰好看到他们信以为是真理或意义的东西跌落到正裂开的深渊中。在这个可能的时刻，是否真的只能在重新睡去或发出一声尖叫、结束一切希冀之间作出抉择？可是，首先要注意的是，这叫声在语言中没有任何未来。神秘主义者可以——而且他们有充分的理由——尝试将这叫声吸入体内，令它蜕变成意识的极端形式，用一种对虚无的经验去替代一切都无意义的事实。但要达到这个目的，必须将词语从自身割裂，一个接着一个，掏空它们的内容，不仅掏空情感，也掏空观念，总之就是停止说话：形而上的恐惧将占据沉默。可是，“言说不可说”（dire l’indicible），这意味着超越意义，同时仍停留于词语的意义之内，并铭记语言的多样性吗？所有认为在这样做的文本只能被那个阅读它的人合上，因为阅读者是带着自己的忧虑与渴望读书的，他们会利用它、颠覆它，而这个无法遏制的归化进程会令原初的恐惧消失……怎么可能看不到，在借口验证存在的“dark side”（阴暗面）之时，在忧心忡忡的精神面前打开的，仍然是种种消遣性的途径？另外，这种消遣因其欲望和方法而接近宗教话语，后者与其说是对某种超验性的验证，不如说是信仰、神话和虚构，想象着自己能令超验性那不可说的东西显现出来。

IV

然而，在最接近深渊处，可能产生一种截然不同的反应。紧随形而上的恐惧的叫声而来的，可能是重新恢复的冷静，它将毫发无损地走出一切存在塌陷后的废墟，因为尽管它以同样彻底的方式反对显见的事实，但它完全不会否认或歪曲它。从自身意识深处涌上来的决定，它会——请大家注意——在一切事物崩塌之时保持清醒、完好如初。

在另一篇论诗的文章中，我曾提到热拉尔·德·奈瓦尔（Gérard de Nerval）的作品《奥蕾莉娅》（*Aurélia*）中的一个著名片段。诗人在书中喊出了类似“整个世界在夜里”的话，无须怀疑，诗人本人对此必有深刻体验。对虚无的觉察造成了涵义的组织混乱，最好地解释了他精神的紊乱，至少某些日子是如此，在那些日子里，日常生存中的幻想已不足以使他撼动这“在夜里”的分量。那么奈瓦尔在《奥蕾莉娅》即将结尾处的“值得追忆的”这一部分是怎么说的呢？他提到喜马拉雅山，当意义从思想中逃离，思想变成无边的混沌，喜马拉雅山很容易就成为这种混沌状态的隐喻。可是，在一面同莱奥帕尔迪诗歌中那金雀花一般孤独的斜坡上，他看到了一簇勿忘我。然后他写道：“在喜马拉雅山上，一朵小小的花诞生。——勿忘我！——一颗星辰闪烁的目光于某个瞬间停留在它身上，一个用温柔的外语说出的回答被听到。——勿忘我！”

这朵花、这颗星、这“温柔的外语”意味着什么？我的理解是——可能是无意识的，但非常清晰——这意味着刚才提及的决定，或至少是为这个决定所作的准备。因为勿忘我在英语中是“forget-me-not”，这朵花要求关注，将它的呼唤写入了语言，而我们在语言中给予了它一种形象。它的“不要忘记我”重申了诗歌的任务，也即，当致力于达成概念性理解的语言倾向于简单化再现存在与存在物时，诗歌的任务是回忆起这些存在与存在物的全部现实，并在构筑于概念性理解之上的世界崩塌的瞬间，在环绕四周的非存在（non-être）中注意到那朵小花，在它身上看到这一朵花，而非词典所构想的完全抽象的实体。这朵花在这个地方，在这当然虚幻然而努力挣扎着想要成真的存在中，啊，这其中可没什么虚幻的东西，这里的东西是新的，全新的，这是一种新的或者不如说是首个现实的确立。

我们无足轻重，这毋庸置疑。自然搅动我们的身体，就像流水搅动河岸边的沙子，可是我们存在着，存在于我们彼此意识到对方的时空；决定让他者的无足轻重成为一种绝对，我们与这绝对结盟，来面向一种内在而非外在。当我们选择自身周围的一些事物，赋予它们一个名字，使它们成为一种场所，帮助我们继续活下去时，这内在便降临了。这样的决定难道不是现实吗？难道不是唯一可设想的现实吗？难道不是我们可以就存在言说的一切吗？关于存在，因为我们已经拒绝了一切事物、一切场所之中可见的虚无。这一存在，虽说它确实只奠基于确立它的决定，而非神性或元感性（métasensible）的某种支撑，但这种基础已然足够，不是吗？关于绝对，正如他者的现实性在我们存在的时间里是绝对的那样。人类的事实并不是物质性的，正如海难者在遇难的船上作出的共同努力并不是物质性的。可是这事实是存在的。物质可以分解一切它想分解的东西，但意识和意识的决定彻底地逃脱了物质的控制。人的存在只奠基于自身。

我所描述的这一切，显然是语言产生之初发生的事，这是一个奠基性的行动，通过这个行动，符号被人从世界不同面貌的洪流中提取出来，并在无尽的暴风雨中，被献给转瞬即逝的在场（présence）共同享有。在场于是成为存在，获得了人性，确立了一方土地。言语首先是结盟，它作为一个联盟产生，每一次，它都将这盟约与一种存在联系起来，在这存在中，我们作为个人转向了一个他者，令后者成为获选之人，从他所是的去看待他，而不是根据游荡于概念中的有关他的流言：我们把这种激情称为爱，它将简单的称呼升华为专有名词，令言语成为一种呼唤。无论是生命某些重大时刻的投入与付出，还是那些常常给人感觉微不足道、容易被忽略的行动，都请大家明白，每一个举动，在每一次，都为存在奠定了地基。正是仰仗它们，我们得以存在。

V

换句话说，我们应该严肃对待它们，帮它们给所有被它们更新的词语注入活力。它们的事业的危险性，在于分析性思想不停歇的自我封闭，这个简化的世界不懂得分辨物质的存在根基，因而打消了爱的渴望。对于这种渴望，我们不得不重申甚至灌输一个想法，即词语的任务不仅仅在于确立法则、构造精髓，这法则与精髓是花瓶，涵义可能未经人性化便溢出了花瓶，是一团乱麻，其外在随时可能像一捆柴一般着火。

这显然是个沉重的任务。每天发生的那么多事件似乎在表明，人类的交流一旦梦想接触新天地，立即就会出现屠杀、被拔的舌头和被剜的眼睛、有组织的饥荒、无尽的战争：破裂，语言中的深渊，到处都是肉食动物扑向猎物的盲目的跳跃，甚至还有因人类以外的生物所无法了解的不洁愉悦而发生的更糟糕的事。我们不由得认为，使人预见未来、传授死亡这逃不脱的命数——而概念性思考令死亡成为一个谜团——的语言，这一在自身每个末端张开大口的语言，它令说出它的捕食者发狂，给自然的暴力添上饱受幻象折磨的精神的邪恶。在这些条件下，如何否认希望的语言不停地在自我误导、自我欺骗呢？

应该知道这一点，对此我毫不怀疑，假如我想忘记，那么不仅是社会痼疾，还有干涸土地上日渐张大的皲裂、物种的消亡和无数语言的消失都会来提醒我这一点。但这可悲的知识，我能坦白地把它告诉一个即将入睡、要求别人唱歌或讲故事来帮助他迈入夜之门槛的孩子吗？难道不该给他讲些结局美好的故事，跟他说“不，别害怕，要有信心”吗？因为这样至少与失去一切希望的清醒同样真实。无疑，完全属于人类的场所永远无法在宇宙的“selva oscura”[1]中充分拓展自己的林中空地。无疑，但丁（Dante）在《神曲》（*Divine Comédie*）第一歌开头瞥见的“lonza”[2]将不断在半路上挡住灵魂选择的、没有半点星光照明的去路。可是应该这样提出问题吗？存在无法在死亡的森林中获得完全外在的确信，但这确信足以剥夺给此地带来火光的努力的意义吗？

不，恰恰因为唯有意义，唯有通过希望赋予平凡生活的行动与事件以意义的需要，才能阻止这些行动与事件立即且永远地全数毁灭于一种糟糕处境。这处境比动物的互相吞噬还要糟糕，因为语言会将最简单的满足转变成愉悦，世界末日的可怕愉悦。存在哪怕再短暂，哪怕在物质空间中没有未来，人类也完全不该据此推断它没有生活于当下的计划，因为还有可以彼此交换的目光，还可以握手，完全有资格绝望的保罗·策兰（Paul Celan）就想将诗歌等同于一次握手。我们是船上的遇难者吗？让我们表现得就好像知道会有一道堤岸，在我们面前出现。

1　意大利语，出自但丁《神曲·地狱篇》第一歌，意即“黑暗的森林”。

2　意大利语，出自但丁《神曲·地狱篇》第一歌，意即“豹”。

应该承认，这既无信仰亦非幻觉的信心是诗，它的意图、它的首要任务是尽可能将词语从概念的桎梏中解放出来，好让使用它们的男男女女在人生的关键时刻，能够不受词语阻碍，以一种在我看来很自然的方式，随心所欲地去喜欢或爱。在概念性话语中，诗产生自对有限存在的记忆，但概念性话语并不认识这种存在。诗令词语摆脱意指的任务，把它们还给那些在深渊边缘看到勿忘我的人，为这一有关场所的思想、为场所确定存在的思想提供帮助，对此我刚刚已尝试进行了界定。

而这，是与布朗肖从深渊经验中获得的结论完全不同的东西，因为布朗肖的“言说不可说”仍停留于涵义层面。诗反对在话语中确立矛盾修辞法的梦想，它还将布朗肖式写作方法失去的一切还给读者：为了在语言中给非存在让出一个位置，这种写作方法不得不蔑视此时此地的存在，并决定将情感视作幼稚的表现。诗是这一切的反面，它懂得在情感中认出信心，而信心确立了存在，令场所存在。在重新体验这些忧伤、快乐、希望、绝望的同时，诗通过情感的眼睛看到了世界的真实模样，有着自己的色彩，自己的噪音，自己那可能转变成暴风雨的光线，以及自己的夜晚。这些夜晚从来不是虚无的浓墨，它经常是夏夜明亮的阴暗，约翰·济慈常常在这些夜晚倾听夜莺的歌声。

VI

诗进入词语，好为存在的需求和存在的意愿服务。正如济慈那首伟大的诗歌展现的那样，即使在计划进行到如火如荼的程度时，诗人对这计划，对自己坚持下去的能力也并非没有怀疑。在生命的任何时刻，他都只能听到“dark side”的声音，他因而几乎打算放弃他那非常重要的直觉，并祈求十分普通的梦压抑或至少覆盖他的不安发出的永不停歇的声音。

可是，诗中只有这一种斗争，也就是精神与语言的斗争，而斗争中充满了表面看来无法解决的矛盾。产生欲望和爱、想要有所建树的身体有它自己的真理，更为原始，甚至更为肯定。诗句的写作以千万种方式——声音与节奏——躲开明晰的意义，也是它允许身体在语言中被听见，给诗人——无论他多么警觉——提供机会，与他自己身上真实的，然而正被他遗忘的有限性达成一致。诗句中的身体重新确定了精神的中心，甚至扩大了精神。节奏从身体升起，用它们有关即时性与统一性的智慧，支持想变得虚弱的意愿。词语中出现了形象，在思想的不确定性中注入了强心剂一般的感觉确定性。诗又获得生命，同时也揭示出它在诗歌中的场所。

很明显，这个场所一方面是词语，词语是焦虑和希望的对话，是始终受干扰的交流，因为观念化是字词的内在属性，更是句法的内在属性。不过，场所的另一方面，是身体的表达，是激扬起词语的节奏，节奏对词语的滋养比后者所能想象的更多。但节奏当然也有弱化的时刻，此时语言便干扰了原始需求，令欲望受挫。节奏经常是抑扬格，充满了希望所需要的能量，但它也可能破碎、分解，有时又骤然重拾。它可以是一股和谐、宁静的流，是生命深处对某些生存愿望的满足，可是有多少次，即便在最伟大的诗歌中，它看起来也像是紊乱的脉搏，让人能够在其中瞥见一种狂热。

这就是诗，斟酌词语，倾听节奏。所以它并非——重申一下——对某种言说的命名，因为诗人与自身的斗争在任何层面都胜过他自认已获得的信念，其中一种信念有关他主要直觉的可靠性。但诗也不是一个文本、一份语词材料，读者以为它被受挫的希望抛弃，因此有权按照自己的目的去解构它，事实上，令它变得沉重的论争一直没有停歇，这论争刺激着想自我放弃然而逐渐具备形式的写作，无止境地搅动从未平息过的气流。印刷出来的诗歌对诗来说只是一次中断，应该被视作偶然，这是诗人向赞美梦境的艺术美妥协的结果。

所以，诗是超越这个少于它的文本的地平线吗？地平线，也就是少数几个伟大的在场？与那簇勿忘我、与金雀花、与夜莺的歌声、与日落时分在阳台上度过的一小时融合使我们能看到并喜爱这些在场，执着于展现它们，检视它们，哪怕我们会不断迷失其间。树木、河流、丘陵、天地与走在自己道路上的男男女女集合，诗歌于是消失于某个场所的确定性，消失于关于场所的活跃思考中，在这方面，诗歌像极了普桑（Poussin）油画作品中那些有人像的风景画。是的，这就是诗的真相，这就是诗让人在诗歌那人迹罕至的远方瞥见的美：白云之下有着蓝色山脉的隐匿的国度。

然而，时间作用于一切写作，这是生活过的时间，是无法弥补的时间，是无法救赎的时间，是坚定的希冀的时间，这不停歇的忙碌阻止画卷形成持久的形式，因而也就阻止它向读者强加一种固定的形象。诗人曾对某个地方倾注感情，他生活中的变数把它从他那里偷走，于是这所房子，这片灌木丛生的荒地，这几棵橡树，它们不得不退到诗人写作的背景之中，而世界的其他面貌前来索取他的感情。场所的理念留存下来，可是，那个我们意图令其成为通向在场之密码的场所，它始终只是一幅被不断修改的草图，因为绘制出前景中真正形象的是人的手。

所以，什么是诗呢？这次不再从本质看，而是将它视作一种方式，看它那永远无法完成的进程在作品中是否在场，是否可见吗？我斗胆指出，一首诗歌（poème）的诗（poésie）以一种声音（voix）的方式走向读者。

声音，带着它的颤抖，它的狂热，它的平静，或它的高温。诗在词语中展开，它需要借助词语的音响来僭越概念化的东西，但它也从任何词语都无法表现的印象中汲取养分，包括常常呈现为视觉形象的回忆，转瞬即逝的情绪，或无法平息的不安。对自我的这种追寻，简单的写作无法仅通过词语来保留它，它受到一股自下方而来的流的纠缠，这股源流也充满真实，也被由灵与肉共同决定的节奏承载。这种溢出便是声音，它的颤抖直接表达了那不可说的东西。声音，是添加于可言说之上的不可说，是被卷入词语流通之中的词语的声音，是令诗保持其活跃野心的空间，这野心意味着在有关无限性的言语中，重新抓住内在于一切存在物的东西。声音，是言语的艏柱，是言语的前哨，是诗性发明中最活跃的东西。它也是诗人身上的统一性，在这统一性中，诱惑、偏移、幻觉这些诗人的日常被重新整合成最高程度的欲望。

诗人也通过自己的声音来聆听那些最需要诗的人的诉求。批评家阅读波德莱尔，运用不同的方法分析他的文本，于是波德莱尔就散落在他们的书桌上。可是诗的爱好者们听到的，却是《天鹅》（Cygne）和《阳台》（Balcon）作者的声音，不是他真实的声音，因为我们已无法知晓这一外衣，而是诗人的声音，它涌向诗人通常说话时高亢的声音，就像血液激活身体。纪尧姆·阿波里奈尔（Guillaume Apollinaire）录制的《旅行者》（Le voyageur）正是这种声音之中的声音的典范，尽管有滤渣，却仍然是火焰。济慈、莱奥帕尔迪、维尼（Vigny）、奈瓦尔、叶芝（Yeats）的名诗，它们首先是那比词语多一点的东西，这多出来的东西令它们在深处保持一种开放性，对此谁又能予以否定呢？在翻译莎士比亚（Shakespeare）时，又有哪个见证过他诗歌的人不想在翻译中重新经历他的声音呢？

VII

翻译？可能应该更多更好地思考诗中的声音问题，但现在同样重要的是回到诗歌翻译问题，因为在我看来，对声音的思考为解决这一问题带来了新的视角。

诗的翻译考虑的更多是文本中属于诗的成分，而非其中过剩的涵义。特别要思考的是，在其他类型文本的移译遭遇那么多困难后，我们还能想象诗的翻译的可能性吗？例如，怎样做到从一种语言到另一种语言，即从一个概念网络到另一个不同的概念网络，同时又不用另一种思想来取代作者的思想也即直接的思想？这另一种思想有它自己的概念，也就是那种距离感，它只能是对作者思想的评论，是思想的摹仿，它令与即时性（l'immédiat）的或多或少有意识的接触消失，而即使在散文中，作家仍然常常具备这种即时性。

可是，这种受阻的翻译也是一个契机，让我们开始理解什么是诗。因为它有助于我们具体地、事实上是一个词接一个词地估量观念的不对等性。在多种多样的语言中，观念附着于相似的问题或对象，此时能观察到"事物与认识之间的不吻合"[1]，某些译者据此推断，存在一种摆脱概念表征控制的现实：这是存在物的现实，是在场的潜在性。

1 原文为"inadequatio rei et intellectu"，应是博纳富瓦对"adequatio rei et intellectus"的戏仿。后者是托马斯·阿奎那（Thomas Aquinas）对真理的定义：真理便是事物与认识之间的吻合。

与此同时，诗歌无法被简化为涵义的话语，正如我刚才所说，它们是一个声音。由此，诗歌翻译的可行性可能比散文翻译直接、深刻得多。当然，还得假设人们同意重新思考翻译的本质，并在常见情况之外去寻找它，所谓常见的情况，即或多或少的逐行对照和“testo a fronte”（平行文本）。

大家应该还记得，如果一部作品呈现为一种声音，那是因为节奏在其中起到了关键作用。这一连串的长短音节、叠韵、押韵形成了声音，它们可以不借助词语意义被听到，可以在世界各地被听到，正如乐器奏出的音乐，而且与这音乐性质相同：笛子或双簧管接受莫扎特（Mozart）或马勒（Mahler）的思想，正如词语的音响迎接并激活一种沉思的节奏，这节奏，我们可以说它是对“旅行的邀约”[1]。诗语是音乐，它的“parlar”（言说）是“cantando”（音乐），即使文本是用意大利语或任意一种西方语言写成，它在我们法国的土地上也始终是可以触及的。

如果要立即去描绘诗在这个用另一种语言写成的文本中追寻自我的踪迹，上述结论是多么重要的启示！我们发现的节奏照亮了整个行动。让我们紧随哈姆雷特声音中的犹豫不决和重新恢复的平静，这将直捣莎士比亚悲剧的核心经验，也就是哈姆雷特在一个著名场景中重申的经验：看到星空中的火熄灭，

1　原文为“L’invitation au voyage”，也是波德莱尔散文诗集《巴黎的忧郁》其中一首的标题，或译“邀游”。

听到星球的音乐彼此不和谐。这是对非存在的预感，它已经是布朗肖及其他很多人提到的与伟大外在的相遇！和奥菲利亚在一起时，哈姆雷特已尝试通过对临近场所某个生命的承认来确立存在，正如奈瓦尔曾要求的那样（“Forget me not”，女孩也这样说），可是怀疑困扰着他，他无法产生应有的虔诚，很快奥菲利亚将四散花束，而这些花束本来可以成为富有意义的世界之中的象征。五步抑扬格是了不起的工具，它能激活存在的忧思，在被无意义的追求侵害的生活处境中察觉到接纳在场经验的可能性。在叶芝作品中起作用的是同一种或者说几乎同一种诗句。叶芝同样被各种假象的吸引力和一种狂热的再现欲望之间的角力撕裂。

诗句懂得施展它的节奏能力，这是它音韵的秘密来源，那么它为什么能在另外一种语言中，让人与写出诗句的诗人重逢呢？理由很简单。当写作成为声音，世界就不再被视作事物的总和，而是在场的集合。这些在场于是必然成为根本的现实，它们回应生活之基本需求，并由此超越地方语言的特殊性，来到所有存在者共同的领地，在这片土地上，没有人觉得自己是个异乡人。大江、树木、小河、山岳，苍穹下四散的房屋，夜幕时分在阳台哼唱歌曲的内丽娜，身体或心灵的澎湃激情，存在的原型，后者的普遍性尽管始终并且到处受阻，却又是现实的，一旦人们渴望存在，这普遍性便立即重富生机：这一切便是共同财产，不久之前人们还将其称为神性。

基于此，我们存在于世的参照物重新出现。在散文话语中，这些参照物让位于所指的简单组装，而所指在不同国家互不相同，且从来不是完全可译的。但在诗句中、在诗句承载的声音中，参照物具备了普遍性，变得立即可分享。这解释了我们能够追随莱奥帕尔迪那投向孤独的金雀花的目光，或与济慈一起倾听看不见的夜莺歌唱的原因。由于这些被我们与他们分享的参照物，我们能够理解这些诗人的思想，重新经历他们那种将自然事物变成生命场所的方式。其中的每一种方式都是存在意愿的一个密码，而存在意愿是诗意的精髓。

最好的诗不了解在言语最低层次隔离各种语言的围栏。复活的土地存在于我们每个人身上，尽管它像山峰，一面逃离，一面看起来又那么近。既然我们理解，或者更确切地说，既然我们听到了说另一种语言的诗人，那么对他们的翻译岂不是变得可以设想？唯一的要求是翻译对词语的倾听和对节奏的经验与我们想要翻译的诗人处于同一水平。对于习惯阅读一般性译文——也就是那些只考虑转移涵义的译文——的读者来说，这样的翻译可能会具有令人不适的形式。

这一新的翻译的最初时刻实际上将不再是一个智力行动，或者说不再是通过对另一词语意义的思考来选择词语的行动。诗歌译者在一部他所喜爱并且意欲让他人听到的作品中，见证了有关非存在与虚无的经验和存在、建立场所、分享场所的意愿之间的斗争，他只能带着自己的全部生活，参与这呼唤所有人因而也呼唤他本人的追寻。在这一点上，重要的与其说是对对话者所走过的道路的重新描画，不如说是对他构建世界的方式的接受或拒绝。这位诗人翻译家会作出回应，在倾听他者时产生自我意识，抛弃或重新肯定他自己思想中的方方面面，写作，而且是在写作一词最强烈的意义上，也就是向词语中的一切发出召唤，来更新语言。换句话说，没有任何束缚译者的东西，译者无须像在普通翻译中那样，亦步亦趋地贴近文本。反过来，译者很大程度上被要求留在自己的文本内部，在其中，译者展现与自身的关系，译者思考，而打破边界的诗将有可能照亮他。

可是，那个如此与自身相处，同时又受到某部征服他甚至扰乱他心绪的作品指引的人，他会放弃自己的翻译计划吗？他应该还是会继续思考这个计划吧？尽管现在他用的是自己的词语，采撷自他自己的作品，也就是他那由忧虑和思想组成的生活，能够或折射或摹仿或打败然而无论如何都能思考另一位作者的诗或诗学。他太爱后者，因此无法令其成果变得面目全非。不如说，对他而言最自然的虚构能帮助他将他者那里无法被他完全直接理解的东西搬上舞台，以具象法，用形象和象征加以呈现。我想到了写《双重的房间》（La chambre double）的波德莱尔和写《以 -yx 结尾的十四行诗》（Sonnet en-yx）的马拉美，这两首诗中的每一首都以自己的方式，思考了埃德加·爱伦·坡（Edgar Allan Poe）的《乌鸦》（Corbeau）。爱伦·坡是他们的老师，尽管他们并没有自始至终都追随他。在这些反光之上我们还能加上其他反光，它们是对《乌鸦》的背叛吗？不，这是在新的关系或批评之下对爱伦·坡思想的展露，在展露中，诗终于保留了活力，一种声音让人听到自己的声音。用中介的作品来倾听，这是我所谓的广义的翻译。我认为这种广义的翻译有资格在最狭隘的翻译旁边存在。

（曹丹红　译）

诗的翻译

I

朋友们，这些年，我多次关注过诗的翻译问题，到今天为止，我在讨论这个问题时，心里想的往往是那些有待翻译的诗歌，以及为完成翻译任务应该采用的办法。不过这不是我今天的视角。这一次，我想在你们这些翻译家面前，提出一个完全不同的问题：翻译——诗的翻译这一行动的本质，及其对投身这一事业，有时甚至真正执着于此的译者的影响。

实际上，这正是我们这一时代的标志性特征之一。今天，一旦说到诗的翻译，讨论就会热烈起来，有时甚至会出现激烈的争论；在各类书籍或研讨会中，哲学家的投入程度与翻译实践者不相上下。想一想保罗·利科（Paul Ricœur），想一想写《巴别塔之后》（*After Babel*）的乔治·斯坦纳（George Steiner），想一想安托万·贝尔曼，他将自己太过短暂的一生都奉献给了《异的考验》（*L'Épreuve de l'étranger*）、《远方的客栈》（*L'Auberge des lointains*）等无比犀利的著作的撰写，再想一想荷尔德林式的翻译、瓦尔特·本雅明（Walter Benjamin）在《译者的任务》（La tâche du traducteur）中的思辨、皮埃尔·克洛索夫斯基（Pierre Klossowski）翻译《埃涅阿斯纪》（*L'Énéide*）的方法所引起的无穷无尽的思考。这其中体现的，仅仅是解决某个无疑非常复杂的问题的需求吗？仅仅是一种智力上的好奇心？对我来说，在这些争论中，我看到的更是一种希望，这一希望没有意识到自身，或者说表达得不好，因而需要得到我们的理解。

II

不过，首先我特别想指出一点：要以合宜的方式考察诗歌（poèmes）或者说诗（poésie）的翻译问题，我们必须立即着手解决涵义的问题，在这一非常明确的视角下，涵义问题需要获得比一般情况下更为审慎的研究。

有关涵义的思考中有太多不假思索的成分，当牵扯到涵义在诗歌中的位置与角色问题时尤其如此。通常，人们似乎认为，这一位置与角色在诗歌中与在语言的其他应用中没有什么区别。人们这样想也情有可原。对于诗人来说，在他们写作的最幽微处，很多涵义确实具有价值，这是毫无疑问的。因此我们是否应该就此止步，赋予诗歌中的涵义与散文语境中的涵义同等的重要性？这个论断看来似乎并不可疑。为了表明我自己也赞成或者说至少在某种程度上赞成这一观点，我将举两个例子，两首诗的开头，它们一上来就要求翻译这两部作品的译者对涵义问题作出处理。

第一个例子是叶芝的名诗《驶向拜占庭》（Sailing to

Byzantium）。诗歌开头几个词是“That is no country for old men”（那不是老年人的国度）。这句话是有“meaning”也就是有涵义的，它甚至是个“statement”（陈述），而且我们预感这个“statement”会在下文中引入其他论断与决定。而且，从最初这几个词开始，已经存在多少层层叠叠的暗示，多少需要阐释的材料啊！对于这些阐释，智力必须进行筛选，或者至少赋予它们一些秩序。这个指代“no country for old men”的“that”，这个不是老年人的国度的“这里”（ici），它到底是什么呢？是无法容忍衰老的生命本身吗？是西方文明吗？这文明与那些更为古老的文明不同，它已不懂如何给予老年人一个位置，恳请他们发挥他们可能有的智慧。或者说，这个只知道“in one another's arms”（互相拥抱）的“the young”（青年人）的世界，它会不会就是与这首伟大诗歌同时代的爱尔兰？会不会就是这个正处于革命浪潮、梦想全面更新社会的新兴共和国？而在那个时期，叶芝这个自由国度的参议员已经开始变老，即将放弃他的茅德·冈（Maud Gonne）。这几个词，这第一句诗确实提出了一个问题，促使读者进行一种观念性思考，并最终决定诗人心目中拜占庭的确切意义：拜占庭是彼岸，它也许能提供青年人的国度没有的财富。

在这样的回溯与前瞻中，有许多西方的精神向往和形而上想象被揭示出来，成为写作《驶向拜占庭》的叶芝的忧虑。这也是一个证据（尽管这个证据的发现有点偶然），证明诗歌中确实有涵义，而诗歌译者别无他法，只能尝试去理解这一涵义，然后用自己的文本重构一种对原诗作者来说显然至关重要的思想。这样一来，有件事似乎变得毫无疑问：涵义从原文到译文的转移是不可或缺的，对于进行中的翻译行动来说甚至是关系到根本的。正如乔治·斯坦纳在《巴别塔之后》用他自己的方式，借助某个激烈程度耐人寻味的隐喻指出的那样：翻译是绑架，他说，涵义是被人们带回自己军营的美丽俘虏，哪怕需要付出尊重她、向她尽一切礼数的代价。

另一个例子是另一首诗的开头。这个开头尤其意味深长，它乍看之下与某种连贯的思想毫无关系，因为它仅仅是一幅展现夜间乡村景色的画卷。在《节日的夜晚》（Sera del dì di festa）开头，莱奥帕尔迪写道：

Dolce e chiara è la notte e senza vento,

我将这个诗句及之后的几句翻译成：

Douce et claire est la nuit et sans un souffle,
Et paisible au-dessus des toits, sur les jardins
S'est arrêtée la lune, qui désigne,
Sereines, les montagnes...

温柔清朗的是夜，没有一丝风
在屋顶之上，在花园之上，平和地
停驻的是月亮，它指出了，
宁静的，山脉……

倒装句“serena ogni montagna”（宁静的每一座山）在我看来加强了地平线那安宁地呼吸着的稳定与静态。在这里，在这个被唯一一道目光揭示的世界，可以说没有概念，没有理念的载体，只有仅指出事物的词语。然而，这里仍然隐含了一种思想，意识到这种思想的存在至关重要。在这个可见世界受极度关注的瞬间，出现的是这个世界的美；除了这一几乎由词语“dolce”（温柔）、“queta”（平和）、“serena”（宁静）说出的美，仿佛还有一种对幸福的承诺，或者至少是对和平的承诺，从地上升起，甚至随着那简直可以说渴望在这国度停留的月亮的光辉从天而降。

然而，紧随其后而来的“节庆日的晚上”是一声痛苦的叫喊，大自然在这里被指控为埋葬希望的坟墓，它的美也成为一个谜，拦住了某个极度绝望的年轻人的去路。结论？这些词，“dolce”、“chiara”（清朗）、“queta”、“serena”，不再仅仅是风景画家的笔触，它们本身已成为谜样的观念，而精神必须依据这些观念来检验自身的限度。就好像这里的每个形容词——这些词的选择当然不是随意的——都需要在一开始就被细加研究，与关于存在、关于生活的其他判断建立联系。比如说温柔，它从来就只是个海市蜃楼，不是吗？涵义从表面看缺席于这些诗句，实际上它在此非常活跃，仿佛已经是一种思考：那个对自身存在及生存本身提出最焦虑的问题的人的思考。

因此，诗歌中是有涵义的，后者甚至比某些所谓的“散文的”涵义更为复杂；欲望与情绪的思考与社会科学或自然科学的分析性思维具有同等的逻辑和广度。因此我们当然应该翻译这些观念和思考。成为坏译者的其中一种方式是认为诗歌只不过是词语的排列，我们只须复制其表面形象，因为诗歌没有什么要紧的东西要传达。

可是，认识到这一事实并不算什么，因为无论对于涵义在诗歌行动中的确立，还是对于其功能，我们都一无所知。涵义在诗歌中的功能也许完全不同于思想交流，并且超越了思想交流。诗歌中交错的涵义是诗中最清晰且需要译者优先重构的部分吗？还是说，所有涵义只构成诗意空间的一个层面，而诗意完全可以利用与之对立的另一种意识行动，来显示自身的价值？

应该向自己提出这个问题，而且我发现这个问题在目前有关诗的思考中并不常见。为了从一种我认为恰当的视角去提出这个问题，现在起就对什么是诗，什么是真正的诗——诗显然并非话语的某个层面——进行界定，这在我看来是一个好办法。

III

定义诗！真的需要这样做吗？——你们会这样想。人们经常定义诗，结果却总不尽如人意。而且，我们是否还应该自问，定义只能是概念性的活动，注定要背叛一种并非概念性的语言？不过我没有这种顾虑，我会尝试跟大家分享一种有关诗的看法。

我将从某个生活经验出发，这一经验，我们每个人在最日常的生活中都能体验到，跟一切诗歌思想与写作计划还没有什么关系。另外这种经历常出现于童年：在童年的某些时刻，某个事物或某个人来到你面前，身上突然出现被我称为“在场”的东西，也就是他们的存在的密度，以及他们的出现所具备的强度，这密度与强度带有一种绝对的、无可辩驳的明见性，超越了我们那可能会出现的欲望，即将这些事物与这些人简化为对他们本质的确定看法。

这个事物（事物这个词在这种情形下是个贫瘠的词），它可以是树丛后出现的山顶，或林间空地中一株孤零零的橡树，或沟边的一眼泉水，或者仅仅是声音，泉眼十分轻微的流水声。这个人，他可以是逆光中远远望见的一个陌生人，也可以是我们的亲朋好友，但直至那一刻，我们还从未这样看过他。从这些事物与人之中散发出的，是某种显而易见的内在性和统一性，后者无法被简化为概念化理解所获得的一些特征。

事实上，概念从客体中孤立出某种特征，赋予它一个名称，并借助这个名称，将客体安插入与从其他客体提炼的其他特征的关系中，这种关系便是涵义本身。通过这种行动，存在的现实从我们的意识中被取消、抹杀，因为这种现实肯定比这些特征中的每一个，甚至比这些特征的总和都更为丰富。因为概念作梗，对于存在的事物，我们只获得了一个形象。反过来，在在场出现的瞬间，在这个醍醐灌顶的瞬间，被命名的存在或事物抛开了它们的形象。整个现实显现于一种截然不同的光线下，因为此时我们发现，即使最微渺的事物也拥有无穷无尽的侧面，更重要的是，这些侧面都集合于事物之中，彼此缠绕，它们首先吸引的是目光，而非思想。事物就在那，在我们眼皮底下，在它的此时此地中，没有什么能够取代它，具有某种绝对性，而这绝对性是这一刻从注视着它的我们身上冒出来的。一方面，我们明白，我们像它一样是一种此时此地，也就是那“永远不会出现第二次的”东西，正如哪个诗人说的那样。另一方面，在这有限性中，在这非存在中，我们感觉到与世界融为一体，与世界同生同灭，并存在于这个世界。在这些在场时刻淹没我们的情绪由此产生。我们来自一个谜团，从此以后我们成为现实。过去我们什么都不是，现在我们是一切。

我花了很多时间描述这一经验。因为在我看来，它具有根本的重要性。我把它看作思想中一个特殊的场所，它是所有道路的起点，其中一条道路便是诗。

这其中的第一条道路是什么？是那些神秘主义者所走的路。经历过在场的时刻，他们不想重新堕入概念性话语之中，害怕它会抹去刚刚发生的事件的记忆。由于语言中没有不携带概念的词语，他们便试图摆脱语言，也就是在他们内心深处，尽可能彻底地保持沉默。

可是这条神秘主义道路上有一个障碍：放弃对语言的运用，也就是放弃与他人的关系，因为他人唯有通过语言产生的效力才能立足于这个世界。其实我们也可以不选择放弃，由此将自身确立于一种模棱两可的存在模式上，我把这种存在模式称为诗。有关最初经验的记忆留存下来，或者至少部分地留存下来，但概念始终活跃于我们的词语、我们的言语中。由于我们想继续说话，与我们的亲朋好友保持联系，我们不得不让词语，让一切词语与观念为敌，而观念扎根于词语之中，想要令词语只为它们所用。一种对立的意识，既存在于相对性与绝对性之间，也存在于碎片与整体之间。一项可能看起来自相矛盾的事业。但也是一场追寻，至少我们已经可以开始这场追寻，甚至将它推至更为遥远的地方。

IV

语言确实可能呈现一种引人注目的特殊性。词语承载着概念（这点毋庸置疑），由此确保了涵义（signification），但词语也是一种物质，在此处是一个音响，也就是当我们大声念音素时发出的音响。这个音响某种程度上说也是涵义，因为它令词语彼此区别，帮助我们区分“livre”（书）和“lèvre”（唇），“pain”（面包）和“vin”（红酒）。它同时还提供叠韵，用来强调思想或摹仿知觉。因此拉马丁（Lamartine）写的“夜莺叫着飞入云霄”（rossignol s’enfuit en sifflant）是一个糟糕的诗句，却是一个用音响来捕捉意义（sens）的好例子。尽管如此，另一种倾听音响的方式也是可能的。我们可以抛开一切意义来倾听音响，听到它在词语中的声音，正如我们看到路上一块石头：去除意义以后，这块石头沉默着，回归到它那未被侵入、无法侵入的自身。这个被抽离意义的音响与那块石头一样，代表的都是一种即时性的经验。音响就在那，在我们面前，以神秘主义者看待事物的同一种方式，超越了一切能被构想的涵义。

但它身上还有些别的东西，是我刚才提到的石头所不具备的。那就是，作为言说着的存在，我们可以与它合而为一，而它并不会因此而不再是外在于我们的东西，即那绝对的即时性。一块石头可以在表面呈现红色、褐色、蓝色，同时始终是一块被剥夺了意义、令精神在其上跌跤的石头。同样，音响具有一种可被察觉的多样性，也就是元音和辅音的多样性。可是，石头的颜色对我们来说是陌生的，哪怕我们是画家，能够在一幅画中再现鲜活的颜色。而多种多样的音响可以从内部迎接我们的声音。通过对某个音的可能性重复，通过明显的叠韵——也就是很快会变成节奏的东西，声音能够在词语的空间，栖居于音响中。其实，什么是声音呢？是我们思想的表达吗？不是的，不如说是思想之下某个身体的在场，这一身体具有与音响或石块同样的即时性，因为它是由存在或拥有的需求决定的，而这些需求令它得以存在于概念的普遍性之下。音响与声音在概念之下结合。由此产生的结果是，我们对在场的直觉可以在那里存活，尽管它置身涵义之中。它可以出现在涵义的桌子上，来揭露后者的霸权。

这之后呢？这之后，因为在此类文本中，概念、所指无法再控制我们的目光，事物便向我们呈现，正如在诗确立的时刻，或者更普通一点，正如——比方说——当我们沉默地走到一片小树林边缘的几棵树下时，事物所能做的那样。在这取消事物的言语之中，事物又找回了它们的即时性、它们的统一性。而诗，即是这求助于音响，从而找回在场记忆的过程，正如诗的历史表明的那样，这一历史也被等同于格律、诗句、韵律的历史，以及通过节奏和音乐赋予音响而非涵义以价值的一切的历史。

不过我马上要补充的是，这一结果从来都只是暂时的。因为身体本身也充满了概念，它的欲望会为了自身的行动或梦想与概念结盟，即使最普通的生活也会用诗歌来表达意愿，涵义无时不在，以它们的方式将有限性隔离在远距离之外，并压制对它的认知。言语对在场的见证——言语由此完全成为诗——从来只是一瞬间的事。而实践中的诗，与其说它是拯救的结果，不如说它是对诗歌需求的意识，是当诗只成为回忆，甚至连这回忆也开始被质疑时，我们对于找回它的执着。诗，是寻找而非找到，甚至可以说，比起自认找到答案的诗歌，狂热地去寻找的诗歌更为真实。我会说，总的来说，诗是一种活动。不是一个文本，因为根本性的东西在诗歌之外，在生活之中。不是一种意识状态，因为幸福感那么不稳定，那么不持久。而是一种言语的生成，在其中，概念对我们的异化和我们进入存在的需求将扮演互相矛盾的角色。

V

在这个本该谈论诗的翻译的时刻，我却花了很多时间定义诗，而且还说得太简略。但这些说明允许我回到诗歌涵义问题，并指出涵义掩盖了一个对译者来说可能致命的陷阱。

诗歌中到处可见涵义，明显的或隐含的，有意的或无心的，简单的或复杂的——这我已经强调过了。而且涵义经常具有非比寻常的重要性。但我们现在看到的是：诗歌中的涵义成为进入诗的障碍，因为诗否定概念，肯定在场直觉（intuition de présence），而涵义恰恰就是概念，也就是间接的、普遍的东西，是对时间的遗忘，是对死亡的不安否定。涵义对诗来说是必要的，因为诗是一种社会活动，一种向他人说出的言语。可是涵义也令诗变得盲目，因而诗歌计划需要在一个穿过词语同时改变其目标的辩证行动中，一面运用涵义，一面只能揭露它。这样一来，译者能做些什么呢？他如何才能重新经历这并非言说而是战斗的一切呢？后者不是一个文本，而是产生文本的运动，它的价值只产生自希望破灭后在文本中留下的痕迹。

他仍然不得不考虑这些涵义。总之，如果他想当诗人，那么他首先得考虑，如何用自己拥有的有限手段去理解涵义，并用自己的书写去重构涵义。因为他所考察的语言中，构成涵义的概念从来无法一模一样地在他所运用的语言中得到再现。不管这些差异在日常话语，也就是行动甚或梦想的话语中显得多么微不足道，它们都足以令诗性思想与情感迷失方向。

例子？英语中的“speech”或“speech-act”明显没有我们的“言语”（parole）宽泛，在法语中，“言语”一词扎根于日常生活，带有日常生活的情感、它的梦想、它的希望，然而一旦涉及诗，它便具有了另一个无可取代的意义。英语“obvious”意即“明显”（évident），不过这种明显是论理过程所能呈现的明显。而法语中的“明显”是事物自我宣布与自身的一致性，它和“言语”一样，在英语中没有对等的词汇。还是同一个隆重的词，例如生命的一个小时的“明见性”（évidence），或夜空光芒的“明见性”，用英语怎么说呢？此外，济慈的语言也是洛克（Locke）和休谟（Hume）的语言，这一语言与源自拉丁语的地方语言的区别不仅体现在许多概念上，更体现于意识之中的概念化过程本身。英语概念不像法语，它们很少认为自己是对事件或事物的内在本质，也即精髓的直接反映，很多概念更倾向于从外部去考察事物，因而更适用于科学中的实证主义。总的来说，它们与其说是具备自身确定性的涵义，不如说是令某个现实或姿态鲜活再现的观察。这令它们以别样的方式置身于寻找诗之道的词语中。

再来思考一下文明、宗教甚至气候对概念的影响。我想到了英语中的“spring”，春天，在理解生活需求、感受、生存阶段或社会发展时，“spring”一词也可以成为概念。春天的观念对世界各国人民来说显然都是重要的，意大利语“primavera”（春天）也会唤醒很多情绪，甚至我们那可怜巴巴的“printemps”（春天），尽管甚少感召力，仍受不少诗人青睐。可是“printemps”怎么同“spring”竞争呢？“spring”还意味着源泉，而且在源泉与春天之间还有一个动词的活跃在场，也就是这两者共同的源头——“to spring”，表明及展现了被隐藏的事物的喷涌与爆发。“spring”，“springtime”，那么重要，在英语诗歌中那么流行，比如在伊丽莎白时期，当五月的节日、其他民间宗教仪式和舞蹈还很盛行时。用法语的“printemps”来翻译“spring”或“springtime”会失去很多英国文艺复兴歌谣或爱尔兰民歌的色彩。但最重要的损失是削弱了人民投注于诗歌中的信仰。

在莎士比亚的作品中我们经常能看到伊丽莎白时期的歌谣。无论是这些歌曲，还是任何诗歌中的任何诗句，或者一句诗中的任何词语，当译者开始倾听其音响与节奏，其他困难就会出现，而我觉得我们对这些困难并没有充分的认识。在这与意义始终相关的音响层面，从一种语言到另一种语言，不可能实现真正的移译，只存在模糊的相似性，而这相似性只能欺骗那些既不懂去倾听、也不懂去理解的人。

这样说的同时，我想到了埃德加·爱伦·坡的名诗《乌鸦》。毫无疑问，诗歌的沉思源于一个经验，即爱伦·坡听到了两三个音，这两三个音在他诗句中回响，如同空荡荡的房间里的回声，暗示了一个除了死亡，或者更确切地说是除了虚无，别无其他的世界。首先是“-ore”这个音，那么美丽，在诗歌中的位置那么恰当，使它能够为直觉服务，因为“-ore”这个音回响于陌生人敲响的门，“the chamber door”（房门），或者让人联想到那些古老的、不知是否还可信的愿望，“volumes of forgotten lore”（大量被遗忘的学问），或者让人对黑夜心生恐惧，“the Night's Plutonian shore”（夜晚的冥间海岸）。它尤其回响于被预言般重复的“nevermore”这个词中，“永不复还”。一切全在“-ore”这个音上，但在《乌鸦》的翻译中，有多少东西能被挽救呢？假如我们碰巧能在法语中找到一些带“-ore”音的词，而且这些词也能具有类似的联想意义，那么我们是否应该求助于这些词呢？

对《乌鸦》最着迷的法国人是个至少与爱伦·坡同样伟大的诗人——马拉美，他注意到了“-ore”的音，并在他那首著名的《以 -yx 结尾的十四行诗》中使用了它。这首诗同样与夜晚有关，同样被虚无的思想深深浸淫，而那位美国诗人显然是创作这首诗的首要原因。因此我们可以假设，那八个“-ore”或“-or”的韵脚联结了十四句诗，这些诗句意在制造与爱伦·坡的诗歌同样的效果。

可是并没有取得太大成功！在四行诗部分押“-ore”韵的首先是“lampadophore”（持火炬的人），一个几乎生造的词，很难引发情感上的共鸣，然后是“amphore”（双耳尖底瓮）、“sonore”（响亮的），更容易让人联想到古希腊及其光线，最后是动词形式“s'honore”（获得荣耀）。这些词一点都没有传达出阴森死亡感。紧接着上面提到的诗句，在三行诗部分，“-ore”在另外四个韵脚中被压缩成“-or”，侧重传达“or”（黄金）以及“septuor”（七重唱）的感觉，前者是不会生锈的金属，后者是一种纯粹的形式，对它的强调也就是对智力的强调，对这智力来说，现实是精髓，是可以理解的结构，而这恰恰是困扰美国诗人无意识的模糊、黑暗联想的反面。爱伦·坡诗歌中的音响朝未知开放，引发了一种令人不安的古怪感觉，一种形而上的焦虑，一种恐惧。马拉美诗歌中的音响却否定了幻境，而且尽管对虚无的直觉占据了这一时期马拉美的生活，诗歌的音响仍然试图消灭不安。马拉美可能在翻译这首诗时意识到，音响无法迁移至异国。因此当他翻译爱伦·坡其他诗歌时，他可能觉得放弃音响与节奏是更为合理的做法。他用散文翻译了爱伦·坡。

那么节奏呢？马拉美是怎样巧妙利用节奏，来再现《乌鸦》这首深受反复出现的音影响的诗的呢？法语是一种重音不明显的语言，法语的诗歌形式都是通过分析音节创造的，至少在很长一段时间里是如此。但英语有着区别非常明显的轻重音，令抑扬格成为可能，也就是一个短音节后紧接着出现一个承载重音的长音节：类似一种步伐，一种坦率的前进，允许人们与对时间的体验——不是钟表上的时间，而是生命的时间——建立直接的关系。法语诗歌从无时间性走向时间，英语诗歌则从存在的时间中诞生，而且永远不会忘记这一点。

总之，在涵义的各个层面存在多少阻挠因素啊！而最根本的困难，是将涵义本身——无论翻译得好坏与否——当作一种障碍来处理，我们所珍视并想体验其经历的诗人为了获得诗，必须在他的诗句中跨越这种障碍！我们不得不保留的涵义是一种外在，是涅索斯的毒袍子[1]，必须被诗性直觉褪去。由此我们便产生了如下疑问：诗的翻译是否可能，诗的翻译是否必要？

VI

但我现在不准备再讨论诗歌或诗人的问题。我想来考察一

1　涅索斯是希腊神话中的半人马。毒袍子的典故见涅索斯与海格力斯的过节。涅索斯的毒袍子比喻有毒害的礼物。

下读者的问题，读者是诗性事件中的第三个要素。

身为一名诗歌读者，而且是真正的读者，这意味着什么呢？和诗人一样，读者也曾经历一些时刻，这些时刻突然以另一种方式让他看到了最切近的现实。这之后他会明白，对世界的分析牺牲了直觉带来的幸福感，他开始梦想一种更为生动的言语。有资格的诗歌读者喜欢在作品中找到对概念的僭越，因为这正是他虔诚的呼唤。读者不是这些诗歌中出现的僭越行为的源头，他甚至可以担心自己是否有能力完成这一任务。但他仍然能辨认出成功与失败，分享诗歌的僭越渴望，而这一切，都发生在僭越的层面。因为诗歌首先是对音响的倾听，是与节奏的融合，是声音在言语中的上升。而读者也有一个身体、一种声音。读诗时，他更多是在低吟，而不是用眼睛在看，这确保了他与诗人之间深刻的亲密关系。他甚至可以认为，另一位的思想与他合而为一，而诗人的思想正是在这些被复活的书页中，而非在这些书页上包含着过去某种思考的词语中，经历了自己的希望，意识到自己的失败，并对这一失败进行了深思。作品无疑是作家与自我关系的日记，哪怕它竭力抗拒，并把自己想象成一件词语组成的、具有自身魅力的客体也无济于事。日常生活中不会说或不能说的东西，诗人都会在诗歌中坦陈。

读者能进入作者的思想，甚至能进入作者的存在，在人际关系中，这是十分罕见的现象。大部分时候，我们都在逃离别人，也逃离我们自己。如果说亲情、爱情另当别论，那也是以非常模糊且永远不稳定的方式。爱情的确是对另一个人的完全肯定，无论如何它应当如此，因而它也是一种希望，希望自己对自己来说是一种真实的在场。可是，情人经常会成为自身意识的囚徒，并将这种意识投射到所爱之人身上，用一种形象来取代后者。而这个他者，他不也倾向于将自己封闭在唯独他能理解的词语之中吗？

于是在与他者的关系中，读者被赋予了一个特殊的身份：他是——或至少能够是那个走向他者的人，接受他者在尚无对话者时写下的词语，理解交流的需求，承担交流的任务，由此确保被阅读的诗歌作者的完整在场。这种完整的在场，诗人的诗性直觉能够在他存在中的那些重要时刻体会到，尽管这些时刻往往转瞬即逝。读者在文本的词语中重新经历了这一令语言措手不及的事件。他真实地令他所阅读的作者存在，他通过作弊手段令作者成为自身的创造者，令言语成为一种对存在而非仅仅对意义的创造。如此一来，他的存在也在写作活动中受到最高程度的期盼——“虚伪的读者啊，我的同类，我的兄弟。”[1]

可是，要真正重新经历在文本中听到的一切，读者难道不该像诗人那样改造自身？难道不该通过只有写作活动才能实现的对词语的倾听，投身到存在的骚动中去吗？如果读者不尝试写作，他不会在阅读之后，重新回到此前已被作品僭越的概念

1 语出波德莱尔《给青年文人的忠告》。

之中，以一种只知涵义而非在场意愿的目光去看待作品吗？只会分析的目光是批评家永恒的风险。

上述这番话有助于理解诗的翻译的价值甚至必要性。它也肯定了诗的翻译的特殊性，并解释了进行诗的翻译的路径。

VII

现在想象这位诗歌读者正面对一个外语文本，他打算翻译它，并保留它的诗意。这与我刚才提到的亲密但又受阻的相遇是同一种情况吗？此时读者的语言与诗人相同，或者他没有想过要翻译诗歌。

不，完全不同。某个阻止充分阅读的障碍消失了，或者至少可能消失。在决定以诗译诗时，理解诗歌本质、知道诗歌如何得到创作的读者对音响和节奏之于诗的重要性深有意识，因此也对词语的追问所起的关键作用深有意识。词语的追问是在表征与涵义之外提出的，而概念只会将词语局限于后两者之中。这位读者不会不明白，在词语、在宏大词汇的层面，诗是一种行动；在阅读时，他也不会忘记，他所延续的正是这同一种行动，而打断这一行动将会令诗歌变得贫瘠。然后他发现在翻译中，他拥有了写作的机会，这次轮到他将自己的命运握在手中。面对他所阅读的词语，面对其中展现的经验，他的翻译除了在自己的语言中遇见同样鲜活，或者说同样具备生命力的词语之外，还能是什么呢？他可以令诗人继续存在，而非与他分离。诗人在外语中生活过的事实令读者能更为长久因而也就更为亲密地停留在他身旁。

请大家不要误会！我并不认为只要读者作出决定，一种深刻的关系就必然会在这位想成为诗人的译者与被翻译的作者之间建立起来。和每个人一样，译者也有能力的局限，包括感动的能力、爱人的能力、吃苦的能力等。而且在写作中，他还会遭遇两种语言的差异性，这些差异足以将他禁锢在意义理解层面，剥夺他的幸福感和他的干劲，阻止他立即融入作品中。作品可能会因为一些糟糕的原因令他沮丧，令他泄气。可是这些都没有关系。尽管存在误解和挫折，一种日渐增强的亲密感仍会产生，因为这种亲密感，这位读者有机会保持诗人身份，而社会有机会拥有对诗的翻译，而不仅仅是对诗歌中遮蔽诗的思想或情感的翻译。

实际上，这个任务并非不可能。我们自然应该对文本的每个细节了然于心，因此不得不去查阅各种术语词典和校勘本，倾听注经学者的意见，而后者并非任何时候都是诗的朋友。这一切，是作为文本经纬的涵义所要求的，可能会受到涵义真理的限制，而涵义确实很有权利迫使别人重视自己。因此在这项工作中，译者的后退与前进同样重要，尤其在涵义的层面。但这一任务有可能让人发狂，占据译者的白天甚至黑夜，而且尽管某些时刻会产生纯粹观念上的焦虑，它仍然会强烈地成为最日常生活的灵魂与心灵，帮助我们安身于有限性的情境以及生活所作出的决定的中央，而非其边缘位置。身处这个中心位置，我们对上述情境以及决定的智性理解，对生活中最严肃时刻的注意力都有可能增强。即使是最不具备英雄主义色彩的诗，作者也可能在存在的各个层面显现于他的阐释者面前。诗歌的意义以这种方式变得清晰，同时无法为其他类型的译者所把握。不同语言的概念的异质性在此呈现得比在理智的任何一个层面都更为明显。这种异质性表明并证实，概念再现系统只不过是一些世界 - 模型、世界 - 图像，在这些模型与图像的面纱之下窒息的是生活的终极真实。对诗的翻译，想成为诗的翻译，尝试成为诗的翻译，这样的翻译难道仅仅是对某个文本的不确定且充满缺陷的习惯性再现吗？不是的，这样的翻译将成为在自己的语言中辨别诗的机会，因此也将是对诗的复兴。

VIII

我是否应该说得更明白一点？毫无疑问，而且首先应该举些例子，可能尤其应该举几个译者在写作活动中经历困难的例子，因为这困难就是生活本身。或者紧跟某个译者的脚步，尤其当他发现自己自发选取的道路被某个大诗人揭露、拒绝，迫使他不得不追问自己的人生意义。

然而，此类观察显然是困难的，因为译者几乎从不把他们的犹豫和决定写入日记——这其实不对。因此，投身这件事要求我从自己拥有的经验中去汲取素材，也就是我身为译者的回忆，过去我经常翻译，现在偶尔还翻译，过去是翻译莎士比亚，现在是翻译莱奥帕尔迪和彼特拉克（Pétrarque）。但其实我已经在不同场合做过这件事，因此这次只有对这个话题进行更广泛的思考，才能考虑老调重弹。除此之外，在我自己的翻译活动中，我没有经历过那些极度紧张，有时甚至颇具悲剧性的时刻，正是这些时刻令诗的翻译真正变得伟大。我想象保罗·策兰在翻译曼德尔施塔姆（Mandelstam）时应该如此。

或者说，为了结束今天的讲话，我想补充两三点简单的说明。

首先是对我刚才提到的问题表示遗憾，也就是诗歌译者对自己的翻译活动思考太少的问题。我认识一些译者，皮埃尔·莱利斯（Pierre Leyris）、皮埃尔·让·茹弗（Pierre Jean Jouve）、安德烈·杜·布歇（André du Bouchet）、保罗·策兰、菲利普·雅各泰（Philippe Jaccottet）等。这些译者首先自然应该成为他们自己，而且这句话应从最直接的字面意义去理解，也就是说他们首先不是理论家，而是日常生活中的人，经历着生活的悲欢离合。与真正的工作相比，明晰的解释是一种危险的撤退，我明白他们避免了这种危险。可是，现代诗歌既需要书写自身，也需要理解自身；说得更确切一点，它需要在理解自身的同时书写自身，因为对概念的僭越只能借助某种有时甚至有些自相矛盾的方式，通过对概念本质的渗透来实现：时而坚决抗拒诗性直觉，时而又倾听这种直觉。在这十分不确定、非常活跃的边界所发生的一切，我们给予其再多的关注都不过分，而对另一种语言的诗歌的翻译即处于这一边界的前锋位置。另外，一切翻译同时也是一种思考，关涉被译作品本身在其诗歌行动之下所思考的东西。诗歌行动所携带的这种思想是隐性的，有部分甚至是无意识的，但这思想能更好地被译者察觉，由此更好地理解自己的行动，从而更好地理解自己的责任。

其次，不应该期待以译诗为使命的翻译提供它无须提供的东西。例如某种连贯的忠实性，我称这种忠实性为字面的忠实性，它的任务是在一部作品中，接纳某种有意识之言说的涵义的一切微妙变化，无论这涵义是明显的，还是甚至有些边缘化的。假如译者想在作品中遇见诗，那么他绝对不该放弃做自己，如此一来，在他的自我意识与文本之间会产生一个界面，其中可能产生惊人的旋涡。不过，我们不该认为这是一种轻率行为，而应将其视作一种真正的严肃性，尽管这种决定经常导致盲目行为，确实令人遗憾。对诗的诗性翻译不一定会产生真实的、可接受的东西，可是我们应该在诗性翻译付出的努力的顶峰而非过程的曲折处来评价它。“By indirections find directions out”[1]，波洛涅斯如此建议负责探听他儿子行为的人，他儿子

1 语出《哈姆雷特》第二幕第一场，中译本译为“间接达到我们的目的”，参见《莎士比亚全集(五)》，朱生豪等译，人民文学出版社，1994，第 324 页。

恰好也是在异国他乡建功立业。这些“indirections”是策略的概念层面，是智力的诡计，但从诗性层面来看，它们有权成为某个寻找自我的精神的幻觉，甚至成为心灵的迷惘。

而且，请大家不要忘记诗是如何被听到的：或者在原诗中，或者在对诗的重复中。不是通过消极的阅读，从第一个词开始，经过其他词，抵达最后一个词，而是经常借助孤立的诗句或形象，这些形象脱离书页，光芒四射，甚或借助那些令人不安但又令人着迷的言语，尽管我们还不知道应赋予这些言语哪种明确的意义。诗与其说是一个文本，不如说是一种光芒四射的物质，而译者要负责的正是这种物质。

这种翻译思想的另一个结果是，我们需要避免以社会利益的名义，带着一种债权人的野心，想象将某个外语作品翻译项目交托给译者。由于译者要具备与被翻译的诗人同样的愿望与目标，他就有责任——这是一个任务，它在理智和道德上都比我们想象的更为困难——令自己变得同样自由，也就是说，跟他所译诗人一样彻底地不可预见，尽管事实上他从来没有或者说几乎从来没有足够的自由。因此我们需要接受一个事实：在我们希望某个诗人被某个我们期待的译者翻译的时刻，我们无法看到这位诗人被翻译。诗的翻译史与诗歌史有着同样的特征，有时匆忙，有时迟缓，有时变革创新不断，有时遭受长时期的匮乏。在这个领域，我们只能观察，一点都没法准备或预见。不如为诗人译者规划一些方法，这些方法的成效来自对诗歌中某些元素的有方法有步骤的研究。这些元素是诗人曾雕琢过的材料，包括文本的语言与历史层面，渗透于文本词汇与思想中的哲学或宗教情感的当代形式，这一切都要从无尽的涵义中去寻找，因为涵义是最自然的承载物。各种谜团有待解开，好让诗歌读者不再徒劳地追逐阴影。这些研究型翻译——我知道一些十分了不起的——的必要性毋庸置疑，只不过它们还应借助表明对同行成果了然于心的引言和注释，来强调自己的解释性价值。在两种翻译方法之间，我们实际上可以期待一种辩证的关系。大学因此能为诗的发展作出贡献。

IX

最后还想再提一点，有关支撑诗的翻译的动机。有时，是翻译动机给予那些从事诗的翻译的人那么多的勇气和执着。仿佛只要生命在延续，译者为之效力的事业就是赋予生命以意义。为什么会有这种事关生存的选择，是什么理由解释了一部分人需要勘探其他语言写就的诗歌，从中找到诗歌的本质的这种需求呢？

面对这些问题，我不认为自己有很好的答案，但我毫不怀疑这些问题的重要性，它们甚至和促使某些人特别关注诗歌的原因一样根本，除了他们，其他人还没有产生过类似关注，至少我是这么认为的。儿童——我经常说，这其实是我自己最根本的经历——察觉到周围世界存在的一切，却还无须在理解这些人事物时承受概念的过滤。这就仿佛他与他时空中的一切合而为一。但是很快地，成人世界的分析性话语用可以被定义、被彼此连接的形象取代了那些将他留在现实中的在场。这难道不像一种坠落，而坠落的方式直接关系到词语的使用？那个直接、完整地指出上学路上一条跑在小学生前面的小狗的词，现在被另一个取代，尽管后者具有同样的音，但它将这条狗、这棵树或生命之家变成了某种受抽象性限定的东西，变成了某种能指，它的功能首先来自它与其他词语的关系，后者来自词典，而非来自某个傍晚的薄雾。这就好像要求一种原初语言销声匿迹，让位给另一种语言。

如此一来，我们可以说，在思想的最初阶段，体验概念性话语就像体验一门外语。但也像体验一种失落，一个词接着一个词，每样被说出的事物之中原初的 locus（发生场所）所蕴含的完满现实逐渐消失。于是精神只能被那些重大问题占据！原初语言是母亲的语言，母亲或是借助一本简单形象的图册，或是直接向孩子指出他们身旁的一条狗、一棵树或一栋房子。令这原初语言窒息的，是那位晚上归家之人说的语言，也就是父亲的语言，他的衣服、他的眼睛之中都透露着陌生的信息。

问题由此产生，这是最初的焦虑：父亲在很多时候无疑是现实的一部分，难道他是背叛伟大事业即存在大业的人吗？或者是否在表面的概念话语之下，在他隐秘的内心，还保持着与现实的联系，而我们感觉自己仍属于这种现实？父亲是拥有两种语言的言说者吗？随后母亲来了，我们看到她在跟父亲交谈，用一种外界的语言，以一种难以理解的方式，带着明显的忧虑。父亲和母亲，双亲。他们是或者说他们成了与我们不同的人吗？还是说，在他们新的语言之下还存在着我们即将失去的那种语言的鲜活形式？还存在一种有关世界的智慧，帮助我们放心地待在他们身边，尽管他们会教授、会强加词语的另一种用法？

这个问题，还有从此以后对他们的一种热切关注，关注他们身上那保持沉默的知识显露的一切痕迹。某句晦涩的话，某个无法得知原因的兴趣，有时是某种缄默的方式，眺望远处的方式，默默离开的方式，以困惑的神情倾听某一首不知名的乡村民谣或一首小诗的方式，尤其是父母亲单独在一起说话的方式，那时他们可能会说些另一种性质的词语。这一切迹象，是的，他们那狂热的观察者想象或者更确切地说是希望它们能够成为证据，证明他们身上还活跃着某种知识，尽管他们不得不压抑这种知识。总之，这就好像他们被人从一个国度驱逐，在这个国度，另一种存在方式对他们来说曾经是自然的，并且在他们身上保留了这种自然状态。因此当我们发现他们流露出对故乡的怀念之情时会情绪激动。我想到，我还记得有一天，在读济慈时（后来我翻译了济慈），我被《夜莺颂》（Ode to Nightingale）中的几句诗吸引，它们提到了路得：“sick for home / She stood in tears amid the alien corn”（乡愁 / 让她站在异邦的玉米田里不住泪流）。这个女孩虽在哭泣，但她在流亡的国度那么自豪、那么正直，她唤醒了我身上那曾投向我母亲的孩童的目光，她也曾失去一个场所、一种旧的生活，并对此充满遗憾。这是一个事实。

我想这一悲剧应该影响了无数站在社会言语门槛上的人。可是为什么提到这些记忆？因为在我看来，这些记忆唤醒的情感与诗歌译者所经历的十分相似。诗歌译者听到了一门外语，这门外语是他在教材和词典帮助下学会的，这学习经历在他面前树起一张涵义网络，并由此肯定了概念性思维。这一处境是对过去焦虑的重新体验，但也是对其最根本希冀的重新体验。涵义在存在于世的人身上拓展概念的帝国，由此在词语中取消了在场的即时性，但在这些涵义之下，无论如何不也还存在对在场的记忆吗？这一习得的语言写就的诗歌，它们不正是回忆寻找自身的场所吗？这些外语诗歌与我们小时候读过的本国诗歌一样，对它们的阅读时常带给我们幸福。面对这种思想，家庭生活没能满足的原初欲望的全部能量一下子苏醒了。我们带着同样的渴望阅读这门新的语言，总之是父亲的语言，希望能在此看到刚步入童年时的经验的复活。我们试图令这经验摆脱种种社会思想所迎合的假象，这种思想或是出现于“文学”译者身上，或是出现于批评者身上，或是已经出现于诗人身上，这样的诗人显然没有能力每时每刻都保持自身直觉的活跃。诗的翻译因此重新打开了最根本的希冀，也就是那令人活下去的希冀，因为生活只不过是这种希冀的保存。

济慈、维吉尔（Virgile）、莱奥帕尔迪，就好像在童年的尾声，他们曾在我们身边，分担我们的忧愁，分享我们的渴望和心愿。我们翻译他们，就好像走向他们，尽管有些胆怯但充满信任地与他们结盟，然而，只有伟大的希冀始终持续着，这盟约才有可能缔结。

（曹丹红　译）

广义的翻译

I

翻译？翻译诗？不，这绝不只是用一个文本来替代另一个文本。

诗（poésie）无法被简化为诗歌（poème）。在某种思想、某种生活中，诗贯穿一首首诗歌，要求被读者听到，要求读者参与，要求读者在一种超越承载它的词语的经验中重新感受它。同样的必要性对那个毛遂自荐想翻译诗歌的人也适用，因为对诗的翻译也应是诗，译文的诗意不应比原诗本身少一分。

诗的翻译译的当然是诗歌，也就是文本，但同时也是诗，最起码是一种成为诗的意愿。因此翻译时需要在这些文本中辨认出真正属于诗，也就是超越文本的部分：一种预感，一种写出来的文字无法满足的欲望。它应陪伴写下这些书页的作者，在后者有所预感、为之描绘蓝图但从未完全抵达终点的道路上尽可能前行。这将是翻译的理解方式，也就是帮助存在得以确立。

为了做到这一点，翻译自然不能局限于逐字对译。如果翻译的人自己也创作，我们甚至应该思考，他的翻译尝试是否会在他本人的全部作品中产生回响。因为贴近一位诗人，深入到他的思想，甚至深入他那有时完全不同、更为晦暗的直觉中，这样的任务只会在译者存在的各个方面改变他的自我意识。这一结果反过来会影响对原作的阅读，影响这位异常小心的读者对原作的接受方式。读者有可能被自己的观察改变，并在第一眼便吸引他注意力的作品中看出新的特征。

换句话说，在发现一首诗和决定翻译它之间，以及在接下来的工作（这工作似乎只能生产出几页纸的文字，大多数情况下被等同于翻译）中，会发生很多我们想象不到的事。尽管这些事可能被忽略，但它们极其重要，因此必须尝试对它们予以廓清和说明。它们是真正的翻译，是深入、包围、超越表面的翻译的东西，为了结束这种表面的翻译，译者常常多少有些不情愿地署上自己的大名。这真正的翻译，我称其为广义的翻译，它是狭义的翻译的对立面，而我们的翻译研究通常只涉及狭义的翻译。

现在我们来更好地理解一下某位诗人在从事诗歌翻译时的体验。这位诗人知道——强烈地，有时甚至痛苦地知道，概念网络联结着他自己的语言，很大程度上控制着他的言语，因此他的目光被剥夺了与存在物或他人的直接而充分的接触。概念化活动内在的普遍性促使他无法从自身去辨别生活与流逝的时间、与偶然性、与偶然性所带来的选择之间的关系，而后者是有限性，是现实，是他真正的需求。普遍性将他封闭于存在物的再现体系中（后者不过是存在物的一个轮廓），阻碍了他对哪怕是最亲近、最心爱的人的真实理解，而这又阻碍了真正的分享。

因此每位诗人都知道，要想成为真正的诗人，就必须竭力摆脱这种异化，去接近词语中超越概念的部分，接近句子中拒绝概念话语的部分，哪怕后者在生活场所及人与自我的关系中是很多基本特征的创造者。这个任务是可能完成的，因为每种语言的音响和节奏话语提供了可能，使我们在说话时以另一种方式连接词语，完全不同于普通话语中涵义的串联。由此我们能够摆脱涵义，更好更直接地看清存在的事物。但我们从来无法彻底丢弃思想范畴、观念或形象，后者为概念化的世界提供了一个简单形象，而自我——人们经常这么说——及其偏见和知识都不过是这个形象的一个组成部分，而且与这形象一样简括。

即使在伟大的诗歌中，他者——物或人——的在场也似乎是朦胧的。正是因此，翻译对严肃的诗人来说是一个计划、一个行动，他赋予它的重要性是任何人都无法想象的。当他试图在母语中给予一首外语诗歌以生命时，实际上他是在体验另一个人的语言，体验这语言的全部，体验它的整个历史。因此他不得不在确实存在的概念框架中冒险，正如诗歌作者曾不得不注意到这框架，并竭尽全力实现对它的超越。

但另一种语言的概念有别于——有时甚至极大地有别于译者在自己语言中习惯甚至服从的概念。然而，在他意欲成为诗人的那一刻，概念化言说在他思想中便失去了绝对地位。他投向概念化过程的目光更具批判性，即使在自己的语言中也是如此，同时一个更为大胆的计划得以确立。他感到自己被推动着去质疑自己语言的能指那所谓的自然性，这增强了他的希望、他的使命感，令他获得更多的能量。翻译的贡献多么巨大啊！他的计划以及这计划创造的处境鼓励着译者成为诗人，或者更有意识、更为有效地成为诗人。

翻译的益处此时便得到彰显：并非译者关于词语意义（sens）、关于句子涵义（signification）的思考。这一思考显然是必要的，但它被囚禁于概念因而也就是初始的层面。益处更多地体现为一种质疑的决心和坚持，也就是质疑概念性能指是否具有垄断世上一切存在的权利。诗在成为对诗之翻译的同时，也成了自身的意识及对自身的信任。

请大家注意，这与一般的分析性思想并非没有关系。两种语言相互接近，彼此确立关系。置身它们的间隙，译者更能看清，待译的文本中哪些是真正具有诗性的东西，哪些是真正在世上获得的在场，哪些只不过是幻觉，是理智或情感的梦境对在场经验的取代。比起任何一种批评，译者逐字逐句的翻译更能倾听思想，无论后者是有意识的还是无意识的，无论它会帮助还是会阻止诗歌走向诗。这种逐字逐句的翻译有时也是与作者的一种对话，此时作者几乎摆脱了外在的思想，并为此作出了一些选择，这些选择即便不能帮助他揭示概念性理解力的伎俩，至少也能帮助他分辨这种理解力的界限。逐字逐句的翻译也将是译者与自身思想的对话。在翻译过程中，译者会反思，会更好地察觉概念化再现与在场经验之间的过渡。

总而言之，翻译不仅仅是译者为结束任务，最后不得不同意拿出的文本，也不仅仅是译者妥协的产物。它是思考与决定的总和，这些思考与决定都是为译本所作的准备，它们会在翻译一结束或者在翻译过程中，从不同的意识层面影响译者的生活，更影响译者自己的作品。我认为有必要研究的，正是这全部的影响，正是这广义的翻译，它们的重要性不亚于那几页要求被冠以翻译之名的文字，后者其实只不过是某项更为广泛的活动的一个侧面而已。被译作品被播撒至译者自己的作品中，反过来，译者可能更多地去作者那里，而不是去他眼前的几页纸中寻求他所译作品的意义。

尽管如此，我们怎样进入诗人与译者、译者与自身之间的斗争内部呢？在可以说占据核心地位的文本中，这些事件并没有得到说明。核心文本出版时通常会伴随与之对照的原作，不得不与原作保持同样的长度，很大程度上接受原作的字面意义。我们有理由担心，对于广义的翻译，我们只能揣测，因为没有足够的证据。

只不过，诗人译者拥有我们能读到的作品。在他的作品（无论诗歌还是散文，无论小说还是关于不同主题的理论思考）中，我们应该会发现，有些文字以自己的方式重拾了某些问题，这些问题产生自译者对其试图翻译的作品的阅读，尤其产生自其对诗性与概念性关系的思考。我甚至认为，广义的翻译的说法能够将读者的注意力吸引到译者的另一些作品上，在此之前，这些作品一直没能获得充分的分析与理解。它们可能明确表达或者自认为表达了某个主要的顾虑，但在这表面之下，它们以某种喻象的方式，也就是通过寓言、象征性转移、凝缩或置换（解梦专家会这样说），表达了另一个层面的思想，这个层面与诗本身相关，它展现了诗的历史，或诗与最根本的需求及欲望之间的关系。

我想没有必要指出，我上面说的这番话在很多情况下都没有存在的理由。因为很多译者，甚至包括那些自称诗人并在诗歌翻译中体会到真正乐趣的译者，他们感受不到我所认为的诗歌创作的根本。这根本性的东西意味着，他们有必要在与自身的关系中，弱化广阔的思想网络所占据的地位，因为这思想网络阻止他看到即时性和有限性的事实与真相。但是，在诗人译诗的漫长历史中，也产生过真正的诗。这些诗人译者中最伟大的那几位甚至明确对诗的本质进行过思考。对广义的翻译的研究因此是可行的，我们可以进行这项工作。

为表明这项研究能够给诗的历史——如果不能称之为精神史的话——的某些时刻投去几束新的光线，我提议来看一下爱伦·坡的诗歌《乌鸦》的翻译，翻译这首诗的是非常欣赏爱伦·坡的法国诗人。不过，今天我们对波德莱尔尤其对马拉美的评论将非常简单，因为一旦涉及这两位诗人，我们立即就得提出根本性的问题，因而可能会离题太远。我把对这个问题的深入探讨留到后面，因为我首先要对巴尔的摩诗人[1]的诗句和思想中的各个要素进行说明。

II

我们知道 1845 年《乌鸦》发表时，它在美国文学界引起了怎样的反响，也知道不到十年，这首奇怪的诗便对法国产生了强烈的吸引力，而且这吸引力持续了很久。波德莱尔及之后的马拉美都曾很专注甚至很狂热地研究过《乌鸦》，他们翻译了它，反复琢磨过他们认为镌刻于其中的诗歌理念。在美国，最初的好奇心消散之后，《乌鸦》很快被遗忘，甚至被贬低，此后那些最重要的诗人的研究几乎也没有再提到它。法国人所想象或在诗人身上辨认出的诗歌先驱者的特质，没有哪位英语读者曾想过要赋予爱伦·坡。在我们国家，或者更确切地说，在法语中，这首诗的冲击力却始终持续着，并在之后的几十年中产生了诸多后续影响。《乌鸦》这首美国诗由此成为一个法国事件。

这一事件也是一个翻译事件，因为波德莱尔和马拉美对这

1 即爱伦·坡，他 1849 年逝世于巴尔的摩。

首诗及爱伦·坡其他诗的兴趣必须先克服两种语言差异构成的障碍，这迫使两位不太熟悉英语的读者——正如当时的很多法国人——深入了解这门语言，在阅读中时时拿一支笔在手上。他们在语言问题上久久盘桓，由此更加增强了对翻译重要性的确信。他们有限的知识促使他们尽可能贴近自己的计划，尽可能贴近这一计划最高的诗性要求。不过，这有限性也促使他们抛开前见，去思考翻译的重要性与特殊性，而他们也确实以一种真正全新的方式做到了这一点。

出于法语界对爱伦·坡的这种兴趣，我们完全有理由认为，眼下是一个很好的机会，去了解诗人对自己写作的思考，以及他们对自己翻译另一位诗人的活动的思考。凡是我们想象得到的诗歌翻译的各个层面，我们会很自然地猜测波德莱尔和马拉美都已经考虑过了。在咀嚼《乌鸦》这个文本时，他们看到了一个人，波德莱尔视他为兄弟，马拉美视他为老师。作为广义的翻译的范例，我们可以考察一下波德莱尔和马拉美的译本。但在此之前，让我们先提出几个预备性的问题。

第一个问题是，为什么《乌鸦》能够那么迅猛地对法国诗人产生吸引力，而它的英语读者很快并且今天仍然觉得有理由对它表现出蔑视或俯视？

在我看来，第一个回答是，《乌鸦》不仅仅是对事物之非存在的一种思考。这思考一开始令人震惊，但惊讶随后被某个美国在不安与谴责中压抑，因为这个美国过去不想现在仍然不想知道，天上只有“光辉的谎言”。这同时也是有关诗歌以及诗歌能力的思考，既通过隐喻的方式，又是一种直接的表达。对于执着于某个神圣词语的英语诗人来说，这种思考毫无意义，但在当时的法国社会却非常适应时势，因为后者当时正被新的战栗摇撼。维尼作品中的上帝的沉默已经多少是一种秘密思想。“上帝之死”（mort de Dieu）在被尼采（Nietzsche）宣告之前已经困扰着奈瓦尔。当宗教的道路行不通时，诗表明自己可以成为一条道路。但它同样也成为一个值得辩论的问题，一些从未被提过的问题被提出，赋予某些文本以激动人心的意义。

除此之外，《乌鸦》以一种相当含混的方式，促使读者思考人类生存条件中的虚无。这种含混的方式确实能够引发自相矛盾的阅读，因此顺应了当时法国的情况，因为那一时期的法国社会被一些持久的矛盾撕裂。尽管有浪漫主义的反对，不少人还是记住了构成启蒙思想之根本的东西，尽管启蒙思想很多情况下不承认这是其根本：基督教在那么多世纪中保证人是上帝的作品，但人必须抛弃这种信仰；人自认从神圣的起源中拥有了参透事物最高理性的权利与权力，但人的思想应该抛弃这个伟大的梦想，并像莱奥帕尔迪最后一首诗的最后几个词——“l’infinita vanità del tutto”（一切事物的无穷的虚空）那样表明：一切我们认为存在或我们相信知道的东西，都是虚空，都是幻觉。

而爱伦·坡呢，在《乌鸦》中，他描写了一出悲剧，似乎完全证实了上述发现。我们还记得诗歌中的环境描写，以及发生于此的事件。午夜时分，一个“大学生”——文本中没有这个词，但诗人在自己的评论《写作的哲学》（The Philosophy of Composition）中使用了它——独自一人待在自己的房间，房间里阒无声息。突然间，他听到一个声响，一个轻微的声音，从他的房门传来，把他吓了一跳。他打开门，却没有看到任何人，只有深夜的黑暗。与此同时，在他周围，房间里那有如尚在孕育中的生命的酱紫色窗帘窸窸窣窣抖动起来，令他心中充满“fantastic terrors never felt before”，不曾感受过的离奇恐惧。请注意这个“不曾感受”——“never felt”，它会回响在之后的“nevermore”中。

然而，即将进入这个封闭场所的，是一只从窗子进来的巨大乌鸦。这不善的来者说出并不断重复“nevermore”，也就是“永不复还”一词，加重了房间里隐约笼罩的恐怖气息。那么乌鸦进入房间之前，大学生在做什么呢？他在为他的丽诺尔哭泣，丽诺尔是个美丽的女孩，却不幸去世。黑鸟想让人明白，他“永远无法”在这个世界上，但也永远无法在另一个世界上再见到她。命运般的“nevermore”被一次次说出，从一个诗节到另一个诗节，直至诗歌结尾，甚至在诗歌结束后，它还将唤起永无止尽的回声。这回声仿佛产生于一个巨大的空洞空间，而且这个空间还在不断扩大。这句话施加的影响十分强大。

鉴于此，很自然地（还有必要强调吗？），《乌鸦》给很多读者尤其很多诗人留下了极深的印象，因为这些似乎主要在言说非存在的诗节涉及的其实是诗，是真正的诗。事实上，如马拉美等不再相信“光辉的谎言”的诗人，他们关心的是什么？他们害怕的是什么？他们期待的是什么？在这个被他们发现的黑夜，他们会一直前行至何处？他们真的会放弃神圣的誓言吗？《乌鸦》谈论的似乎就是这些问题。

然而，谈论虚无——正如这首诗表面显示的那样——或许是提出一个根本的问题，但同时也是将注意力引至词语上来，因为这个问题是通过词语表达的。《乌鸦》中确实存在词语存在模式的矛盾。从此以后，词语不再有超验的保障，不再有神圣誓言来确保它们的现实性，然而它们又是宽广的、沉重的，富有颤动与回响，仿佛它们身上仍然有一种存在，可能是谜甚至神秘，并由此具备了拥有未来的能力。词语在上帝之后幸存。它们最先要求用形而上学的语汇来提出诗的问题，而诗在过去属于修辞学的范畴。由于诗显而易见地产生自与词语的接触，产生自词语的物质性与其意义的空隙，诗就此被要求站到最前线。

尤其是，与《乌鸦》一同前来的，还有另一个事物，在作为虚无化身的鸟儿将诗歌中的古老希冀清空的时刻，似乎更新了诗歌的思考方式。在这首诗或爱伦·坡其他几首诗（例如《安娜贝尔·李》［Annabel Lee］、《尤娜路姆》［Ulalume］）之前，除了支撑明确的思想或情感之外，很少有诗歌主要向词语的音响和节奏提出其他要求。诗人当然会利用语言的这些近乎物质性的条件，在一个更高的水平、在话语的尊严中确立自我，或者增强情感，由此在一种人际关系中历险，而这种关系已经更为接近有限感。但他们不会让语言的音响部分超越他们认为已经确定的意义。因此，在济慈或莱奥帕尔迪的诗歌中，词语形成了磅礴的音乐，但这音乐与他们的知识并肩而行，他们掌控音乐，音乐伴随他们，如同一条小船载着他们倾听世界。对世界的倾听战胜了他们的主观性，甚至使之再次变成单纯的人性，在自身面前显得透明。在任何情况下，这些词语音乐的大师都没有要求语言的声音能指僭越他们的信仰与体验。

可是，这一次，这个奇怪的文本完全不同，而且这种差异立即能被察觉到。在这个文本空间，不断重复的声响在明显的叠韵与简单的节奏之上沉重地铺开，形成一个框架，既脱离意义（sens）又为它服务：涵义（signification）留在文本中，但像是被音响中和、麻痹了一般。乌鸦确实宣布了一切的虚无，宣布了非存在内部的无意义，宣布了某个夜晚的降临，在这个夜晚，一切期待都消失了。词语的这种新用法确实能够有效地与消极的启示配合，但我们也可以认为，正是这种用法产生了这种消极的启示，而诗歌通过某种直至那时为止不为人知的方式，与爱伦·坡一起发现了僭越思想及其幻觉的手段。这条道路是什么？是倾听词语的音响，将它当作外部世界的一种声响而非义素的编码去体验，由此令话语反攻自身，令超越概念的东西在精神中显现，或者至少触及它。是放弃旧音乐，也就是那与思想有关，并因思想而与存在经验和平共处的音乐。是即便还没有任何答案（尽管从某种程度上说我们已预感到最极端的答案），仍然提出那个永恒的问题，也就是去了解在世界的黑夜中我们究竟能做些什么。这就是爱伦·坡提供的视角，这一视角的目的本身便是对形成于语言其他层面的一切信仰提出质疑。

在爱伦·坡的诗歌中，诗句对音响的运用不再像音乐起源以来的所有歌曲那样是为了实现音乐与主体性的协调，也不再像琴弓那样去颤动着的灵活共鸣箱中寻找表达的幸福，它既包括对被理解的色彩的表达，也包括对确定性满溢的怀旧情绪的表达。诗句对音响的运用是或者说至少看起来像是一种暗中破坏词语所指的工作，而后者是上述确定性的基础。总之就是一种消极的工作，是翻转土地的铲子，对身处浪漫主义式微时代的法国诗人来说，是在自我理念的不同形象之下进行挖掘——马拉美会这样说——的一种方式。是俯身审视爱伦·坡的文本，审视其文本呈现的或者说似乎呈现的深渊，在这深渊中，没有任何东西能够取代消散的幻觉。

可是，如果这是《乌鸦》能对读者产生的影响，双重的影响，我们能不能就此说，爱伦·坡就是这样理解或者说试图完全理解他的笔触所打开的一切的？

事实上，诗歌的含混性就在于此：意义对逐渐加强的语言音响特征的切分受到某种方式的阻拦，语言正是通过这种方式组织成言语，准备讲述一个故事。当房间里还是一片寂静时，占据“大学生”身心的是什么？是他自己，是他的存在，是他的恐惧（因为他害怕自己的存在只是一种幻觉），是能够平息这种不安的图书，总之，是的，是对虚无的恐惧。在乌鸦进入房间前，这种恐惧已经在纠缠他，证据是窗帘发出“uncertain rustling”（不确定的窸窣声），他感到“fantastic terrors never felt before”。这些念头，甚至这种惊惧，都意味着还存在某种仍扎根于希望之中的意识。当乌鸦喊出“nevermore”时，大学生并不愿接受这个事实，尽管这个事实本来可以超越他的恐惧，结束他的梦境。他没有像神秘主义者那样走进黑夜，也没有尝试将这点微不足道的东西提炼成一种可能的全新存在模式，而是继续沉浸在他那极度的焦虑中，同时发出反抗的喊叫声，作为保存希望的举动；他对我们说，他会紧盯着房间地板上乌鸦的阴影死去。他就这样受困于自我意识，尽管别人早已教过他，自我意识不过是“物质的一种空虚的形式”。

另外，这个学神学的大学生不停地想象着魔鬼，想象着好天使与坏天使，试图让这些属于超自然领域的形象为他作证，证实在他要度过的这个夜晚，确实活动着某种东西，哪怕是不可见的东西，而不仅仅是一无所有。《乌鸦》谈论的可以是虚无，但这并不意味着它的作者必须从中得出一些极端的结论，例如那些我们今日读这首诗时觉得必然的结论。诗歌没有推动作者对诗性直觉、对这直觉可能给某种新的精神状态作出的贡献进行一番新的评价或组织。从这个角度说，爱伦·坡的态度还是很传统的。那是无数惊恐的灵魂的态度，多少个世纪，这些灵魂目光紧盯黑暗处，发抖的手上捧着魔法书。另外，诗歌魔咒一般的音响、叠韵、节奏也并非与神秘的咒语毫无关系。

与此同时，通过另一种方式，爱伦·坡还拒绝将“napping”（打盹）、“rapping”（敲击）、“tapping”（敲打），或其他类似“door”（门）、“more”（再）、“Lenore”（丽诺尔）等的词视作是对词语涵义的超越。在《写作的哲学》中，他声称这些诗句言说的，与其说是某种经历，不如说是某种效果。他规定自己要完全自由地创造出这种效果，心中只有一个几乎有些科学的念头，只关心读者对某个精心编造的虚构故事的接受。为了顺利完成这项任务，他选择了很多方法，其中之一是词语的音响效果，以及对词语的联想的安排。为了获得“效果”(一种哀伤的效果，因为他有一个观点，认为哀伤是美的特征)，爱伦·坡指出，他起先想在每个诗节设置一个重复的“副歌”部分，之后用一个响亮的元音和一个最容易发音的辅音组合成这个“副歌”部分，也就是“nevermore”这个词。因此这个可怕的词只是计算的结果，是一个在词语涵义上做文章的美学程序，而涵义在与音响及其节奏的互动中一直保持着活跃。这个词也完全不带有某种无法压制的形而上学性质的发现，而对这个音的倾听本来可能会令诗人有类似的发现。同样的，所有其他产生极其阴森回响的“-ore”或“-ing”音，它们可能都是技艺非常高超的爱伦·坡有意的选择。

《写作的哲学》只有一个目的，就是要让读者相信，贯穿整首诗的恐惧——包括午夜的房间、轻微的声响、叹息和呻吟——尽管可以被强烈感知，但对诗歌作者来说，它不是一种亲身经历，而是一种原材料，诗人的智力从这材料中汲取养分，创造出了一部艺术品。“我的目的是证明，写作的任何一个部分都不是偶然或直觉的产物。”爱伦·坡说，他得意地宣称自己的写作具有数学方法的精确和严密。这一评论透露出，他的思想态度仍然是十分传统的。一直以来，人类都满心恐惧地拒绝着一种想法，即自己不过是夜晚海滩上转瞬即逝的海浪泡沫，没有存在的实体。一直以来，人类都在试图说服自己，他的理智有能力通过某些事实，来组织那表面看来混乱不堪、令一切希望破灭的东西，以此来重建自己的存在。

于是，那被承受的变成了被控制或者说是被生产的，是某种意识被假定自由的行动的产物，对于这种意识，今日人们不再质疑其现实性，正如人们不再质询其源头。存在从身体转移至精神，思考的主体得到完好保存，这主体此前似乎濒临危机，因为它承认自己只是一种幻觉，而这幻觉本身又建立于其他虚幻之上。《写作的哲学》这篇论文是否属于一种神秘化行为，将被经历的形而上思考等同于空想的美学？是的，然而它想欺骗的不是读者，而是作者本人，因为后者自认是自己言语的主人，但其实他所做的，不过是尝试阻挡一刻不停困扰着他的直觉与恐惧。

III

这就是《乌鸦》的含混性，或者说得更确切一些，是它的双重含混性。一方面，它似乎在启蒙思想家及他们那掩饰不住的无神论使命后，向某个已经不安的世纪预告了虚无以及虚无的事实，但它所做的实际只是令某种传统的恐惧在诗歌中上升，以便重建一道抵挡恐惧狂潮的理智堤坝。另一方面，它也揭示出，词语的音响能够削弱诗句中涵义（significations）话语的力量，打破其权威，呈现一个超越涵义且敞开的即时性世界，而这一切能帮助某个空洞的天空的新见证人深入对往昔幻觉的批评，甚至帮助他们踏上一方新的土地。然而爱伦·坡本人不愿意承认言语的这种潜力，不愿意接受这是提供给某种终于具备彻底性的诗歌的地基。尽管他的方式前所未见，他还是再一次地将音响当成了意义（sens）的附庸，将他对《乌鸦》的评论总的来说当成了古老修辞学的又一个篇章。

对于这种含混性，我们不是很确定巴尔的摩人或纽约人是否很好地理解了它，但它肯定没有逃过我们这两位先后成为爱伦·坡译者的诗人的眼睛。

出于我前面提及的一个原因，也出于另一个原因，这两位诗人确实更容易察觉到这种含混性。一方面，当时的法国刚走出浪漫主义（法国的浪漫主义比英国或德国的少一些与超自然的联系），最明确地提出了人世生活的虚无问题。与此同时，在突然扩大的巴黎，无个性的匿名人群——之后被马拉美称作“惊慌”(hagarde)的人群——从他们乌压压地出现于地球上时，似乎就已预告了“我们那未来灵魂的可悲的混沌”[1]。作为萨德的读者，波德莱尔可以不时向上帝发话，但他仍然向母亲坦言自己无法信仰上帝的事实。非存在的问题既已被提出，答案就不会被回避。

另一方面，对于要求词语的音响僭越思想领域、向神话之外的某种在场敞开的诗学来说，法语无疑是一种比其他很多语言都灵活的语言。在重音明显的语言例如英语中，诗歌产生自潜在于词语的节奏，诗句只是延长了言语的普通运动，因此它们自然地承载了言语的呼吸，自发地言说着梦境、悲剧以及信仰，赋予过去的生活及其致命的天真以一种权威性。但法语几乎没有重音，因此在波德莱尔的世纪，诗句除了依靠音节的确定数目，没有其他存在方式。必须读完整句诗才能承认它们是诗句。于是我们既要面向前面的词语，又被邀请去寻找帮助诗句成形的词语和韵脚。鉴于此，诗歌更多是一个在页面上铺开的文本，而不是一个向前行进的声音。

1 语出马拉美诗作《悼歌》(Toast funèbre)。

法语的这种特点决定，比起其他很多语言，诗歌的各种音响特征——包括“不发音的 e”，它们之间的关系更能与在每个句子中自我寻找的涵义区别开来，毛遂自荐为某种根本经验的场所。这是一个形式的场域，但在这个场域深处，有时我们通过与英语或意大利语等语言的对比，更容易发现法语词语的语音本身，以及语音中的细微声响，后者从涵义角度看也就是一种沉默，一种对一切思想的消除。世界仍然在那，在我们眼前，但它与我们有能力制造的任何表象世界都截然不同。

这当然是困难的经验，尤其因为我们需要立即将其融入人际交往中，因为诗歌并不神秘，它并不喜欢那种正面否认语言使命的孤独。因此，在波德莱尔时代（在这个时代，格律诗还占据着主流地位，对声音的倾听相对来说比较简单），诗人们几乎都没有意识到法语韵律中的这种潜力，而《恶之花》（*Fleurs du mal*）的作者很快会将这种潜力称作一种“神秘”力量。尽管如此，这些诗人中最了不起的那几位，从玛赛琳·戴波尔德-瓦尔摩（Marceline Desbordes-Valmore）起，已经明白诗句中发生的变化可能带来的根本性的益处。这解释了波德莱尔、马拉美、兰波（Rimbaud）甚至魏尔伦（Verlaine）诗歌中的变化。一种写作的革命，正是它使得这些诗人敏锐察觉到爱伦·坡诗歌中正在形成的东西，尽管他们对此可能并没有太清醒的意识。

IV

现在，我终于要谈爱伦·坡诗歌的法语翻译了。首先要指出，法国对爱伦·坡的接受自第一天起就是由几个人承担的。对这几个人来说，无论在社会的哪个阶段，诗都是严肃的东西。波德莱尔身体一直不好，但他仍投入大量精力，来翻译爱伦·坡的全部作品。在这些作品中，对诗的思考尽管时常以隐喻形式存在，但它出现的频率其实超过了我们的想象。波德莱尔在传记和批评文字中复活了诗歌的作者，他的文字既感人又清醒，实际上展现出一种平等的同行情谊。至于马拉美，他在爱伦·坡身上看到了诗人的典范，并在后者的作品中汲取了不少决定他未来思想的因素。“我学英语只是为了能更好地阅读爱伦·坡。”他甚至在一封写给魏尔伦的非常有名的信中说过这样的话。

这两位诗人想要翻译爱伦·坡，而且他们确实出版了爱伦·坡诗歌的法文版，波德莱尔只是翻译了《乌鸦》，马拉美翻译了爱伦·坡的全部诗歌。可是，我们能不能说，他们对自己的工作真的很满意呢？或许不能。

翻译《乌鸦》，在另一种差异很大的语言写就的文本中解开由叠韵、声响、交缠的音义交织而成的谜团，这明显是个不可能的任务。为了完成这个任务，两位诗人中率先进行挑战的波德莱尔对词语的音乐性、词语的和谐产生的丰富音响太过在意，对旋律的微妙之处太有意识，总之，太过执着于自己

“完美诗人”、语言“魔术师”的身份。从很多角度看，《乌鸦》比任何诗歌都更抗拒翻译，尤其当译入语是法语时。类似“plutonian shore”、“forgotten lore”当然还有“nevermore”之中“-ore”这样的音暗示出隐约的恐怖氛围，容易让人联想到深夜在空荡荡的房间里会感受到的“fantastic terrors”（荒诞的恐惧）。这一类音法语没有，即便有，它们也会与其他观念、其他事物或存在的表征相联系，无法用来翻译诗歌，除非解构诗歌中引人入胜的虚构故事。在法语中，爱伦·坡诗歌中应被保留的形象与思想只能保存很小一部分联想意义，而在原文中，词语的音响却能唤起这些联想。首先是乌鸦的名字引发的联想，美国的大“raven”（乌鸦）会令人有意无意地想到“to rave”（咆哮、胡言乱语）。“to rave”这个词同时有胡言乱语、大声说话甚至夸张朗诵之意，爱伦·坡不可能没有察觉到这个背景，但在法语中，它却无可挽回地消失了。

无论如何，现在是时候指出，我们的语言中很少有这样的词，其音响仿佛选择性地与精神生活的事件相联系。对于使用者来说，法语词汇更为自然地呈现出的，是其词源结构，而非其辅音或元音与具体生活场景中的姿势与行动所产生的密切关系。法语词汇明显的音响效果与其说让人联想到人类现实，不如说让人联想到自然环境，与其说让人联想到自然环境中的具体事物，不如说让人联想到对自然环境的感知，例如色彩、香气、声音。波德莱尔会在《应和》（Correspondances）一诗中宣布感性存在的多个方面彼此“应和”，这并非出于偶然，因为他在自己诗句的每个词中都注意到了这种现象。兰波通过另一首十四行玄学诗——《元音》（Voyelles），以一种几乎令人窒息的方式，也经历了同样的感受。法语语音毫无过渡地与最直接的感觉相连，因此这种语言给画家带来了很多帮助，相比想象世界可疑的清晰性，画家们更愿意选择光线中的色彩之美。至少从 15 世纪起，法国就已产生具有印象主义倾向的画家，这一点很好地呈现于那些紧紧围绕在文字周围的彩色插图中。在马拉美的时代，莫罗（Moreau）或勒东（Redon）的作品证明，没有听从法语的召唤是一个错误的抉择。

总而言之，不仅《乌鸦》这首诗，还包括支撑它、让它产生回响、令它效果增强的英语，在法语中都不得不承受无法被迁移的命运。与它最早的两个译者具备同等感受力的诗人都领悟到了这一点。对于自己翻译的《乌鸦》，波德莱尔早在 1853 年就已将它发表于杂志《艺术家》（*L'Artiste*），那时距离原诗发表才八年。一年后，波德莱尔开始发表他翻译的爱伦·坡小说。不久，他修改了《乌鸦》的译文，并附上了自己翻译的《写作的哲学》，同时将后者改名为“诗歌的诞生”（Genèse d'un poème）。前后两次，《乌鸦》的译文都是散文。这是一个很重要的事实。写下《阳台》或《秋歌》（Chant d'automne）的诗人，毋庸置疑的韵律大师，却从一开始就拒绝了格律、押韵、谐音等因素，尽管他很清楚这些因素无论对爱伦·坡还是对他本人的诗来说都事关根本。与此同时，他还直截了当地指出，如果说“将散文的模子套到诗歌上，肯定会产生一种可怕的缺陷”，那么“一种押韵的滑稽摹仿所带来的灾难更大”。在别处，例如在《关于爱伦·坡的新说明》（*Notes nouvelles sur Edgar Poe*）中，他毫不含糊地重申了这一原则：“对如此刻意、如此精练的诗歌的翻译能够成为一个温柔的梦，但也只能是一个梦。”

那么马拉美呢？表面看来，这种悲观情绪并没有感染马拉美，因为他给自己制订的任务是翻译爱伦·坡所有的诗歌，作为波德莱尔翻译的叙事作品的补充。马拉美还以一种总的来说十分特殊、无论如何不太准确的方式，在1889年将《爱伦·坡的诗》（*Les Poèmes d'Edgar Poe*）题献给了波德莱尔。他说：“死神阻止了正翻译爱伦·坡全部诗歌的波德莱尔，使他无法完成这部献给爱伦·坡的融入诗人自身天赋、体现友爱精神的杰作。”他本人的翻译则紧紧围绕爱伦·坡作品中最关键的部分，也就是诗歌。那么他的翻译是否也追求“杰作”的广泛影响与显著特点呢？在《关于诗歌的说明》（Notes sur les poèmes）中，马拉美承认自己只想“重现原诗音乐美妙音响的某些效果，同时可能在某几处重现原诗的情感”。某些？在这些文本中，我们确实看到了一些“音响效果”，但并不明显。它们从属于被我称为句法效果的东西，而且有些时候句法效果确实精彩，例如在《尤娜路姆》中。但与其说这是纯粹的、清空语言内容的声音，不如说是对语言意指过程（signifiances）的一种紧张、惊人的使用。因此马拉美放弃了对“nevermore”音响的再现。他的译文也是散文。波德莱尔的判断再次得到证实。

如果翻译意味着在诗歌雕琢词语的过程中与其相遇，然后在另一种语言的另一个文本中以诗的形式将它重现，那么马拉美其实也放弃了对爱伦·坡的翻译，尽管他没有明说。但只须想一想他在那些年以自己名义写的诗，我们就不会怀疑这个事实。例如在《以 -yx 结尾的十四行诗》中（我之后还会再谈到这首诗），抓住他注意力、令他激动的是诗句，是诗句这一形式内部出现的音与意之间最大程度的互动。

所以，既然波德莱尔和马拉美都没有严格将爱伦·坡的诗完全翻译成诗，我们是否应该认为，他们对这个问题不感兴趣，并且接受了一种吊诡的处境？也就是说，他们一面指出一位诗人、一位伟大的诗人，情绪激动地谈论他，甚至为他那“耀眼的”坟冢雕刻了一块“浮雕”，一面却又不愿意运用他们所掌握的一切写作手段，将他的诗接纳至自己的诗歌中。他们是否并不打算将翻译和琢磨诗句当作同一种研究？是否放弃了在法语中重现他们所见证经验的尝试？

不是的。我们应该认为，他们作为爱伦·坡译者的真正工作并不体现于那几页诗歌译文中。应该去他们与自身关系的其他领域寻找这项工作。这没什么好奇怪的，我在演讲开头已经提到过了。他们的某个同类用另一种语言写就的普遍经验中所具有的特殊性，他们无法用法语词汇来移译，身为大诗人的他们必然会为这种不可能性感到吃惊和痛苦，波德莱尔承认了这种不可能性,马拉美奇怪地淡化了这种不可能性。不过,反过来,被迫意识到这一事实后，他们放弃了不如意的尝试，回归到与自身之关系的最深处。在此，他们生活中的事件、记忆甚至梦境,或者说特别是梦境,都比他们直接的译文更为接近爱伦·坡诗歌的思想与情感。这里有一种向自我的回归，回到自我的最深处，后者内在于一切诗歌欣赏中。读一首诗从来都不只是阐释它或将它据为己有（因为一首诗只有在能够向读者敞开、能够具备普适性时才是伟大的），而读者的这种不可避免的自然反应必然也会出现于译者身上，而且变得更为深广，因为相比之下，译者更为强烈、更为频繁地是个诗人。

波德莱尔和马拉美肯定以这种方式，也就是在更为深广的程度，对这个他们无法完全用另一个文本去替代的文本作出了回应。在他们的思想中，在他们的作品中，必定有某些地方表达了这些反应，这些地方融合了他们对原诗的忠实态度，以及他们在读这首诗时不可遏抑地产生的情感和思想，尽管这些情感和思想属于他们自己。如此一来便产生了一个问题，在我看来至关重要。我们是否应该满足于将这些探索的时刻——如果这样的时刻确实存在的话——视作他们自己作品的一部分，在后者的框架内去诠释它们，而不把它们当作他们倾听爱伦·坡的重要体现？还是说，我们确实应该将它们视作对爱伦·坡诗歌的翻译，甚至是真正的翻译？因为一首诗的现实并不是纸张上印刷的文本，而是人们对它的阅读。为什么大部分诗歌翻译在我们看来都那么平淡、那么无益呢？因为面对文本，译者出于胆怯或冷漠，没有产生应有的反应。翻译而不投入，翻译而不斗争，有时甚至可以说翻译而不自我拒绝（尽管友爱是必需的），那么译者注定只能从诗歌中获得词典所理解的东西。

我称之为广义的翻译的，正是译者的这些反应，它们附加于狭义的、惯常所理解的翻译上，附加于其上，甚至取而代之。我认为将这些发生于内心深处——事实上通常属于无意识层面——的事件视作诗人最好的感觉，视作他对自我、对渴望成为的自我的一种无法替代的感知，这并非毫无意义。在诗歌于另一种语言的读者心里激起的涟漪之中，重视翻译的这第二个层面，会令读者与自己真实、自发的信念相遇，由此照亮他自身的存在。但这也意味着在理性的辩论中令自己走得更远。这些辩论多少以有意识的方式，令法语表达与其他语言的表达对立了起来，后者有存在于世的其他方式，也就是在概念之下追寻有限性的其他方式。

我相信广义的翻译研究的价值与必要性。当然，我也丝毫不怀疑，这样的研究尤其应该用于考察波德莱尔和马拉美，因为他们俩都翻译了自己深爱的诗人。换句话说，在他们的作品中，是否存在这样的文本：一方面，它们属于且完全属于他们自己，另一方面，对《乌鸦》的记忆那么深刻，以至于我们可以将它们视作是“翻译”，尽管无比自由，却因此而显得更为忠实？是的，我觉得存在这样的文本，而我首先想要关注的，正是这些文本。在波德莱尔笔下，是《双重的房间》及其他诗歌，在马拉美那里，首先是《以 -yx 结尾的十四行诗》，《伊纪杜尔》（Igitur）也几乎如此。这些诗，一旦我们意识到它们几乎逐字反映了某一部在波德莱尔与马拉美的时代颠覆了诗歌认识的作品，它们彼此之间就会建立起一种联系。

（曹丹红　译）

译者的悖论

I

我们看到的一个《神曲》译本是雅克琳·里赛（Jacqueline Risset）翻译的，这个译本尽管已经有些年头，却有可能成为人们绕不过去的一个重要参考版本。为什么呢？原因很多，其中一个原因是，它与大部分译本都不同。很多译者试图保留他们所译诗歌的韵律结构，例如规则形式，同时，为了在形式中注入他们有义务保留的涵义，不得不做出痛苦的高难度动作。我们可以说，这一点揭示了他们对诗没有概念，或者说他们正在失去诗的概念。

形式确实是诗歌写作的创造性原则。它是一种内心冲动，在这种冲动作用下，词语的用途摆脱了日常话语这一拒绝让我们看到存在完整面庞的纱巾。在与这种放弃观看也就是放弃真正理解的意图合谋的笔触下，形式成为一种排列词语的简单程序，词语在这种桎梏下窒息。人们满足于将完全属于概念层面的所谓涵义装进盒子，而撰写真正诗歌的计划首先会向普通的意指活动发出质疑。不仅如此，这个盒子还无法合上，一切都散落到盒子之外，本来可能出现的一（l'Un）再一次消失。

不少其他译文——这些译文大同小异——的另一个缺陷，

在于它们的拟古色彩，人们认为有必要使用一些法语中的古老词汇，以便忠实再现一个古老的文本。这个习惯削弱了安德烈·佩扎尔（André Pézard）等人翻译的《神曲》的魅力。佩扎尔本人也是诗人，但他的翻译甚至生造了一些词，来增添中世纪色彩。而但丁的普适性那么自然，而且任何时期都以他所处时代的语言呈现，尽管他需要与当时的信仰与思想作斗争。

毫无疑问，我们应当用我们自己的语言进行翻译，哪怕我们不得不去这门语言幽微然而非常美好的最深层探索。这些层次尽管不被日常用途所熟悉，却仍然时刻准备着向诗歌敞开。至于形式，例如但丁的“terza rima”[1]，很重要的一点是，译者要敢于认为他自己也能创造具备同等功能的形式，并且能够通过自己的节奏与谐音，以不同的方式获得同等的力量。这意味着在我们的时代，也就是固定形式只能反映出贫瘠的正统思想的时代，我们将用自由诗进行翻译。

一种以忠实为目的的自由，而忠实是根本性的。作品在译者的这种自由中，赢得了被更好理解的机会。这就是雅克琳·里赛的意图，而她并没有错，因为但丁巨著的比例非常和谐、均衡，即使在译文中，它也能通过强大的节奏令诗节澎湃激昂。与此同时，但丁的语言是简单而不加矫饰的，对于文学效果毫

1 意大利语，指一种三行诗节押韵法，每节的第二行与下一诗节的第一、三行押韵，由但丁最初在《神曲》中使用。

不在意，这令他的作品具备一种可读性。这种可读性完全存在于某个文本的精神中，后者的词语是语言之中最基础的词汇，尽管毗邻神秘，却始终清晰明了。总而言之，雅克琳·里赛对中世纪最伟大诗歌的翻译完全配得上它翻译的对象，她可以对自己的工作感到满意。

尽管如此，我也确信她并非不知道自己在翻译这部作品时付出的代价，这部作品虽然具备一种非凡的简洁，却仍然动用了意大利语中所有的音乐与语义资源，而后者在意大利语中是非常丰富的。语言不是词典。如果是的话，诗人就只须从词典中汲取词语来表达思想，而译者只须在同样的意指层面重新表达这些思想。语言是无法确定的多义性的网络，其含混性有时是被刻意保留的，因此在简单的分析性语言之下还存在一些空间，在此形式与体积逐渐展开，正如建筑向我们呈现的那样。这里是光线的游戏，是穹顶下的回声，还有那么多或雕刻或描绘的形象，此处彼处散落在墙上或柱子顶端，它们是宗教神话与艺术直觉融合的产物！语言不仅仅是词语的意义，它们是朝深处、朝表象之下的存在伸出的手臂。所以，但丁的作品与罗曼式甚至哥特式教堂一样，我们在穿过教堂的开间或长廊，在参观地下墓穴时，总会忍不住将目光投向圆拱的阴暗处，或转向明亮的彩绘玻璃：作品的真正思想正取决于这种无限性。

尤其因为诗人并不满足于栖居在他们的语言之上，因流浪在此、呼吸在此而感到愉悦。这是另一个我们不能忽略的事实。

诗人还必须与这语言展开漫长而恒久的斗争。因为诗歌是感性事物的首要目标，这感性事物要求我们对概念、观念、定义、评价失去耐心。感性事物原本首先是一种生活，但概念、观念、定义、评价却给它笼罩上了各种表征和神话。诗人喜欢词语，但他们不喜欢词语中固化的表征。他们带着锤子走进教堂，他们是亵渎圣像的人。然而由于他们的软弱（对此，他们也很自责），他们又是偶像崇拜者。

总而言之，面对语言，他们发怒与陶醉的程度相当。在他们似乎想让我们接受的涵义的表面线性之下，他们具有三维甚至更多的维度。因而，怎么翻译这一切，怎么穿透这种与自身形成的亲密关系，也就是诗歌本身呢？诗是不可译的。雅克琳·里赛生活在意大利和意大利语中，作为历史学家，她不断穿过中世纪语言的各个殿堂，不断观察殿堂墙上的壁画，不断呼吸殿堂里的香火或麝香味，不断倾听殿堂中的音乐。当她勇敢地穿越三大卷《神曲》向前迈进时，我们完全有理由确信她知道诗的不可译性。

因此，看到她一面深刻地意识到，自己不可能不作出牺牲，一面却看似非常轻松自如地坚持努力着，我心中产生了一个问题。一言以蔽之：是什么弥补了她不可能没有感受到的挫折？除去拯救一部杰作之精髓的愉悦，在如她这般劲头足、要求高的清醒译者的工作中，是不是还有其他回报，足以补偿每个时刻必然产生的丧失感？

II

是的，这样的回报是存在的，而雅克琳·里赛的作品，不光是她作为译者的成果（至少同样重要），还有她作为诗人与诗歌见证人的成果，都提供了更好地理解这种回报的机会。

我刚刚重申了一下什么是诗，诗就是对词语概念部分的僭越，因为词语的音响与节奏翻转了涵义的土壤，在此开掘出光明的犁沟，给翻译造成了困难与阻力。然而，认识到我们不可能从一种语言写就的作品过渡到另一种语言中重新开始的文本，这对发现并最直接承受这种不可能性带来的后果的人来说，并不是一件完全消极的事。由于已经知道概念对诗歌来说是斗争的场所，他们实际上反而有机会，在他们的工作向他们呈现的语言差异中更好地察觉到，不同语言中很少有重合的概念，它们只是被理智投射到真实世界上的抽象化的东西。抽象化也就是相对化、片面化，对现实的多种可能性解读中的一种。这是对诗歌计划的合理性，同时也是对诗歌运用词语的方式充满信心的表现：翻译鼓励译者在写作时也成为诗人。诗人，既是急躁的，也是大胆的，同时还是主观的，无论这写作立即发生于对一部外语作品的倾听中，还是发生于存在的其他时刻。

译者应该成为自由的灵魂，我常常这样说；而翻译是一个自由的学校。假如他还不是人们所说的诗人，专注于事物之中没有被拆散的部分，专注于人际关系中直接的东西，那么这个诗人的见证者将会被鼓动去成为诗人，并得到有力的帮助去实现这一目标，而这一任务的困难只会令他更深地扎根于这一伟大计划中。这是一个悖论吗？译者的悖论？正是诗歌之中不可译的因素在承受困难的译者身上激起或者增强了他成为诗人的使命。

这就是补偿。译者慢慢学会在自我深处冒险；或者，如果他已经在这样做了，那么他开始明白，自己有能力更进一步。诗歌是否消失于翻译的悖论中？没有，它只是转移了，从一部作品转世投胎到另一个生命在所有时刻展开的另一项工作中。这项工作——请大家注意——反过来令刚开始的翻译变得更为深入，因为成为诗人的使命很快转变成投向伟大创作者的自由目光，与他们心心相通：当我们用心而非用脑跟别人说话时也是如此。

由此，诗的整体——如果可以这样说的话——不会因翻译而缩小，因为原作中无法被译者保留的部分将在译者自己的作品中，在同一个诗歌意识层次上得到重新表达，在新的时代令译者自己的语言获益。这就是我们今天对翻译感兴趣的原因，这种兴趣随着人们意识到，或者说更好地意识到诗歌行动的精髓而不断增长着，至少我是这么认为的。一些人在翻译中体会到了挫败感，然而看到别人对他们非常在意的问题给予日渐增长的关注，他们的挫败感也会逐渐减弱。

III

从一种追寻转变成另一种，然而第一种追寻并不会因此被牺牲。要说明这一过程，有一个很好的例子：但丁的这位译者在开始思考但丁前，本身就已是一位诗人，这促使她从一开始翻译《地狱篇》（*Enfer*）时，就应该已处于自身经验的中心。之后，两项事业携手并进。在不可能性中淬炼自己的精力，这正是诗歌计划所需要的。由于雅克琳·里赛的努力，我们拥有了影响她那个年代的杰作——从1971年的第一部作品《游戏》（*Jeu*），到之后的《一个女人的七段人生》（*Sept passages de la vie d'une femme*）、《遥远的爱情》（*L'Amour de loin*）等——由诗歌构成，其断裂的、简略的写作风格在超越时间性的真理组成的地平线下，全部都有着秘密的拐弯。此外，她的作品也具有一种二元性——自我的直接表达以及虚构的运用。这种二元性令人猜测，雅克琳·里赛之所以会翻译但丁，是因为在计划翻译之前，她就已感受到与但丁的这种亲近，因为但丁的作品也是一种叙事，一种声音。但我们不要再借谈论但丁来谈论另一位作家了，这位作家在很多方面都超越了但丁译者的身份。而且面对一本批评集，眼下也不是探讨雅克琳诗歌的好时机。

还是让我们来谈一谈这本批评集吧，这本书名为“翻译与诗性记忆”（*Traduction et mémoire poétique*），是雅克琳刚写完出版的。我们会在书中读到《二次补偿》（Seconde compensation）一文，这种“二次补偿”能减轻译者的挫败感，它是译者的智力为他们提供的。

对于已经是诗人的人来说，正如我刚才重申的那样，如果他去翻译，他会变得更为诗人，这是千真万确的。但是，一些别的东西可能会从他的翻译决定中产生。如能在一种真实的写作实践中，借助他人的作品（有时是伟大的作品），观察到两种习语的碰撞，这对译者来说只会促进其对诗歌的思考，并在这思考中促进对诗学的思考。在另一个人身上，通过首先是音响但又不仅仅是音响的能指层面的努力，一个词接一个词地体验对所指的僭越，注意到参照物从所指之下浮现出来；所指本来是散乱的，但是由全新的目光所增强的对世界与存在的认识将之重新组织了起来。这是多好的研究诗歌思想的实验室！这是多好的机会，去更好地观察诗歌的类型，更好地理解创作的道路，同时更好地走近一直为我们所喜爱的作品！总而言之，这是译者悖论的另外一面，而这是怎样积极的一面啊！只要译者有意愿有能力，他其实处于一个比任何人都更为有利的位置，能够成为诗歌的思想者，如见证精神的其他目标一般见证诗歌的意愿，成为批评家，有能力在最贴近文本处，分辨出字里行间那些与诗人的自我相关的东西，这些东西位于比诗人生平更为私密的层面。

对于自己的诗歌创作实践，译者能够不断深入追寻，但永远触及不到底部。正是在这样的追寻中升腾起最值得深思的念头。我们不难在现代，也就是从德国或英国浪漫主义开始，找到翻译与思考融合的诸多例子。很快我们会在法国看到波德莱尔，爱伦·坡的伟大译者。雅克琳·里赛证实了这一事实，她的新书证明了这一点，在提出有关诗歌及几位大诗人的重要问题的同时，它毫不含糊地表明了翻译对她的指引。

IV

这本书关注的可能是最核心的诗歌问题，也就是当诗成为存在之中最重要的经验时，记忆如何深入、如何变得清晰的问题。这不是一种偶然，因为，当我们翻译一首诗并尝试重新踏上它所走过的所有道路时，我们碰到的会是什么呢？在这些道路尽头显现的是某种现实，我喜欢称它为尚未失败的现实，这是立即呈现自身的事物，任何一种分析性的再现都还没有取代我们看它的目光。通向这无法触及的绝对性的，是诗人追寻这绝对性的脚步，后者是一种有意识的回忆，是在对词语的倾听中，将优先权赋予回忆所诉说的东西。

事实上，除了在几个幼年时期即将结束的人身上，在生活的哪些时刻，我们还曾在近旁的事物或个体身上感受到一种完满的存在呢？在童年时代的某个时期，在概念网络全面攫取目光之前，人或事还拥有某种自由，可以作为整体出现，还没有受到成人辨识世界的方式和生活方式的影响。然而，新的阅读方式的幕布已飘落在这些时刻之上，虽说有时人们能长久地甚至终生记住这些时刻，它们也常常就此消散，无论如何会被新的存在强加的审查所抛弃。而诗，便是与这审查的斗争。

在诗歌中，某种回忆重现。它是对在场的记忆，与成年人的宿命也就是无止境的简单再现实践形成对立。在诗歌中，在成千上万被概念性思维物化、本质化的形象之下，对某些处境的记忆重现。在那些处境中，孩子曾与他的世界的什么事物或什么人建立一种深刻的关系，而且这里的深刻要从它最字面的意义去理解。这实际上就是即时性，它充盈了那些时刻的经验，而即时性无论从关注的客体还是对此投去注意力的主体来说，立即就是不可分割的一（l'Un）。在诗歌中，由概念赋予的事物形象在事物中隐去，记忆成为某种整体性印象回流的场所，令目光能够在此时此地的世界中重新找回它曾经拥有然而现已失去的东西，正如华兹华斯（Wordsworth）在他那首伟大的诗歌中所说的那样。

因此，要想真正理解诗人，我们就必须在其作品中，在其生活中（在位于其生活中心的作品中），辨认出诗人对记忆中那些具有欺骗性的事件的质疑，看到他的记忆摸索着探寻自我，摆脱审查施加的影响。正是因此，诗歌能充当最隐秘事物的观察站，而译者的实践令他具备了这种立场，通过阅读文本中的事件，译者这位读者能够给文本带去最私密的分析。雅克琳·里赛肯定受益于这种反思性翻译的优越性，她翻译但丁真的非常合适，在翻译中，她在一个伟大的文本里，跟随词语实现了向其原初完满性的回归。但丁确实以神学家的身份思考了词语的这种回流与展开，但他是以诗人的身份经历这一切的。

身兼诗人与译者双重身份，雅克琳拥有充分的资格与资源，来进行这项思考诗歌与记忆的工作。而且我现在还要指出，在《翻译与诗性记忆》中，她没有止步于她本来可能渴望做的事，一件具有真正重要性的事，也就是考察那些诗人译者——在法国有波德莱尔、马拉美、皮埃尔·让·茹弗——在自己的研究中如何承受对他者的追寻与关注所带来的影响。以爱伦·坡为例，他一直活在他的法国译者身上，不停地在他们自己作品最秘密的地方进行着写作。雅克琳所研究的诗人并不是译者，或者说翻译只是他们工作中不起眼的部分。反过来，他们却有非常多的经验，能够回应她对记忆问题的兴趣，这一问题有可能在诗歌译者身上被感知、被深入。

我们的朋友本可以只关注奈瓦尔。可能有一天她会这么做。或者只关注不停地被那些“深刻的岁月”所制造的记忆穿透的波德莱尔。不过，有一点毋庸置疑，她所选择研究的两个伟大的现代人，他们只能在记忆的符号之下才能得到最好的倾听，他们或者保留了记忆，或者懂得从过往事件中寻回记忆。这些事件如同航船，在航船上，存在物那简单的秘密自他们孩童时代起，就一直在为他们发光！兰波和普鲁斯特（Proust）！诗人提及“童年的那些日子”，作家提及“重现的时光”！将他们相提并论，这已经是对诗歌使命之史前史的一种具有决定性的定位。尤其是《追忆似水年华》（*À la recherche du temps perdu*）。整部《追忆似水年华》都被接近兰波式的对记忆的抉择所照亮，也就是从数量大到意味深长的对其他各类经验的记忆中，提炼那些对纯粹在场的瞬间的记忆。不过，其他各类经验也有可能受到那几次圣灵显现一般的重要经验影响，而且这影响时常非常深刻，所以，遥远地平线上马丁维尔教堂的钟发出的光所照射的，其实是整个社会及其习俗。

在写作的熔炉中，《追忆似水年华》接纳了从前曾充分经历的瞬间的精髓，经历过这些瞬间的那个人由此最终理解了自己的有限性，从而能够品尝这种绝对的滋味。这部巨著正是因此成为一首散文诗，并使我能够作出如下总结：作为一首散文诗，那时常被高度赞誉的《追忆似水年华》当然属于文学史上最广阔、最富野心的作品之一。这是将它与最伟大的格律诗《神曲》相提并论的原因。雅克琳·里赛经常有这样做的企图，哪怕这企图不明显。灵魂的这两次旅程具有同样的广度，同样的目的，每个旅程都有一个地狱，二者在西方那暴风骤雨的进程的两端彼此呼应。我们现在已经清楚，他们是在记忆的指引下这样做的，而记忆是所有诗人关心的东西，是很多译者关注的对象。于是我对自己说，雅克琳·里赛有一天应该给我们写一部《但丁与普鲁斯特》。这将能令她完善有关诗歌行动之结构的思考，关于诗歌行动之结构的问题是一个始终有待重新讨论的问题。不过我们还是先不要揣测她未来的工作了吧。

（曹丹红　译）

涵义与诗

对话皮埃尔－埃马纽埃尔·多扎

多扎（Pierre-Emmanuel Dauzat）：我认为，您与乔治·斯坦纳一样，都对当代的文本崇拜（textolâtrie）持怀疑态度。我发现，他提出的“意义的真实在场”与您的“诗性言说”概念有很大的相似之处。您写到，“言说”，就是“诗人思考的、意识到的、热切追求且深信不疑的某种东西，它是诗人寻求周围认同的一种生活理念；一言以蔽之，它是一种意义（sens），也就是与所谓涵义（significations）截然不同的东西，而逐字逐句的批评则力图使诗人认可涵义并替代诗人去讲述涵义”。

我了解到，乔治·斯坦纳在《巴别塔之后》中，将译者的阐释过程描述为一种吞并行为，它使译者趋向于在自己的语言中重构原文的涵义。斯坦纳由此将翻译视为“一种冲动、侵入、构形、还原的阐释学”。信任的冲动从文本内体现的意义的真实在场中迸发出来，强硬的吞并通过深入、侵入文本带回战利品——被译者俘获的涵义，在译入语中吸收或者说显现某种涵义与形式，最后是为发扬译本价值并补偿原文不可避免之损失的重建。最后一个阶段要遵循某种道德规范，在这种规范下，忠实并不意味着遵从原文的文字或精神，而是要用加倍的灵敏，去“重建被理解—吞并过程打破的力量之间的平衡”。请问您的经历是否与乔治·斯坦纳笔下译者的渐进过程有某些相似之处呢?

博纳富瓦: 首先，感谢您将乔治·斯坦纳的思想引入我们的谈话。因为我很早以前就已非常欣赏他的思想，兼具强烈的直觉与令人钦佩的勇气。那时，我在剑桥和美国，购买了斯坦纳最早的一些论文“平装本”，它们的作者因为这些书而声名鹊起，或者我们更应该说他从此进入了大众视野，其中最值得一提的是《悲剧之死》（*The Death of Tragedy*）。在聆听斯坦纳在伦敦的公开演讲之后，我钦佩他敢于逆流而上，警醒人们抓住本质的无畏精神。他所说的本质，就是各个流派的理论家自沉迷于研究语言运行规则之日起，便一直遗忘的东西。本质？是的，本质正好就是涵义与意义的区别，是我们给予几个问题的优先权，这几个问题是：“为什么要活着？如何活在当下、活在此处？”它们的重要性胜过对文本的顾虑，大多数情况下，这种顾虑不过是某种古代消遣的当代形式，这一消遣被帕斯卡尔（Pascal）称为“我们可悲之中的最大的可悲”[1]。乔治·斯坦纳没有上当，他首先做了为防自己上当而应该做的事情。这就是我将会谈到的他那令人赞叹的严肃态度。

不过，且让我们回到您方才提到的翻译理念上来。这一理念的重点在于意义以及重塑意义的必要性，意义被认为是经典

1 中译参考帕斯卡尔:《思想录》，何兆武译，商务印书馆，1986，第 82 页。

作品的生命本身与存在理由。我发现，从您认为译者必须做到的有所意识到译者完成任务，在此过程中，您遇到了某种涵义的理念，认为涵义是俘虏，被当成战利品带入正在进行的翻译之中，这些比喻自然令我吃惊，因为它们在很多情况下与事实相符。但我还是认为，在诗歌中，这些比喻应该被质疑、被辩证地看待。实际上，在一首诗歌中，缺失的并不是涵义，译者可以有所期待，这是合理的，期待能够征服某些或很多涵义，用以丰富他自己的意识领域。从这个角度去理解丰富性，会发现一些译作十分有价值。可是诗歌中的诗意呢？人们能在涵义层面上找到诗意吗？一个人想将诗意而非承载诗意的文本转移至自己的语言，但如果他只关注涵义，那么当他返回自己家中时，难道不会发现自己两手空空吗？

当然，在这一点上，我有必要明确我所谓的“诗”。作为开头，我将讲述一段经历，一段最根本的经历，我们每个人都曾体验过。有时候，我们会突然词穷，无法用组织并掌管我们的世界意识的词语来描述某事物或某人。这事物，这个人，他们就在那儿，在我们面前，身上携带着语言投射其上的，换句话说无限丰富的诸多特征，与他们的感官现实或其他现实相关，但也存在超越这些特征的东西，是概念无法了解尤其不愿了解的。这种无限性也是绝对性，因为人事物出现，一下子展现出模样与面貌的所有轮廓时，立即就会与似乎被它们震惊的我们建立起某种联系，而我们从周围世界的其他部分获得的认识与记忆，无论如何都无法改变或弱化这种联系。当我们在这突然显现的完满之中看到某棵树或某座山时，我们不会忙着去了解那是不是一棵橡树，这棵树的四周是否还有其他树种，都是些什么树；也不会忙着去了解自己是否正漫步于阿尔卑斯山上或布尔本山周围，即便那时我们心中正想着某位大诗人的作品。

无限性与绝对性，这两种超越寻常忧虑的感知，当两者融合时，便出现了我所说的在场。需要补充的是，有两条道路通向这一实际上从未被完整体验的经历，又由此重新出发，各自筹划着深入到这段经历中去。在第一条道路上，我们可以期待在词语的沉默之中安身立命，让我们的言语陷入沉默，直到能够永远完全忘却言语的视角，并在即时性中向前行进，这种即时性将只是自身全部的现实，极其神秘莫测：这是神秘主义道路，开启于一切语言的外部边缘。然而，假如我们尝试走这条道路，我们可能会撞上某种两难的处境。实际上，消失于此的，是对我们而言只有通过语言才能存在的一切，也就是其他存在，那些我们至少偶尔会与之建立关系的男人和女人。我们感到这些关系是我们与生俱来且不可替代的。在也许会变得愈加深重的沉默中，要如何记住那些对我们而言只通过言语存在的人呢？应该接受他们被牺牲的事实吗？

此时另一条道路出现了，那便是重新开始言说，重新找到同伴，并对那在场时刻保持鲜活的记忆，将其教诲意义铭记在心，因为我们必须正视存在于词语使用中的重大危害。对于言语中的断裂时刻，我们确实应牢记于心的是，没有什么是真实的，除了这一时刻，以及它为我们开启的一切，也即生活的此地与此时。特征的无限性及其承载者的绝对性，此二者不可分割的统一性证明，有限性——包括我们的有限性——之外无存在。所以，铭记着最初的时刻，我们难道不应该尝试着，在我们与身边人重新建立的关系中，保留有关这一时刻的想法吗？出于语言的概念化特征，我们身边的人与我们一样受到语言使用者这一条件的限制，被阻止完全看清以及记起无限性。自我与他者最深刻的交流言语被分割成概念与在场（这确实有些自相矛盾），但在某个至关重要的层面，也有可能成为知识及共享知识的开端，这一层面便是：在时间中流逝的生命，无法摆脱偶然的命运，以及生，以及死。不过，如此运用词语是可能的。节奏从生气勃勃的身躯上升至句子，字词的物质性使字词成为语言之外的世界的一部分，正如树木与山顶。通过节奏，通过字词的物质性，概念的衔接有时会在话语中脱散开来，尽管话语并不会因此而终结。由此产生了一种新的言语，它拥有令人惊异的形貌与不可否认的效用。直觉、对类比的迅速感知、情绪的迫切性，这些扰乱了之前的分析性思考，后者此前因不知晓真实的时间与场所而有了普遍化和遗忘的倾向。此时，诗的写作便出现了。

我的开场白有些冗长，请您谅解。可是当一个人被问及诗的翻译中的涵义问题时，他又如何能够节省口舌？涵义，我们在一首诗的每一点上都会碰到它，毕竟诗歌所用的语言结构已被深度概念化，以至于我们一旦开始思考，便不得不使用概念，即使在理解即时性时也是如此。这一事实从头到尾决定了译者的任务。译者所要翻译的文本，要么从一开始就是对某种涵义的陈述，也许这涵义没有看上去那么简单，但还是被清楚地表达出来，比如济慈那首名诗中，在某个决定性时刻出现的“tender is the night”（夜色温柔）；要么包含一些词语，联结这些词语的明显是某种思想之外的东西，比如我们所说的超现实主义诗歌中的意象，但是对于这些超越一切表达方式的关系与联结，潜在的译者会尝试深入钻研它们，以某种方式在其中找到或带入涵义，概念也就随之出现。言语的诗性运用无法摆脱涵义，我甚至要说，它完全不想摆脱涵义，因为它知道涵义是桥梁，连接着自我中心主义与可能接近自我的他者，也连接着再现与在场。只不过，它只记得在它原初直觉——因而也是特殊的、根本的直觉——的目光下，意指过程所呈现的外部特征。诗人与译者也是如此，他们不停地想要扯下那层扯不掉的外衣。

在诗歌中，无论涵义多么必要，它始终是一种障碍，也是对在场直觉的考验，而在场直觉力求稳固自己作为奠基性事件，以及作为被分享的财富的地位。如果涵义为了更好地自我定位，甚至为了一往无前地走向自我而需要有所意指，那么诗的书写只能在其词语的中心，在因毗邻统一的现实而激起的旋涡中体验这些表达方式，这种外在。因此诗歌只有通过否定它自己不可避免的分析性，才能达到某种比寻常方式更为真实的存在于世的方式，尽管寻常方式要直接为诸多的行动负责。因为这种否定，在从此被某种对即时性的预感所摇撼的言语中，注意力的对象将不再是被概念缩减为其外在的东西，也就是拥有全部物质分量的简单事物。我们心中对事物的渴望似乎只来自事物本身（渴望拥有它，是直接拥有还是崇高地拥有并不重要），这渴望开始摆脱那些产生自得到与拥有需求的幻想，因为它会消失于某种更深刻、更广泛的存在渴望之中，感到自身是整体的一部分，因自身有限性而成为一个无限的部分。僭越概念性涵义的层面，便是学习别样地行动，别样地思考，首先重新找回那些象征性的指示，令它们在接近即时性时重新获得色彩与形式。无论普通涵义多么自然且有益，我们都应少用普通涵义，以获得有关诗的更为有益的知识，以及诗的别样言说的开端。

这一点正是译者必须理解的。如果译者的计划是要忠实于诗的精神，那么他就不应将文本中的涵义视作他能占为己有并带入自己语言中的财富，而应将其视为曾令他所阅读的诗人痛苦不堪的障碍。译者现在也必须去面对这一障碍，并渴望在自己的言语领域中战胜它；如果译者是法国人，那么就在法语中重新经历他想要翻译的诗歌中的某种东西，后者曾在言语和在场之间，屈从或抵抗过概念的中介作用。译者的任务不是捕获涵义，而是重新穿越涵义的灌木丛，走向被它阻挡在外的一切。译者必须记住，在最理想的情况下，涵义也只是对本质的模拟。

因此译者不应该模仿最终迫使诗人投降的涵义，而更应该重新体验在这一失败面前趔趄的诗歌词语的激情。

对于涵义，译者当然不能判它死刑，也不能无视它的价值，因为它是人际关系的一种手段与发生场所，而人际关系会防止诗歌沉湎于神秘主义的追寻。在诗歌注定遭遇困境之处，译者必须始终忠实于诗歌创作的二元性，不能无视诗人曾痛苦经历过的冲突，永不停歇的冲突，没有出路的冲突，它是作品的因由甚至血肉。您会问我，那译者要从何做起，才能完成这项负载着如此矛盾的需求的任务。

不过，我现在想说的是某种处境的特殊性，这种处境不同于其他社会生活处境，它是某个被自身诗歌需求征用，以相同方式致力于翻译某部特定作品的人的处境。翻译的计划拉近了着手翻译的人与他所要翻译的诗人之间的距离，他们甚至成为密友，无论这项工作多么烦琐、多么艰巨。这位诗人译者得到了一个文本，如果他愿意，他可以随心所欲地体验记录在文本中的一切行动——书写、思考、生活，哪怕后者在文本中留下的仅仅是些许痕迹。由于语言之间的差别，译者也可以在他者言语的基础上，注意到语言的先决条件，而在他太过熟悉的母语写成的诗歌中，他几乎想不到甚至没有办法去考察这些先决条件。然而很多诗歌写作的企图都产生自语言先决条件的层面，并且在此大做文章。对于这些研究方式，普通读者无法企及，毕竟无论读者多么具有洞察力，对诗歌多么敏感，阅读于他只能是不断向前的运动，出于对牵引他前进的词语活力的忠实，他甚至主动希望这么做，而且他也没有时间。唯有译者在与文本相遇时，能够且必须回头，尽可能频繁地回望，尽可能长久地逗留，由此召唤词语的所有意义，包括另一个时代的词汇向他透露的意义。

更何况，普通读者不会在读诗时写下自己从诗歌中接受的一切，而没有了优雅的文字，他对作品的接受便无法深入。文字具有决定、综合的力量，能在符号的致命性与生命的要求之间，促使书写者去面对他在世界与他人面前的责任。译者是书写者。凭借这项其他读者不具备的资源，译者得以与他们区别开来。如果说有谁与他相似，应该就是那些有选择性地持续喜爱另一个人的人，这份爱促使他们全神贯注地观察并辨识爱人的存在模式与行为，而这些模式与行为就像写诗一般，是一种时间的实践，是经历一种有限性。但这些生活的见证者几乎没有一个投入到写作的冒险中去。

译者与文本、与给予文本变化无常又自相矛盾的生命的人，他们之间的关系是十分引人注目的。如果译者自己受到诗的计划的征用——这一计划，用马丁·布伯（Martin Buber）的话来说，是依附于“你”（tu），以便令“我”（je）存在——那么他肯定能利用这段预想中的亲密关系，在一种双重的辨识中一往无前，一方面辨识他者，另一方面辨识他所喜爱并想为之效力的诗歌的本质。事实上，在这种临近关系中，除了更好地理解固步自封于概念会对一个普通评论者造成的损失，译者还能获得什么呢？在属于他自己的词句中呈现作者经历过的境况，随他一同违抗规则，分享他的失败经历，译者将有幸通过自己的内心走上诗人的道路，有时甚至比他走得更远，因为在对世界与生活的感知中，他自己的语言或他所处的新时代有可能为他打开突破口。翻译所叩问的文字有时还只是花苞，那么翻译为什么不能让它绽放呢？一株玫瑰从一片土壤移植到另一片土壤，有时会开出更美的花朵，而翻译的背叛不会比这更严重。诗的翻译能够成为一种对话，甚至能够成为一场合作。翻译既观察作品，又是对它的再创造。它使诗歌既成为果，也成为因。顺便说一下，这也解释了为什么许多伟大的译者只能各自专精于极少数的作者：译者与他们致力翻译的作家之间，具有一种将两者结为一体的关系，在不断增强的友善中，这关系也不乏引起震惊甚至责难。

总而言之，如果译者是诗人，那么翻译就是可能的，相比于直接写诗，译诗的困难既不多也不少。

同样对译者有所助益的，便是在诗歌方面，不同语言的分歧只体现在写作的第一阶段，在它们各自的地平线，所有已经启程的人将拥有越来越多共同的事实，无论这些人说的是英语、德语、法语还是其他语言。为什么呢？因为我们永恒不变的大地为我们的语言提供了参考物，即使符号的涵义会有所变化，这些参照物在任何地方都以同样的方式被体验着。当目光从概念上移开时，树木、山峦、泉水、男人、女人，甚至幽谷中细弱的勿忘我，对目光而言都成了在场，后者拥有足够多的、具备潜在象征功能的普遍性，使得它们组成的整体从那一刻起成为某个精神场所，富有生命教化意义，一个精神上的 locus amoenus（乐土），诗人们可以在那儿聚首，相谈甚欢，尽管他们的语言直到前一刻都还是各不相同的。

什么是诗？诗就是在树底下，在繁花点缀的草丛与石堆间，望见初融的泉眼，泉水又开始流淌，水声潺潺唤醒了希望：某种象征的不可割裂的承载者。所以诗也是简单地说出："看呀，泉水又开始流淌，在石头之间。"内涵与结构化束缚了大多数词语的使用，而一切语言中的简单词语逃脱了它们的控制；于是这些重要的参照物能换上另一门语言的声音与文字外衣，却丝毫不受损伤，也没有改变诗人原本想让它们诉说的一切。

多扎：乔治·斯坦纳的翻译思考有一个背景，他坚信存在语言的共相，因此也坚信翻译的可能性。用您的话说，就是"弥补巴别塔灾难造成的损失"。在《译者共同体》中，您曾批评过这个计划……

博纳富瓦：我批评的是某些人幻想出来的唯一语言观，他们认为这一语言在现有语言之外或之内。因为我很清楚，生活不会缩减为几种基本经验，而且要获得这几种经验，只能通过偶然性的途径。这就将偶然的情况变成打开诗的钥匙，并赐予特殊的语言——特殊的语言使我们或停留在世界的实践中，或停留在对我们自己的探索中——某种不可替代的诗学研究价值。但这并不是要反对共相的思想，如果您将共相这个词理解为我方才提到的，出现在大地与生活各处的那些重要形象。尽管如此，请务必注意，我并不想用这些形象来代表某种超自然：大地，这人类在天空荒无人烟的疆域内的居所，对于它，我们只须看到它的存在。于我而言，我不会去想象或寻找任何大地之下或之上的东西。

实际上，很久以前，那是在 1958 年，在一篇题为“诗的行动与场所”（L'Acte et le Lieu de la poésie）的文章中，我曾写道：“一首真正的诗中，只存在漂泊不定的真实、不同类别的可能、既无过去亦无未来的元素，它们从未完全投身于当下的处境中，始终走在这处境之前，预示了其他事物的到来。它们是风、火、地、水，宇宙所提供的一切无限的东西。这些元素既具体又普遍。它们在此时此地，又四散于我们的场所与时刻的穹顶之下与广场之上。无处不在，生机勃勃。我们可以说，它们就是属于被诗解救的存在的言语。我们可以说，它们就是词语，因为它们只是一个承诺，别无其他。它们出现于语言消极性的边缘，仿佛天使们谈论一位还不为人知的神明。”我引用这段话是因为其中包含的共相思想——当然是我所理解的共相，更因为我惊讶于自己当时没有在这段话中把我认为已蕴含在此的思想明明白白地说出来：不只是风、火、地、水四元素（即使在我们看来它们已不再是现实的组成成分，但因其象征价值，它们仍然是基本元素），还有自然界中恒定不变的事物，以及不断循环往复的生存处境，借助这些处境，我们深化了自己的生活，并在命运中前行。此外，放在今天，我会犹豫是否要谈论一位神明，哪怕他“还不为人知”，因为我并不想，实际上我从来都不想在水中看到除了水以外的东西，在火里看到火以外的东西，在风里……“可风儿多么清新怡人！”[1]兰波如是写道，以表明他也认为，只有即时的现实中才存在真相，而这样真相才成为我们的力量。那位“还不为人知的”神明，当他完全选择——如果他愿意的话——化身为有限性，他就变成了人类。

多扎：所以说，您和乔治·斯坦纳一样，给予了翻译一项本体论的使命。翻译行动使您能够成为在文本中体现或透过文本被隐约感知到的存在的一部分。

博纳富瓦：是的，但是有两点要补充。首先，对我而言，体现在诗歌中的，是在场的经验，我会把它与存在的经验加以区分，一句话，“存在”似乎也危险地意味着，支撑我们所实

1　语出兰波写于 1872 年 5 月的诗作《卡西斯河》（La Rivière de Cassis）。

践着的现实的东西即使与神明无关，至少也与超自然现象有关。我在这形而上的氛围中没法正常呼吸。这倒不是说“存在”的观念在我眼中没有意义，或者说我拒绝使用这一观念，而是说我赋予了它另外的内容，我看到它通过天空之外的另一端与超验性相连。存在到底是什么？它是从本质上说不真实的、完全无根基的人类共同体作出的决定，决定让什么存在，让什么发生。人类这样做的目的在于重新感到自己就是一种绝对（事物与人的在场瞬间的绝对），还在于确保拥有一个场所、一种未来、一项计划，以及超越古代真知所言之善恶的价值、准则与伦理。存在？出自神话的古老梦想认为能将人类建立在自我以外的其他事物之上，现在这些梦想失去了光辉，存在首先且只是我们自己希望事物存在的意志。我们希望道路旁的树，炉膛里的火，对我们有意义的某个人的目光，这些都不是注定要失去的瞬时印象，而是某个在场的愿望，它介入词语，为达目的而调动整门语言，从此以后去总和一切，在不断生成的词语中——这些词语是我们伟大的奠基性词语，拥有某种“更为纯净的意义”——迎接土地，令其在词语中存在并铺展于我们脚下，这土地当然是幻觉，但同样也是我们唯一的现实。

这便是存在与诗的关系，既亲密又紧张，因此更需要得到确切的定义。如果说我们存在的意愿是为了让在场超越我们经历在场的瞬间而永恒存在，那是因为对于命名我们生命中每一次在场显现的词语，我们之后会将它们视作承诺，这些承诺将通过这项初始计划，通过这个能在社会关系的各个层次互换的誓言而得到兑现。除了在诗语中，这誓言还能在哪里被更好地裁决、区分、激活呢？唯有诗语才能透过概念面纱上的缝隙隐约瞥见在场，然后在语言之中抑制不受语言承认的概念记忆，将某些诗歌变成存在的贮藏所——存在具有我赋予这个词的唯意志论与生成色彩。诗语就是在场的记忆，是绝对誓言得以保持活跃的场所，通过绝对誓言，社会摆脱了单纯的生物性。源自存在计划的诗语，落实了存在计划，保证了它的未来。

这便是诗歌与存在的关系，可以用您方才采用的观念——共相、参与、化身——来描述，假如这些观念能够通过将其保留于内在之中的方式被理解。在场就是诗歌回想起的，或者有时甚至是由诗歌产生的东西。在场是地平线，在地平线下，我们的词语需要放大社会所追寻的感觉，而存在及存在的需求，就是在词语的这项工作之下，推动这项工作，令诗歌得以延续的动力，它通过划定社会运行的期限，呈现在诗歌之中。存在就是这样的东西，别无其他。只不过，在这别无其他之中存在着一切，像一个谜团。

一切言语（parole）都是对语言（langue）的质疑，是为了人类需求而将由概念性所指构成的中性而晦涩的团块占为己有，不是吗？而诗是最基本的言语，在言语神秘莫测的生成中，通过诗，世界甚至宇宙，这些荒漠都被转化为一种充分的存在。诗？当然了，我很清楚，在现实的实践中，诗从来都只是一场迷茫的追寻，是令文字四散的混浊波涛，在一个始终违背自己愿望的社会中，这些文字很少能完全意识到自己所能发挥的作用。有时潮流会静止，回流，而社会的危难更重了。我们今天都看到了这一事实。

接着我要说的第二点就是，是时候讨论这些回流与静止，讨论诗与翻译的本来面目，而非其应是的面目。我将要说的都是无须多言的事实，不过为了避免自己受到过于天真的指责，还是说一下为好。我定义了诗歌的目标与计划对吗？但不要忘记，即使在最具直觉的诗人笔下，在他们最为坚定的译者笔下，这一计划也从来都不能被完全地实现。尤其是译者，他会犯错误，而这些错误有时会让他灰心气馁。即使译者本身就是诗人，我们也会看到他受困于自身的欲望而无法唤醒诗意，翻译由此出现障碍，而他又拒绝承认它们。或者在翻译过程中，译作本身就会辜负译者的诗意期望。说真的，这是大多数情况下的现实，因为诗始终多于大多数诗歌所呈现的东西，因此当译者在自己的书写中迎接诗时，便自然而然地想要扩大它。

现在来谈诗与翻译的本来面目，而非其应是的面目。我马上产生了一个想法。今天，这些翻译是众多批评关注的对象，关注度之高，是其他时代无法比拟的，作为例证，只须想想安托万·贝尔曼的论著，人们也许会就此认为，他们翻译诗歌的方式可以从翻译与诗歌计划的关系中受到启发。不过我们要看到，无论其在重大问题上的直觉多么丰富，无论其方向多么多元，这一持续增长的批评仍然只是一场用概念表达的理论思考，从这里会产生一些先见，只会让人忘掉我认为的作为诗之根本的经验，忘掉从一开始便超越概念的在场的目标。借助概念，人们只能止步于文学翻译的问题，而无法抵达想成为诗的翻译，也无法抵达拥有诗意的作品。

因此我们要重视诗的翻译与其他翻译之间的关系，对于其他翻译而言，文本只不过是一张涵义和“meanings”（语义）的网络。为什么这么说呢？接下来的话可能会令人吃惊。即便关心的是诗的问题，人们也可以对不同类型的翻译感兴趣，这些翻译从外表上看完全与诗背道而驰，比如科学论著——一部宗教史专论、一部地理学研究、一部有关某座罗曼式教堂的专著等的翻译。在此类情况下，译者确实都会避免任何形式的主观性，尝试赋予其用词尽可能精确的概念性内容，对诗来说，起码对我来说，这是激动人心的，几乎就是一种对在场的体验，因为通过这项工作，词语被洗去了捉摸不定、犹如幻影的涵义。涵义是想象滋长的极佳土壤，想象造就了文学，却破坏了诗意。将猫简化为猫的自然属性，使人们得以完全看到与其自身一致的猫，这件事极其神秘。更进一步，人们会忘掉一切被假定富含意义的隐喻与喻象，一些人——这样的人数量还不少——将这些隐喻与喻象强加到波德莱尔的猫头上，其实这只既在场又不在场的猫跟爱伦·坡的乌鸦一样绝对。科技翻译是诗的盟友，正如顾虑事实之尊严的历史学家最优秀的论著是诗的盟友。科技翻译在人文学科中尤为重要，因为人文学科苦于令其思想摆脱定义尚未明确的词语，在此类词语中，想象的陷阱数不胜数，防不胜防。在这种情况下，翻译只能是概念向其连贯性愿望逼近的努力，不断缩小假设的范围，令与假设相对的现实变得更加难忘。科学与诗歌几乎就是同一场战争。如果我们想与确实被当作诗歌对待的诗歌保持联系，至少弗洛伊德（Freud）的翻译对我们来说是至关重要的。

事实上，真正的边境线，那不时发生小型冲突、快速袭击的地方，那产生一切灾难的地方，是一条将诗性翻译与文学翻译分隔开来的无止境的线。当想象突然在一首诗作中占了上风，文学翻译者很自然地会感到如鱼得水，认为自己在翻译工作中有权宣布自己接触到了真理。纵使这部作品给了他这样做的理由，我们又怎能忘记，诗人的初心——在看似消失的时候依然鲜活的初心——要求我们拒绝这位涵义的翻译者，否定他裁定诗歌所言内容的权利？

挑战的确是艰巨的。想象只要寻求表达，概念立即就会出现，于是在场消失，事物物化，事物激起的欲望渐渐堕落，变得只想拥有物质实体，而不想通过有限性，成为万物的一部分。人们想要为之赎罪的世界，将只是一个死去的世界。

诗的翻译应避免使用文学翻译的方法。诗的翻译应注意这一点，尤其因为文学翻译从原文中获得的似乎是现实，而且这一点无可指摘。在文学翻译中，事物的特征是如此之多，人的行为举止也是如此不同！甚至还有欢乐与苦恼，甚至还不时散发出光芒！然而这一切根本不是存在和完整的在场，而只是一个形象。如果其中有魅力、美甚至真理、暴力与混乱，那么这些只是形象之美，从外表看到的暴力，存在于世的机会的缺失。这一切是在诗终于得以摆脱它的梦境时，促使某些小说——即使赫赫有名——相对诗呈现出本体的滞后的原因。幸运的是，其他一些小说，那些有时会被认为小众或幼稚的小说，却能在形象中找回诗。但此时也会有将诗再次变为梦境的风险。

由此出现了翻译实践中的一个大问题。问题不在于拒绝想象体系的提议。事实上，想象体系造就的世界始终存在，困扰着最具诗意的言语，而且它们只能如此，因为它们是概念之抵抗力量的一种无法抑制的形式。但我们应该学会辨认概念的形式，当原文本身一边为概念所困，一边努力摆脱概念时（比如，叶芝的写作便是如此，那是一场持久的战斗，等到晚年才偶有获胜），译者需要忠实于原文，用心聆听在文中意味着这场斗争的词语、喻象、感慨，哪怕需要在译文中对它们更为强调突出，因为这只是帮助原文体验自己最为珍贵的愿望，并从中获得启发。

哪怕这一回需要毫无意义地重复、重新开始那些假定已经完结的任务，哪怕诗的翻译在新的事业中仍然优先关注那些被无数次研读的伟大诗歌。因为正是在这些诗歌中，想象体系的影响最为强烈，受到的冲击也最大。对于这一冲突，我们确实应该铭记于心，而再次翻译莎士比亚十四行诗有助于译者重新发现其中的关键问题，跟随它们的道路，采用一种特别的方式，幸运地对译者语言中的诗的在场时刻产生影响。译诗并不是为了简单传达信息而将一些文本叠加到另一些之上，而是分享诗中的经验，这些经验是一些人曾经历过的，它始终存在于现实中。

那些可以被认为具有诗意、真正诗意的书，它们不一定非得是那些宣称自己是诗的作品，但它们也比我们想象的更为多样化，有时诗意会深埋于表面之下。我方才提到了小说，塞万提斯（Cervantès）、卡夫卡（Kafka）或普鲁斯特的作品当然可以从诗的角度去思考，也应该引起诗歌译者的兴趣，即便它们与我们方才讨论的“共相”保持了距离，且对于人物的忧虑也有可能会对诗歌译者的工作造成困扰。可是，有多少文本，在最意想不到的地方，期待着会有一道目光，觉察到潜伏于此的诗意，使诗意能显现出来，具备涵义，并在某些文化的新场合中为我们所用。我想起一个例子，即《波波尔·乌：古危地马拉的诸神、英雄与人类，根据议会之书撰写》（*Le Popol Vuh. Les dieux, les héros et les hommes de l'ancien Guatemala, d'après le livre du conseil*）。乔治·雷诺（Georges Raynaud）在 1925 年前不久出色地翻译了这部作品，他是一位语文学家，但与他同时期那些蹩脚的作诗者相比，他更像一位真正的诗人。神话是统一性的一个目标，但它们最终并没有实现统一性。因为神话只是世界的简单写照，它们只能通过神与人的形象（例如《波波尔·乌》令这些形象出现于这个国度的荆棘与山丘间），在意象之中指涉这一目标。然而这些神话已经不再被信仰，对我们来说也是一样，仿佛有一阵风剥去了这些形象不真实的外衣，于是表象消失，只留下一个与这些形象的在场有关的理念，这一在场几乎就是一（l'Un），就是绝对：文本于是变成了诗。此时便是译者能够抓住的机会。译者以语文学家和人种学家的专注，在我们面前树立起这些形象，通过将这些形象变成法语，让我们经历了起风的时刻、在场出现的时刻。

扩大兴趣范围，这应是诗的翻译的重任之一。因为诗意会产生于——我刚才已举过一个例子——任何类型的文学情境中，因此在诗的翻译方面，无论实施什么样的计划都是不合理的，换句话说，分配任务、定下订单、提议哪些诗人应该被翻译，都是不合理的。从诗的角度来看，这样的投入可能是徒劳的，因为这无异于为了抓住影子而放掉真正的猎物。作为唯一知道并且逐渐明白应该去往何方的人，译者只能依赖自己最主观的感受。

作为总结，可以说，在诗的领域内，配得上翻译这个称号的译作，它的出现与那些值得一翻的作品一样，是偶然而不可预料的。我们可能会看到几部这样的译作几乎同时出现，正如伟大的诗篇有时也会扎堆出现。但在此之后，毫无缘由地，空白的年代到来。不过，无论是对于诗还是对于诗的翻译，这都没什么可担忧的。

更该注意的是那些复杂的矫形手术，通过它们，人们试图为译文装上手脚，让哆哆嗦嗦的译文站直。此时我想的已经不是从前的那种幼稚做法，借口原文有固定形式或韵脚而去计算音步、装配韵脚。错误在于将注意力放在了作品中已经形成的形式上，而非正在形成的形式，其实后者才是源自内心深处的节奏，诗人会失去它，但也会在写作的百转千回之中不断寻回它。在有行动的地方，人们看到了一个客体，然后自己再制造一个客体，人们一点都没有意识到那个曾支撑着写作活动以它的方式完成的希望。更别说我们有时还会为了模仿原文而选择相应的音响，却完全没有意识到英语“shore”（滨岸）或者“nevermore”（永不复还）产生的回响并不同于法语“amphore”（双耳尖底瓮）或“lampadophore”（持火炬的人），它们那无尽的回音各不相同。如今人们更新了这些错误，但我发现他们重蹈覆辙（我弄错了吗？），一位译者指出某一首拉丁语诗歌中的词语排列令人吃惊，然后把这种词语顺序照搬到自己的句子中，完全没有考虑到，强行歪曲法语话语的规则，会导致人们放弃质疑概念性思维的诗意。因为概念性思维只有在自发的展现过程中才会活跃，被遇见并被僭越，而概念性思维的自发展现在每一门语言中，都与句子那有结构作用的形式相关联。如果像克洛索夫斯基翻译维吉尔的作品那样，不去打扰概念性思维，甚至为它提供契机，让它背离本应属于它的严肃任务，这是对诗是一种言语这一事实的再一次忽视。

诗的翻译不应该是对原文的观察并模仿，在观察与模仿中，诗歌会陷入泥沼，受困于词法与句法的限制。诗的翻译应该是对诗的计划的重启。皮埃尔·克洛索夫斯基误解诗意的证据：我们能否用拉丁语排列词语的方式去和他人交流呢？如果译者想让译文易于理解，那么他能否无视一个事实，即在拉丁语中，性数格的变化允许以某种较为自由的方式确定词语在句子中的作用，但这种方式却无法被说法语的人使用？与此同时，处于诗歌中心的，是**我**（Je）与他者之间的即时关系，是向有限性的回溯。

我们应当使言语保持鲜活，那么诗的翻译能为言语贡献什么呢？为言语，而不是为语言吗？也就是说，完全不考虑到语言的结构，完全不幻想通过努力，令一种已被历史的演变切得四分五裂的原初语言逐渐回归，正如本雅明渴望的那样——假如我理解得不错的话。我想再谈一下那个问题，我们方才谈论“共相”时已瞥见这个问题，好让您明白我的不解，或者说我遇到的障碍。认为存在这样一种原初语言的想法是我完全无法理解的。假设我们可以无视诸多史前史料证明，认为一门唯一的语言确实曾生长过、发展过，之后分散为其他众多语言，那么，当向精神呈现的感性世界中，除了未来科学能够揭示的法则，以及只有在概念消失时才会完全显现的邻近世界的事物，人们什么都无法找到时，这门语言的真相会是什么呢？是存在几个明显的，且因连贯而可疑的概念化范畴内一些词语而愈发明显的重要象征吗？是的，当然了。以及几个或许还能回忆起有限性的神话？然而这一切都是言语的问题，和语言无关，它是某种在一切语言中重新开始的东西，此时说话者能够在语言中进入诗性视野，并预感到知识在这诗性视野中展开。我说错了吗？我无法理解关于**元语言**（l'Ursprache）的幻想，除非我坚持一个想法（这种想法在我看来已经完全过时了），即可见的世界遮蔽了某种不可见的结构，而后者的秘密已经由神明向原始人类揭示。

这个有关真知的想法谈得上美好吗？永生的天父牵着他的造物走过伊甸园并教会他语言，这个想法呢？我对此并不信服。在史前史学家让我们隐约了解的那些情况中，我发现了更多真正的美：为数不多的早期人类探索着符号理念，尝试创造词语，惊慌失措地看着它们赋予可怕的现实以名字与形象，同时也勇敢地惊叹于命名的能力和记忆的显现。多少个世纪，数个千年，未定型的能指与荒诞不经的所指晦暗不明地交缠着，但若有一点火星跳上这捆柴薪，便会点燃另一团火。多么美妙的起点，在今天，这些起点也许还保留在某些岛屿或森林中，这里的语言在即将到来的消亡前紧紧依偎在一起。语言消亡的过程，甚至比动物或者植物的灭绝更为痛苦。在记录和记忆时，这些土语也许不过是一堆混乱的进程，但其中已经在酝酿一个伟大的工具，我们唯一的财富，理性。

让我们在理性这个词上稍作停留。就像孩子还在母亲怀里时就能听见外界的声音（有时候能听见音乐），并开始为适应人类状态作准备，当人类还在物质怀抱中时，就已听见物质之下规律法则的在场，听见因果关系以及排中律的声音。巴别塔的“灾难”真的发生过吗？是的，因为某个社会幻想自己是最早的社会，并声称它的语言能够绝对化。不过，这种自负在走向覆灭，在看着自己的意识形态分崩离析时，也让自己看清，人类完全有正当理由是各种语言方式的总和。在这个空间中，如果某种语言方式自我庆祝，试图抑制或排挤他者，那只会导致战争，因为教条产生自教条，并会永无休止地互相破坏。从这场灾难发生的翌日起，诗便开始相对化并超越概念系统。在概念系统的层面，语言之间的差异是僵化的。言语的方式有很多种，而诗的语言是唯一的，那便是内在的圣灵降临（Pentecôte），使精神得以越过边界。如果翻译能认出大地上此处彼处存在的诗，将一种诗燃烧的微火带给另一种火苗最终会熄灭的诗，那么我们也可以说，翻译弥补了被落在巴别塔上的火烧掉的一切。

动词，可以被称作动词的东西，我只将它想象成词语的集合。这些词语在不同语言中呈现多种多样的形式，它们意味着形貌或事物，甚至通过使形貌与事物摆脱自然或人类存在的厚重而构成了这些形貌或事物，后者已经或将要变成我们在宇宙中的场所，这个场所，我称之为大地。这是我们挑选、搜集的伟大参照物，好让我们的生命在延续的时间里拥有某种意义，同时受益于——如果我们懂得这样渴望——也许非常轻易就能成为天堂的东西。这一回，天堂为有限性而生，而非不切实际地反对有限性。“Wort”（字词）和“Ort”（场所）是相同的现实，正如某位伟大的神秘主义者预见到的那样。动词就是一个场所，除此之外别无其他。没有支配表达话语和行为话语的基础词汇表，却促使这些话语在词汇中消亡。

多扎：我记得，乔治·斯坦纳虽然没有真正解释过，但时常哀叹，译者很少谈到发生在他们的“制造”过程之内的事。从您的《译者共同体》及其他关于翻译，尤其是关于莎士比亚翻译和叶芝翻译的文章来看，您是“迈出步伐”的极少数之一。您的动机是什么呢？或者如果您更喜欢另一种说法，即我们该如何解释译者的沉默？

博纳富瓦：“译者的沉默”，诗歌译者的沉默，确实非常值得注意，这是一个值得一提的问题，尤其当我们意识到如今对翻译问题、翻译问题的普遍性以及其理论化的关注时。对于人们给予了翻译的如此集中、我甚至要说如此强烈的关注度，我们方才已经谈到过了，我曾批评过这种关注，在听您说话时，我又想起了那次批评，我想用它来回答您的问题。当理论在精神中占主导地位时，会发生什么呢？对有限性的恐惧是理论存在的理由，也令理论成为逃避存在焦虑的避难所，但此时这种恐惧与其说被治愈了，不如说是受到压抑。我们应当继续与这种恐惧作斗争，而在这种情况下，人们无法发现，我们不是通过简单运用及证实某个理论来进行翻译的，翻译发生在文本的抵抗力超越理论之时，这抵抗力迫使译者在与事实的接触中认识自己，这些事实正如诗人曾经历过的那样，属于时间和偶然。意识到我们带着应有的关注付诸实践的一切，或者不如说接受这种意识，这可能就是在摧毁思想建立起来的防御机制。我们会发现，没有一种翻译方法不是空想，真正的翻译需要想尽一切办法，就像站在荒岛海滩上的鲁滨逊·克鲁索，心中除了饥饿、他的所在、他的危难以及死亡的威胁，别无他想。

总之，很多人希望翻译是个产品，就像不同领域的科学所构想规划的那般。这些人对自己的工作缄口不言，这样就无须明白他们所做的一切其实从来不完全是这种性质。然而应该引起惊讶的不仅仅是译者的沉默，还有他们同意结束自己任务的态度，而其实无论是他们对一部作品的体验，还是对他们自己生活的体验，无论他们愿意与否，知晓与否，都可能会让他们铭记一生。确实，他们工作的物质条件并不会让他们这样想。大多数时候，译者被迫预售他们的翻译，出版社等待然后出版它，然后便出现了静止的文本与其他的任务。

至于我，我并不自认为能做得更好。如果说我由衷赞成译者应当以不满足和重新开始的眼光来察看自己的翻译这一想法，我却几乎没有将这种想法付诸实践，个别情况除外——假如您相信我的话。我曾尝试在再版或戏剧演出时这样做。我当然希望甚至能够无止境地修改我对莎士比亚的翻译，首先是对《哈姆雷特》（*Hamlet*）的翻译，因为听这位很快就只想保持沉默的王子内心独白，人们看到清晰起来的，是整个人类也是自己内心的两难处境。我很高兴偶尔会有一位批评家发现我自己翻译的某个方面值得商榷，由此促使我关注这个方面，比如乔治·斯坦纳在他精彩的论文《戈达尔医生的疏忽》（L'Inadvertance du Docteur Cottard）中作出的批评。

斯坦纳谈论我翻译的莎士比亚，说这些翻译"是暂时的，正在进行中且始终需要重新开始"，这让我挺高兴，因为我确实就是这样认为的，在文本——新的校注本会时不时带来新的发现——与对莎士比亚思想阐释的双重推动下，我试着一部接一部地翻译剧本，一篇接一篇地写序言，不停地重新思考我以为已经确定的思想。不过，在这"in progress"（进行之中）的迹象之下，《巴别塔之后》的作者也针对我译本中的一些细节，指出了几点意见，我对此是十分欢迎的。比如，他指出，在《安东尼与克莉奥佩特拉》（*Antoine et Cléopâtre*）中，埃及皇后在安东尼去世时发出绝望的哀嚎："All's but naught!"（一切都是泡影！），而我将这句话译作"Tout n'est que dérision"（一切都只是微不足道的东西），这在三年之后令我感到惊讶，也使我难受，因为我以为自己已经与这样的古典戏剧场景道别。

可是，“一切都只是微不足道的东西”，比起莎士比亚，这句话更像拉辛（Racine）的风格。是一时的疏忽吗？或者是出于那始终活跃的惰性？我不知道该怎样以令人满意的方式去翻译“All's but naught! ”，但我明白不应该像我自己那样翻译，所以我等待剧本重印，好尝试一种新的译文，与此同时对存在于法语和英语之间的鸿沟进行一番反思。

讲到这里，《戈达尔医生的疏忽》这篇论文也促使我提出一点想法作为结束语。乔治·斯坦纳在这篇文章里回到了我以前提出的几个观念，有关英语和法语以及两者之间的不同之处，我认为这些差异使两门语言之间的翻译——既包括文学作品，又包括哲学作品，特别是莎士比亚的作品——变得尤其困难。斯坦纳反对我的看法：对莎士比亚来说很陌生的俄语，却能很好地接纳他的作品。我相信他的观点，虽然还带有一丝怀疑。一门语言——这里是俄语——向世界与生活开放的方式决定了这门语言的特征，出于某种原因，这些特征很可能契合于另一门语言的诗性，但这并不意味着这两门民族语言各自的深层结构在它们的交流中几乎没有什么重要性，或者说在它们的翻译过程中毫无影响。我执意认为，法语和英语拥有一些“天赋”（正如人们说的那样），让这两门语言注定会有隔阂，会存在相互的歪曲，除非有时不加横征暴敛便能让某些作品越过国境，以贝克特（Beckett）作品为例，这些作品建立在希望的零度上，也就是说，它们还达不到渴望，也不足以成为诗歌语言的资源与探求。

这些“天赋”是什么？是每一种结构在词汇或句法中的影响，或者词语的物质性，或者重读与节奏，总之一切在深处决定着韵律的语言事实吗？这样的结构与影响当然存在。比如说，我们怎么能怀疑英语特别适合感知与谈论具体事物呢？这门语言拥有数不尽的词语，名词、形容词与动词，致力于讲述自然或生活事实中那些稍纵即逝的特征，或者用于反思我们面对这些事实时的行为方式。另外，在源自盎格鲁-撒克逊民族的词语中，很少有明显的词源能够唤醒精神，让精神在所见之物之下向往从前的某种思想，这种思想明显通过前后相继的概念来解释所见之物的性质：思辨抑制了即时的、生活经历中 hic et nunc（此时此地的）、有限性的记忆。日常用语在英语中比在法语中更加自发地将事物视作事物本身，存在于这样的时刻、这样的场所中，这赋予这些时刻与场所一种充分性，一种绝对的优点。我想再讲一个对我而言非常宝贵的例子。一听到《生活在巴林德里多美妙》（T’was pretty to be in Balinderry）这首美丽的爱尔兰民谣，人们立刻就会在内心最深处受到感动，准备去理解生活的根本悲剧，准备去爱、献身或失去、死亡，而在法国，我们却无法赋予“住在沙托鲁多美好”（C’était bien de vivre à Châteauroux）这个句子一丁点的神秘性。

在英语指出存在的时候，法语趋向于阐释这个给定的存在，与涵义层面即概念性层面发生联系。在概念性层面上，失足于此的诗人需要重新恢复镇静。有一股冲动想要阐明意义，而不是只停留在被经历过的情境中，一个极好的例证就是我方才提及的那句“Tout n’est que dérision”。即时性没有充盈法语词汇，每时每刻都得重建即时性的记忆。另外，这倒并非没有在我们诗歌忧虑的问题上，向它确保一种额外的要求，后者十分有利于诗去理解对它而言重要或特殊的东西，有时会伴随在日常言语中实现的重大突破，由此是对即时性的一种直接甚至可以说野蛮的理解。兰波称之为“惊恐”（épouvante）。这与在《前奏曲》（*The Prelude*）[1]中随处可见的统一性自然而然的内在是对立的。

这是因为“shore”（滨岸）或者“river”（河流）这两个词，它们召唤的并不是堤岸或河流的理念，而是我们在生活中遇见的那些滨岸或河流；不是它们被假定的本质，而是它们在生活中的位置。在生活中，这些去概念化的词语会变成象征，比如美国南方不幸的黑人常常会赋予他们最常用的英语词某种宗教内涵。而我们呢，我们要如何翻译约翰·邓恩（John Donne）、克拉肖（Crashaw）、弥尔顿（Milton）、霍普金斯（Hopkins）、杰弗里·希尔（Geoffrey Hill）以及众多其他作家笔下对《圣经》的引用呢？语言之间的比较诗学，的确不无存在的理由。

（许翡玎　译）

1　英国诗人华兹华斯的诗作。

语言，动词，parlar cantando

I

“语言，动词，言语，parlar cantando 的力量”，今天我演讲的题目看似雄心勃勃，但我希望这个题目只是让诸位看到我希望着手讨论的几个方向，而不是让你们认为我是在宣告甚至承诺要进行一场足够深入的反思，或者展现某种综合概括的能力。另外，我将仅限于谈论自己的基本理念，同时推测这一理念可能导致的一两种结果。

这个题目？它出自研讨会的预选标题，首先表明了我的需要：我想探讨的层面，不同于我在本次研讨会会议日程中看到的某些思考主题。

本次会议日程安排中令我惊讶的一点是，这两天，很多发言都在试图将一门语言与另一门语言建立联系，比如法语和英语，或者意大利语和拉丁语，但都只停留在两种语言的同一层面上，也就是两种语言的日常实践层面，而这种日常实践的目的是行动或认知。

再没有比这更合理的事了！这一层面可被称为言说（dire）或意指（signifier）层面，不同社会之间的大部分交流确实都发生于此，同一社会群体中不同人之间的大多数交流也发生于此。

但是，仅停留于此类分析，这会产生一个麻烦，在我看来是个巨大的祸害。因为这样做可能会促使人们忘记，言语并非只有这一个层面。还会促使人们忘记，即便这一层面确实是最经常被提及的，但还存在着另一个同样重要的层面。虽然它不如前者那般显而易见，也不那么容易被发现，但在这一层面上，的确发生着许许多多的事件与经历，对某些表象、价值、举止与行动起着决定性作用，而这些表象、价值、举止与行动，可能会在我们生命中的重要时刻，成为我们唯一可靠的存在理由。

言语有两个层面，起码我是这样认为的。尽管我已经在很多情况下，不得不更为清楚地解释这个基本结构，今天我还是要以这一点开始我的发言。为了让我的发言能够得到理解，这段开场白是必需的。

什么是“日常”（ordinaire）言语呢？与词语的这种关系在我们的活动与思考中占有如此重要的地位，以至于我们会自然而然地认为，除此之外不存在其他关系。“日常”言语依赖的是概念性思考。我们要讨论我们周遭的事物，以及影响我们活动的事件。为此，我们需要注意到存在于这些事物的某些特征，我们能够将其中一些特征与另一些相对照，从中推论出一些预测，甚至总结出一些规律。在经验中对这些特征进行筛选，认识便开始于此。这些特征应该有个名称，它们被称作概念，借助概念，我们能创造被我们称为涵义的一切。

涵义拥有巨大的诱惑力，会让人理所当然地认为：借助涵义，借助在涵义看似无边无际的空间中延伸开来的无数表达，我们便能展示我们在世界中观察到的一切，以及我们在生活中做出的一切行为，换句话说，这一连串的概念将会成为言语运作的唯一方式。的确，概念在言语中随处可见。涵义、涵义的构建与表述，既组成了直觉思想的形象与象征，也组成了理性思想中得到更为明确定义的衔接（articulations）。一方面，涵义显然是自然现象在我们头脑中显形的方式，维持甚至构成了我们对社会的观察，一旦我们想要行动，涵义对我们而言就是必不可少的，因为它实际上阐明了我们需要掌握的知识，也为我们提供了与他人交流的方式。

另一方面，涵义以更加隐秘的方式，呈现在我们身上，呈现在我们灵魂的深处。因为我们最为主观的渴望，最为自由的想象，都需要通过涵义才能成形并且保持自我意识。欲望向自己呈现它的客体，为了做到这一点，欲望也会通过在事物整体中对某些特征加以选择来接近客体，这种选择创造了概念性，迫使思想具备可以称之为意指宿命（fatalité signifiante）的东西。从客体概念化的角度来看，探寻自然法则或者呈现幻想，这两者之间并没有区别。而意指，运用涵义，似乎就成为一切言语行为中最为重要的层面。

可是，我们已经将言语分析透彻了吗？我们是否已经感知到操控言语的一切活动、一切意愿了呢？完全没有，我想请诸位注意某种损失，它产生于人们创造涵义之时，并影响到了我们作为说话者的生存。

这损失似乎很好理解，我们也可以认为，听任这种损失产生也不会带来什么危害。一面对某种真实的事物，投身于意指工作中，以分离出该事物的某些特征为开端，人们便看不到数量可观的，或者更确切地说不计其数的、似乎大量沉眠于这事物之内的其他特征，这是很自然的事情。在我们的意识中，这件事物在某个我称之为形象的简化形式中，被我们所保留的那些特征的整体所取代。形象从来只是一个简单的骨架，它取消了它所代表的事物的无限性：一种纠缠于自身的内在无限性，但与四散的星辰的无限性一样真实。只不过，人们也能认为，这一损失至少可以部分地得到补偿。实际上，始终存在一种可能性，就是去事物或现象中，寻找并指出那些尚未被感知或考虑的特征，而过于简单的表象会因此复杂起来，最后变得足够接近它所命名的东西。逐渐逼近观察到的现实，这样的事不会发生在欲望实现过程中，因为欲望更倾向于它为客体创造的形象，而客体不过是它创造形象的借口。梦只需要能为它自如操控的特征。不过，不断否定自己的观察，这是科学的特征。

是的，我们可以认为，对于这种内在于事物、产生于事物向概念性思维空间转移过程中的*无限的损失*（perte de l'infini），我们能够睁只眼闭只眼。但要注意了，正是在这一点上，会产生另一种消失现象，而这一次，结果只会是悲剧性的。且让我们在事物的无限性上稍作停留：这无限性内在于事物。比方说，全部的枝、叶、根是一棵实际存在的树的特征，正如这棵树的物质的理化过程也是其特征一样。从科学角度来看（科学对这棵树感兴趣，就需要从它身上提炼出形象，以便更好地表述它的规律，或区分它的类别），这棵树所表现出来的无限性是否真的受到了关注呢？不是的，对于科学认知计划来说，这棵树丰富特征中的诸多特征都被剥夺了意义，而这些丰富特征完全没有必要受到科学认知计划的关注。

然而，从另一种视角来看，情况有所不同。这一视角会看到天空映衬着成千上万的枝丫与树叶，看到树根露出地面，看到由土壤、风以及周遭环境决定的形态，对它来说，这棵树的无限性以另一种方式立即被感知，正是这无限，也只有这无限，确保了这棵橡树的独特性，这独特性产生自偶然，在诸多特征的杂乱无章之中，橡树为偶然性留下了位置。无限性因此承载了某个不为科学所知的现实，而这现实对我们而言非常重要。因为在与这棵树的在场有关的另一层面上，这棵树在我们的视线里，甚至可能在我们的生命中都占有一席之地，而正是它的特征的无限性，促使我们承认它是一种特殊的存在。它是这棵树，不是别的树。这一基本事实产生了一种现实，我们很可能将其视作简单的幻觉，但对观察者而言，它依旧是一段直接的体验。我们应当承认这棵树的独特性，那是形形色色的特征之下，属于存在本质的独特性。我们甚至应该把它视作是具有绝对性的。绝对性，我敢用这个词语，是因为它能够指出某种十分简单、没有任何宗教内涵的东西。绝对性，是那些只出现一次的事物都具有的特征。

无限是绝对的因由。即使是最微小的存在，也能够因其如我方才举例的那棵树一样无限，而被承认是不可替代的，是绝对的。然而，在这一存在之外，是否还有别的存在能拥有与它相同的无限与绝对，甚至能感知到这一点呢？显然，作为言说者的我们，已经注意到这一棵或者那一棵树，并与之建立了共存的关系，而不再是简单认知的关系。我们也一样，我们每个人永远都不可能被两次看见，这就像在物质无始无终、无顶无底的空间，每个人都感受到，他拥有属于自己的场所与时间。因此，每个人在自己的场所与时间中，都会有邻人，会有亲朋好友，他需要与他们一起，来决定自己的生活。从这个角度去看这棵树或其余一切，我们就能感受到我方才谈及的绝对，而且也只能以同样的方式，看到我们周围的现实。

这是一个事实。这个基本条件会带来一个结果：概念性思维会扰乱我们与自身的关系，更确切地说，它会将我们与我们自身劈裂开来，因为概念性思维放弃了事物的无限性，特别在其表象——一种摒除意义的感性经验之中，对这无限性了解甚微。一方面，在我们身上，概念性思维通过客观认识计划，以及它在充满欲望的想象中的偏移，控制了我们的智慧；另一方面，我们会意识到自己是谁，我们是存在的，独特而有限的，与某个时刻、某个场所相连。一方是一种抽象的思维，另一方是一种在世上的存在。只不过，这一存在会受阻，难以理解自己真正的境况与需求，因为他所用的词——就像我一开始就说的——受到概念的控制，而概念不能从形象上感知到附加其上的存在。

我们不得不使用概念性思维的语言，借助概念性思维，我们将会变成一个“自我”（moi），后者是一种与自我的关系，在被概念性思维用来替代即时经验的虚构世界中，这种关系也因概念性思维的允许而得以存在。然而，在自我之下，一个“**我**”（Je）依然存在于我们身上。一个总的来说更为真实的**我**，尽管如兰波说的那样，这个**我**被迫始终处于“一个他者”（un autre）的境地[1]。一个他者：但是，在我们首先是不同个体的处境中，这个他者还有可能觉醒，并宣告自己就是我们的存在本身。在我们的生命中，这样的处境还是很多的，出现在我们的情感生活中，出现在友情与爱情中。爱情无法由概念性思维言说，因为概念性思维只能描述它的某些表象，从一开始就是对爱情的扭曲与误读。可是爱情依旧存在。

II

接下来我将会谈论言语的、也可能是语言的第二层次的问

1 即兰波名言“Je est un autre”（我是一个他者）。

题。难道我们不该认为，概念话语所抑制的这个“**我**”，将会带着它的情感、直觉与需求，在我们的行动甚至在概念话语所使用的词语中，尝试着重新站稳脚跟吗？换句话说，难道这个**我**就不会尝试着强行终结概念吗？我对此毫不怀疑，并将我们所进行的这种追求称为诗，这种追求是我们有意或无意地在某种言语中进行的，这一言语是他者的言语，这个他者，我完全可以说他就是我们自己，相比之下，自我只是一种虚构。

追寻某种**我**的言语，让**我**得到言语权，重新夺回词语，这便是诗的愿望，是诗每时每刻的念想。现在我想说，虽然从概念链的角度看来，诗的这一简单计划是不可思议的，但这份雄心壮志还是有实现的可能。为什么诗是可能的呢？因为词语并不仅仅是概念的载体。让我们立即承认：词语还具有另一个层次，同时拥有另一种能力。

另一个层次？让我们回到那棵树上来，我方才以它为例，解释了我们与世界、与自身的关系。这棵树有其特殊性与唯一性：它生长在一条道路旁，从我在自己的人生旅途中选择这条路的时刻起，这条路也具备了特殊性，拥有了绝对性。我当然能够念出“arbre”（树）这个单词，并且不让这个词与我的生活或你们的生活产生关联。在这种情况下，这个词语充满了概念性表征，只在我们的思想中呈现为一棵树的形象，就像词典里的定义。这是一个作为普遍性的形象，被迫停留在普遍性的层面，即涵义的层面上。现在请设想一下，我一边说着“cet arbre”（这棵树），一边向你们指出一棵树，一棵特别的树，它就在那儿，在你们面前。

于是，虽然使用的还是同一个词，但诸位通过这个词想到的，不再是我们之前被要求想象的形象与模式，而是树干，支撑着树干的树根，从树干散开来的枝杈，以及在一种无法描述却十分美丽的无序中舒展开来的树叶。这无序性是一种不可简化的方式，是它令一棵真正存在的树成为并且只成为自己。我可能用来向你们展示这棵存在于我们共有场所中的树的词，这个词将会摆脱它潜在的概念性，在你们心中只代表这一种在场，并在过后，当你们看不到这棵树而又想到它时，这个词仍然保留了它直接而全面的指示能力。从此以后，尽管已不再拥有此前汇集在你们心中的大部分视觉或其他感觉，但你们保留下来的又是什么？是关于某个存在的记忆，关于它与众不同的在场的记忆，关于存在本身的记忆。“树”以及众多其他的词语，它们就这样让那些属于在场而不是形象的痕迹在我们的心中保持鲜活，用古老的哲学语言来说，这些痕迹不属于实质（quiddités），而属于个体（eccéités）。显然正是在词语的这一层面（这个第二层面实际上最为基础，它才是真正的第一层面），诗才能将言语权还给“**我**”，后者一直都明白自己与这棵树存在于相同的场所、相同的时间。

(这个层次是最为基础的层次吗？是的，因为我们不该忘记：语言在它的起源时期，并不像许多神学理论想象的那样，只是一切词语的简单集合，而是一种言语，是一种简单直接的指示，一个身临绝境的人通过这种指示，向另一个人指出某个危险的东西，或者某个能帮助两人一起存活的东西。自始至终，言语在本质上是一个契约。通过这个契约，一个群体才得以共存，才能够意识到自我，并且运转下去。这个群体不会怀疑言语的存在，在形形色色的事件与现象中，不会怀疑它的绝对价值。）

在词语以及词语的用法之中，存在着第二层次。我们语言中的一切词语，或者至少是某些字词，拥有在事物中指明某个现实即某个存在的能力；这些词语超越了那些试图弱化该存在的概念性再现，与行动或知识所建立的完全精神性的分类毫不相干。在我们生活的不少重要情境里，这些词语拥有这项能力、这份力量。在这些情况下，我们会感受到自己居住在某个场所、某个时刻，与某些人或某些事物息息相关，而这些人事物，对我们而言是无可替代的，是不可能再次出现的存在。

词语，或者说某些词语，拥有着这份力量。除概念表述功能之外，这些词语还在其本质的第二层次上，拥有这种力量。我很乐意将这些词语更为精确地命名为*名词*（noms），也即被说出的事物的*专有名词*（noms propres），因为由名词指称的事物不再是简单的事物，被丢弃给我们所拥有的与之相关的知识，被等同于它们的物质方面，被物化，而是超越了一切知识、一切评判、一切程式，变成了完完全全的在场。正如参与我们生活的人，他们专有的名词不断提醒着我们，这些人不能被简化为任何定义。词语，语言中的词语，至少是部分词语，可以被视为专有名词。尽管如此，这并不意味着与日常语言中专有名词之外的其他词语分离开来，不是的，恰恰相反，这些专有名词会在日常词汇的各个角落散播一种生机与活力。

我们可以说，这些专有名词是语言中的一片场域，我努力寻求进入其中，以便停止概念性思维的简单书写，也就是停止之前被我称作自我的东西，以便最终接触到属于我个人的完完全全的现实。因此这个词语的整体会根据个人的状况而变化。从一个人到另一个人，这些词语会有所不同，它们可以说是主观的。然而正是在这种相对性上，词语创造了存在，也就是从一开始就被概念消灭的东西。

这些词语在言语中保护了存在，将我们留在类似语言的边缘，靠近概念使我们失去的某个统一的、直接的现实。因此这些词语绝对不是另一门语言，而是我们将另一门语言去除概念的方式。那么对于这个整体，应该如何命名呢？这并不简单，当然。思想类别对词典起到了决定性的作用，那我们要如何用词典查阅一个拒绝思想分类的词语呢？这些超越了涵义的伟大词语并没有在语言之中构建起另一门语言，不如说它们构成了语言的他者（l'autre de la langue），一切语言的他者，而其中的每一个词语，都与日常言语特有的分析功能背道而驰。

但在我们过去的文化里还是有一个词语，它曾经存在于某些思想之中，而这些思想在别的时代，关心的是其关注对象的本质及实质以外的其他事物。这个词语就是“动词”（verbe），我认为，在这场关于诗的反思中，也许会找到重新使用动词的意义。

III

我承认，重新使用动词，是十分危险的。“动词”这个词属于神学词汇，人们通常将它与神明言语联系起来。据说神的语言创造了世界，并反射在某些事物中，自那时起，这些事物便被视作为自身而不是为我们并通过我们而存在的现实：比如本质，比如超自然，而不是我方才提到的那棵树，这棵树通过它的表象，为我并在我身上存在，而它的表象只是我生命的一个部分。不过，请注意，我们在《创世记》中看到的**动词**（Verbe）的理念具有某些特征，很轻易就能从我关于言语的观点中获得意义。亚当为事物命名，但这并非是为了用它们来进行概念性认知，那时他还没有尝过树上的禁果。他所做的是去勘察他的场所——伊甸园，即使我们不再有信仰，伊甸园对我们而言仍然具有无法抗拒的吸引力，而这恰恰因为它是一个场所，带着一个场所全部的存在希冀。

通过对赋予生命与事物的名字的阐释，我们能够理解堕落事件，理解夏娃和亚当为什么会被逐出伊甸园：他们失去了在永恒中的生存，但这是他们在偷尝禁果时，对概念性思维作出的选择所导致的结果。随着概念性思维，他们从被命名事物的完全在场，过渡到该事物的某些特征，由这些特征产生了一些简单的形象。我们可以说，精神附着于概念性思维，这就是言语的原罪。从社会产生之日起，精神就被迫附着于概念性思维，因为只有这种强制性的附着，才能将俗世组织起来，整理俗世那"粗粝的"现实，但它同时也启动了历史的时间，以及它那无止尽的混乱状态，在这时间的洪流中，诗有着同样无止尽的任务，那便是在惊涛骇浪中逆流而上。

回到动词。动词是诗企图革新语言的方式。对于我们之中每一个将要努力革新语言的人而言，语言革新工作的路径很容易寻找，但要顺着这些道路向前走却没那么简单。请大家注意这一点。我们与词语之间发生的新关系，使得人们不再关注日常实践中与词语息息相关的所指。对我们而言，这些变成专有名词的词语会像一切专有名词那样，以其或可闻或可见的物质性开始存在。树的理念被弱化，它将会被 arbre 一词的音响或纸页上的几个字母所替代。

因此，对于属于动词的词语，我们首先特别感知的是它们的物质部分，是无法被涵义触及的发音。正是通过其物质性的显现，动词词语才能在其他词语的背景上突显出来。因为透过这些词语的，是场所的许诺，是存在的载体。看到它们似乎包裹在一片光芒之中，顶着某种神秘许诺的光环，我们无须惊讶。

说它神秘，是因为这许诺与我们在另一层面，即概念层面所能定下的一切计划都毫不相干。这些词语向我们说话，而不仅仅被用作被动满足我们意指与行动需求的无声工具。它们似乎也期待着我们用新的方式使用它们，用一种全新的言语。

这种言语是有可能存在的。因为我们都很明白，当某些词语通过它们大致上灵活多变的各个方面（尤其是它们的音色）被呈现出来时，会发生什么情况。变成音响后，词语呼唤我们体内能够自发地、特别地回应音响的东西，于是便产生了节奏，产生了赋予词语以节奏的需要，为此需要通过叠韵、谐音及长短变化将词语配对起来。本来仅有赋予词语以意义的计划，如今赋予词语以形式的需求也产生了。某种形式在动词物质层面铺展开来，带着其固有的明见性，及其对美的神秘需求。在言语中，有一种音乐想要被听见，这就是与语言第二层次建立关系后立即产生的必然结果。

简而言之，当我们使用那些代表事物统一性的词语时，对存在物的在场的体验于我们而言立即就是对某种形式的、某种音乐的体验。正因为我们有在形式中拾取词语的需求，我们语言中的动词才能显现出来，并获得自己的结构。在逐渐形成的诗语中，属于动词的词语尽管试图摆脱其他词语的影响，这样的行为却徒劳无功，因为它们还是会与其他词语纠缠在一起。后者是概念性认识的简单元素，是概念性认识所组织的行为的方式，是概念性认识希望我们从自身获得的思考的方方面面：

这便自然而然地产生了一个十分混乱的局面。某些词语现在对我们而言十分重要，它们保留了有关完全在场时刻的记忆。过去我们曾经历过这些时刻，常常是在童年时期，那时概念性思维还未主导我们对周遭世界的感知。但我们仍要在另一种言语之后形成的障碍下，重新找回最初的联想；另一种言语甚至会在部分的自我压抑过程中，将这些联想隐藏起来。由于概念性的实践面对生活的态度根本上是模棱两可的，所以它拥有一部分无意识的自我，我们知道，这部分自我是精神分析师探索的对象。然而，无论有意识还是无意识，概念性的实践都会压抑、隐藏、束缚个人的需求，扰乱个人的直觉。为了重新找到**我**（Je）的思想，我们应当——这是一个悖论——全神贯注地投入被日常意指过程忽略的涵义网络中去。

而形式，这一产生自身体、了解身体需求的节奏，形式是向导，擦除了一切外在的表征。形式是诗的巨大动力。通过形式，本身只是一种言说的日常言语得以归属于另一种言语，而后者是某个场所的一切组成部分在精神中的集合。正如我方才所说，它同样也是诗人或者将成为诗人的人身上，那种对世界的理解，也即对世界有限性的感知的重新拓展。就像马拉美所期望的那般：人与自己真正的俗世生活之间实现一种互相见证。

诚然，这俗世生活也许始终只是一种前世生活，因为梦想会扰乱生活，涵义会继续存在，甚至只会越来越多，在自我与我之间的区域内，有关概念性真理的话语碰到事实，撞得支离破碎，事实超越了概念性话语，但并没有就此舍弃它。然而，诗还是可能并且应该通过某种方式来得到定义，这种方式是与词语建立另一种关系，是凭借形式上的努力令一个动词脱颖而出。一种“parlar cantando”，请允许我借用这两个词语，它们来自另一篇文章，思考的是言语和音乐之间的关系，从蒙特威尔迪（Monteverdi）到莫扎特，歌剧的创造者们都曾试图理解言语与音乐的关系。

“parlar cantando”，被歌声浸润并革新的说话方式。词语符号纯粹属于声音的一面，作为在自知有限的真理中重建自我意识的一种途径……从这一点看来——如果我们承认了这一点，那么多种思考都是可能的。一类思考涉及诗人与读者的关系，另一类则有关诗的翻译。在聆听另一门语言的过程中，译者不应该忘记，外国诗人同样会考虑自己语言的他者，因此他的诗并不会如不同民族语之间的差异预示的那样难以翻译。还有一类思考涉及诗与戏剧之间的异同。最后也是最重要的一类思考着眼于上文提及的动词的任务，着眼于动词那必然带有主观性的当今现实与历史进程中的社会需求之间的关系。

但是各种各样的途径，每一种细细讲来都会令我的演讲超时，无论大家多么友善，我都不应该忘记，我要求你们集中注意力的时间已经太长。感谢诸位聆听。

（许翡玎　译）

希腊语和法语

本书收录的几篇翻译成希腊语的文章，原文以法语写成，我毫不怀疑，它们的译者在阐释文意之前，便已遇到不少难题，既产生自两种语言的差异，也产生自语言与历史的关系。

法语深受拉丁语影响，在社会观和世界观方面则受古罗马影响颇深。而从眼前这几篇文章来看，最主要的难题似乎正源于此，因为法国人已经习惯这份遗产带来的某些不同于古希腊世界主流的观念，即便古希腊为欧洲诞下精妙绝伦的生命观和宇宙观。我们这些新拉丁语的特点自产生之初便十分明显，至今仍十分鲜明，正是因此，在当今的法语和希腊语之间，存在着同样多的依然发人深省的差异。仅举一例：如何才能轻易地从一项由“veritas”（真理）观念所决定的哲学研究，转为一项使“aletheia”（真理）与揭示真理的直觉保持鲜活的研究呢[1]？在同一个根本层面上，但这次是在神学领域，要如何用产生了“agapè”（爱）之经验的语言，去思考，或者更确切地说，去谈论拉丁语和罗马语的“caritas”（爱）呢[2]？

然而还不止于此！法语中有许多重要的词语都是借自希

1 “veritas”为拉丁语，“aletheia”为希腊语。

2 “agapè”为希腊语，基督徒用于形容上帝对人的爱；“caritas”为拉丁语。

腊语，但它们的所指与这些词在今日希腊日常现实中使用的所指完全不同。我曾有幸结交乔治·塞菲里斯（Georges Séféris）[1]，记得他时常抱怨，他日常语言中使用的一些简单词语，到法语——或到其他西方语言——转一圈回来后，又增添了第二层抽象意义，可能在意料之中，但仍会令人困惑不已。塞菲里斯提到"隐喻"（métaphore）或"对数"（logarithme），在法语中，这两个词只有在智性话语中才有意义。的确，希腊自亚里士多德（Aristote）起便已有"métaphore"一词，并且至少保留了这个词的几个极其具体的涵义，而法语的隐喻来自文人们的拉丁语，绝无他意，完全只是一种修辞格。至于对数，它的希腊语用法和严格限制在数学领域内的法语用法差异更大。前文所提的这两个单词的经历对于译者的工作是否毫无重要性呢？可能吧。但或许还有其他类似的词语，我一时想不到，它们对翻译也许有更为显著的影响。

也不要忘记，尽管词汇之间存在这些差异，但希腊语和希腊思想的强大直觉，仍然在西欧，在相继而来的复兴中，或在那之后，甚至是在今天，被众多思想家或梦想家真切地感知并接受。只不过，在今日，我们有必要在全新内涵的网络——以及全新隐喻的网络！——中体验这种融合，这似乎会在产生自原初经验的文本中，让实际上与原初经验相似的东西变得与之

1　希腊诗人。

不同。在某些作品中便是如此，它们更多的是文学著作而非直接且抽象的哲学著作，这些书的作者深受柏拉图（Plato）思想及新柏拉图主义的束缚。特别是类似我所熟悉的“在场”观念，以及它在我为思考这个问题而举的例子中促使我进行的隐喻性解读，都深受希腊语源头的影响，虽然这些解读初看之下并不会令人联想到它的希腊根源。

诚然，这一在场经验——是即刻在本质上完全感知某物或某存在，而非仅仅只在后者身上看到人们附于其上的、始终抽象的理念，尤其是因语言中的类别和成见而形成的理念——在“罗马文化”的语境下很容易理解，甚至很容易体会到，因为全人类与世界之间的关系的某些方面尤其适用于拉丁语世界。比如说建筑物的拱顶，它显然是牧羊人或农民为自己搭建遮风挡雨处的一个最简单的方式，但它在意大利和法国变得宏伟壮观，演变成穹顶，成为古罗马建筑及之后的罗曼式和巴洛克建筑的核心。在智力所及的范围内，没什么能像穹顶那样给人以统一感，拱顶呈现的景象是：石头向上逐渐收紧，直到顶点只剩一块石头。这个景象令精神超越了形式，正如拱顶在“渊博的”建筑学中备受认可，它让人明白，均衡感——无论均衡感多么具备音乐性——意味着各部分之间的相互关联。而部分即意味着分割，将观赏建筑的人关入媒介的空间内，促使他相信媒介并与之保持多重复杂的关系。数的美妙建筑，梦想归一（l'Un），却无法像搭建岩野上最简陋的牧羊人窝棚那样，在体验的瞬间就达到一。

从这种观点来看，希腊式庙宇——建于石柱之上的平坦屋顶，竭尽全力地通过三维关系的和谐以求得美——似乎表明，在希腊语国家，被我称为在场的东西仅仅作为某种极端经验被提出，与人直接融入有限性的那些瞬间无关。然而这种柏拉图式的思考方式，是经由多（du multiple）达到一（l'Un），是向难以言喻的统一性回溯的过程中，始终保持极端活跃或者说近乎极端活跃的理念。但它并不是希腊土地上唯一的建筑，与世界上其他地方的牧羊人一样的牧羊人，最终会向他们的山丘或山谷献上拜占庭式小教堂。于是在超验的道路上出现了反对中介的抗争，也就是普罗提诺（Plotin）的抗争，如果说我对他的理解始终正确的话，无论如何，他的思想给我的感受便是如此。在《九章集》（*Énnéades*）中，在场是直接关注的对象，普罗提诺在此书中与抹杀在场的不同意见进行了论战。由于普罗提诺用希腊语讲述了他的强大直觉，自那以后，在希腊语的诗和哲学所阐明的一些情况中，要如何不去把这份对事实的见证视为绝对呢？而且希腊的诗和哲学还为这些情况命名，将其纳入这门语言自身的财富当中。

光明岩便是此类情况中的一种，这块荒凉巨石简直可以说是故意出现在通往德尔斐的道路尽头的。突然之间出现，令人目眩神迷，很快便超越思想，成为一个不可动摇的事实，一切中介物在此逐渐消失。正因这些中介物也会扰乱我们与自身的关系，在幻觉（fantasme，又一个被拉丁语式思考带离古希腊语境的词语）的迷宫中引发矛盾、阻碍、恐惧，所以如此自发而深刻地具有哲学性的希腊文化，在对逻辑形式与概念的掌控之中，发现探讨哲理应该少以讲述事物的本质为己任，应该更多地去思考如何生活，去学习践行智慧，去体会界限，体会“moira”（命运），即有限中的无限。我所使用的这个词，sagesse（智慧），它的词源完全是拉丁语的，它在法语中并不具备多少力量与魅力。在我们的语言中，这个词语用于贬低某种存在方式，但对于这种存在方式，希腊人其实懂得在光明之中，保留它的丰富内涵。要知道“sophia”（智慧）包含了对自然界的全部知识与辨读，它使生活与其本质之间的关系焕然一新。

我想起在德尔斐的某个时刻，那是很久以前的事了，当时二战刚结束，废墟之上白棕相间的村庄令人难忘，那些住在村庄里的人还能独自面对宏伟的寺庙和简单的生活。在我房门近旁有一道阶梯，往下延伸至远处的大海，光芒中伊泰阿若隐若现。清晨极度的静谧中，有次我曾看见一位十分年迈的农民慢悠悠走下台阶，他被这片光芒笼罩，甚至可以说被这片光芒燃烧。那位老人，那些坚定的脚步，那份安宁，不正是柏拉图主义中的普罗提诺吗？或者更确切地说，不正是来到柏拉图思想中心，为揭示和解决某个问题的普罗提诺？这个问题在柏拉图《巴门尼德篇》（*Parménide*）里忧心忡忡的辩证法中已初具雏形。老人在平静安谧的世界中默默行走，在我看来，这个景象完全符合我从伟大的古希腊语言中习得的一切。它向我展现了它的内在维度，产生于数字又走向对数字的忘却，它也向我展示，为何它与大地上的一些场所一直以来都保持着某种本质的联系。德尔斐，以它为例，德尔斐是一个场所，但它首先是在这个场所生活、学习在此充分地生活的一种方式，充分地生活也意味着作好死亡的准备。

对我而言，正是在德尔斐，在油橄榄的土地上，我才能在最黑暗动荡的时期，开始在我自己的世界中恢复镇静，尽管还有些困难。回忆起这堂重要的课，我在第二本书《昨日荒漠遍野》（*Hier régnant désert*）的结尾，写下了题为“第二天的德尔斐”（Delphes du second jour）和“此处，永远在此处”（Ici, toujours ici）的诗歌。“第二”（second）一词指在概念性阅读及外部探求的外壳之下所敞开的东西：存在的内核，在场。“第二”意味着漫无目的的漂泊之后，一条通向归途的路。

这种明见性（évidencel），即简单事物在光明（lumière）中的上升，这也是——这又是希腊语影响拉丁语国家的一种形式——希腊言语使用的了不起的字母一开始便令我震惊并征服我的地方。这些字母或写于书本中，或刻画在墓碑上。我也深爱拉丁字母，不过是出于另一些原因，但这些原因并不能替代我喜爱希腊字母的缘由。在希腊字母中，对我来说，什么才是重要的呢？也许是它的草体紧密融合灵活性与形式的方式，仿佛时间、时间的偶然性及其场所内的存在所固有的主体性——

这种生来就颤动着的主体性，它通常表现在每个人特有的字迹之中——被获准在文字形态的某个层面上维持自身，在这一层面上，文字结构的循环性——一种理性的要求在书写笔法中显现出来。

当铭文变成纪念碑，当一面墙或一根石柱上刻的文字逐渐几何化，并因此大量失去我所提及的颤动时，此时坟墓上便具有了已故之人的图案象征，仿佛人们早已知道，草字的灵活性会被身体的灵活性所替代，它们的共同作用都在于讲述生活。而且，无论如何，无论何处，刻于墙上的字词都意味着石头，立即可触摸的石头，还有石头表面的颗粒，令在阳光照射的大理石表面摸索的线条颤动。仍然还是有限的特殊存在与语言强加给我们的理智类型之间的辩证法。仍然还是——或者应该说，自字母起源起就已经是——柏拉图身上的普罗提诺。希腊言语既是象形文字又是思想，在我看来它便是这一辩证关系，或者更确切地说，它指出了这个秘密，秘密又是一个伟大的希腊词语。

这种指示能力邀请我的加入，并与自身和平共处，我意识到——在这一次的这种情形下，我的想法或许还有点道理——应该还存在另一种感受方式，仿佛沉痛地感受到挫败。在另一个场合我曾提到，我因自己记性不好，在希腊语学习中遇到了困难：希腊语中存在数量极其庞大的不规则形式，尤其是以 -mi 结尾的动词的不规则形式。那是一个我从未真正战胜过的困难，结果就是我无法直接用希腊语来进行哲学或诗歌的写作，虽然我自信已经能够领会它们的美。这障碍带来的挫败感，贯穿我的一生。

但我很快就将这份挫折当作一种收益。当我能够更好地察觉智性的希腊词汇早在公元 5 世纪之前就已完成的非凡的理性化工作时，那些不规则形式反而给我提供了很多经验。我在许多词典中，比如在利德尔（Liddell）和司各特（Scott）编的《希腊语—英语词典》（*Greek-English Lexicon*）中，看到一些词语在概念的衔接上有着令人赞叹的明晰度，概念聚集，创造了意义的第二层次。丰富的词语意义使得思想拥有无可匹敌的明确性，直至语言表达的极限。这种普遍性和明确性是怎样与如此繁冗的词法共存的呢？因为这繁冗的词法，我们在学习词语形式的每时每刻，都必须放弃为无数不规则例外寻找理由，只能依赖自己贫瘠的记忆力。

可是，难道我们不能以完全不同，甚至完全相反的方式来提出这个问题吗？大量的不规则情况对于不是语言学家的人来说是难以理解的，因而也像是树立在观念的光明中的一块岩石，这光明因音素之美而变得更加鲜明。这不规则情况构成的庞大团块在词语空间中就相当于现实，在生活中成为在场、完全的在场的那些时刻的现实，也就是兼具即时性与难以理解性，并超越了一切思想的事实。总之，世界的统一性（indéfait）带着其有关统一（unité）的教诲，有时能够被隐约瞥见，因而我们会在希腊语最具体、最隐秘之处重新发现它，而语言由于肩负命名与表达的使命，通常会阻碍我们重新发现世界的统一！多么让人意外啊！这也许是潜伏在言语中的诗，一种能被声音触及的绝对。

请注意，某种类似的辩证法，已然存在于语言，存在于一切语言之中，我自己时常琢磨这件事，产生这一辩证法的，是另一块石头，是粗糙的现实通过涵义网络实现的另一种上升，也就是音响、词语的简单音响和音素。人们听见这音响本身，在音响深处，它不再是涵义的回弹，而是如同石头上的一条裂缝，或者沙滩上一串泡沫的痕迹一般，从我们的宇宙中消失。这一回出现的仍然是统一性，解释了诗是借助节奏而产生的，因为节奏就是将音响带至言语表面的东西。

每一种语言都拥有它自己的诗：通过词的音响，语言掌握了促成诗意的事实，掌握了将一（l'Un）的记忆，也即诗建立在言语中的方法。然而，因为不规则形式的数量非同寻常，希腊语便使费力学习教科书的初学者有可能拥有某种直觉，使他朝同一种方向前进，也给了他另外的提示：希腊语会以特别惊人的方式唤起初学者的诗意，跻身某些事件的行列之中，这些事件也许已经将他置于唯一的道路上，假如他走上这条路，那么前方就只有一个出口。

这也传达出一个对于说拉丁语的人而言并非毫无用处的信息。如果说观念化在希腊语中十分明晰，如果说希腊语是一种不可动摇的逻各斯（logos），柏拉图和普罗提诺只是谈论了将**理念**（Idées）带至一（l'Un）的门槛，让理念在此消失，那可能不是因为繁冗的性数变化与动词变位之外的东西，而恰恰是因为这种繁冗。一个难以理解的例子正好会令人想到，有些限制是智力无法跨越的，智力会使理性摆脱做梦的倾向，让神话去探索理性不想再深究的东西。在拉丁语言的厚度中不会出现类似情况，起码不会如此明显。我相信，即使我还没有学到足以阅读希腊语的程度，但正是希腊语令我产生了某种信念，相信诗与理性相伴而生，它尊重理性，因为我本能地，但同时也从一生的经验中明白，在某种尚未到来的强大理性的光照之下，诗会令梦想枯萎——表达此种思想的希腊悲剧是什么呢？

最后再说一句。我很明白，我谈论起希腊语，就仿佛它仍只是一种古代和中世纪的语言，只是雅典哲学思想及后来将新柏拉图主义与拜占庭文明的各个流派混合在一起的宗教思想的语言。我想今天的希腊语肯定与我从希腊语源头所领会到的东西十分不同。希腊语是否还保留着如此多的不规则形式呢？无论如何，它肯定在很早以前就已经达到了一种或许与其过去不同的现代性，正如——比如说——亨利·米肖（Henri Michaux）的语言不同于拉辛的语言……粗略地远看，对我而言，在往昔（甚至可以说原始时期）与现在之间，更多的仍然是延续，而不是断裂；在我看来，《阿西尼王》（*Roi d'Asiné*）的作者[1]虽然是马克里扬尼斯（Macriyannis）将军的仰慕者，但他在阅读《伊利亚特》（*Iliade*）中船舰的鸣响时，他是一位熟知荷马（Homère）语言的读者；最后，在我看来，每一种承袭自古希腊历史的世界观，即使它们各自强调的价值观时常互相排斥，但它们都如此具有普遍性，以至于只有在当代意识的词语基质之上它们才能延续下去。不过也许我是错的，也许我想得过于简单。

如果确实是我错了，那么请大家原谅我，并且只保留这几页文字中我向我的译者塔纳西斯·哈佐普洛斯（Thanassis Hadzopoulos）致谢的部分。

（许翡玎　译）

1　即乔治·塞菲里斯。

拉丁语，民主，诗

I

拉丁语学习令我受益良多，虽然这么多年之后，我已经忘了这门语言的很多东西。我忘了无数词语，丢掉了许多性数格变化和动词变位。然而在我心中活跃着的，是拉丁语的句法以及支撑其思想的众多概念，这就是为什么今天我依旧能使用这门绝妙的语言赐予我，并且将要赐予它未来的学习者们的一切，如果以后还有人教授这门语言的话。放弃教授拉丁语将是灾难性的。

我想谈谈拉丁语，不是与他人谈论，而是与我自己谈谈。重新踏上从前的道路，借助我那本陈旧的加菲奥（Gaffiot）编的《拉丁语—法语词典》（*Dictionnaire Latin-Français*），一连几个小时进行困难的阅读，这本词典我现在已经不怎么翻阅它。不过从今天的情况看来，我只说两点看法。

第一点是拉丁语教学对于民主事业的重要性。这重要性是显而易见的。教授拉丁语，就是对抗一直或多或少带点极权色彩的意识形态。

意识形态就是自认或宣称能自给自足的构造，它们不受历史时间侵扰，希望自己所使用的语言只是自己的当下，以便用自己的准则去决定未来。这一点会受到拉丁语教学的反对，因为拉丁语教学迫使我们记住法语是由另一门语言衍生出来的，让我们了解生活在不同时代的面貌，这生活受到西塞罗（Cicéron）和卢克莱修（Lucrèce）所用语言中那些重要概念的支撑或更新：这是永远蓬勃旺盛且比从前任何时候都更加不可或缺的生活。学习拉丁语有助于从深处及多重维度中感知法语这门语言的变化。这是感受法语教条与偏见的肤浅性及危害性的最佳方法。换句话说，学习拉丁语有助于不带偏见、没有禁忌地开放交流，而没有开放的交流，就没有真正民主的社会。

此外，拉丁语教学还有其他良效。比如说，在法语词汇之下发现始终在场的拉丁词汇，对我而言，这在我青少年时期极大地激发了我的诗意。如今我愈发理解这一点：词语源头上的词根增加了词语的暗示性，这些暗示并非任何时候都与词语现在的用法有明显的联系，因此，我们的字词、我们的句法开始让我觉得，它们远远不止是简单的概念，也不只是总体上为可以明确定义的概念服务的某些联系。这是一个附加的部分，由尚未为人所知的潜在经验构成，提议取代所指的抽象概念，由此赋予所指对象以真实事物的厚度及无限性，并由此赋予自然事物——树木、果实、溪流、田园牧歌传统中 locus amoenus（乐土）从前向往的各个方面——行善的能力。

这确实并非毫无风险，不过，请允许我指出，这是对诗本身来说具有建设性意义的风险，诗必须认出这个风险并面对它。

以法语源头自居时，拉丁语展现出原初语言的姿态：绝对语言，属于某种高级智慧的语言。这种高级智慧在它的时代，出于某个神秘的原因，曾经形而上地高于甚至超越人类的智慧。

这显然是一个幻觉，但它也安抚了诗或至少是诗歌实践固有的某种矛盾，因此有助于人们意识到某些陷阱。通过诗，人们希望在字词间进入某种在世的存在，一种尽可能基础也就是尽可能简单的存在，但人们会被幻想囚禁。这些幻想看起来像是更加令人满意的现实，于是人们便会认为幻想的现实更好。拉丁语容易滋长此类幻想，至少它似乎会将我们带入言语另一层次的阴影之中。是的，这里潜伏着一个风险。想象一直都是危险的，当想象处于形而上层面时，它的危险便会变得前所未有地严重，西方的历史就是一个可悲的证明。

可是，幸运的是，这门负有盛名的语言，它的词汇、它的句法尚未如基督教所经历的那样，被某种超验性的直觉所结构。这超验性是某位具有人性的上帝的超验性，他创造了一个世界，但这世界比他更少，价值也比他更少。

我没有忘记，拉丁语曾在很长一段时间内，为拥有上述信仰的神学家所用，但是，它似乎只有在表达异议，强迫有关教条的思想也考虑疑难和悖论时，才会服从人们将信仰转变为一种可阐述的思想的尝试：德尔图良（Tertullien）著名的感叹便是例证。这篇用拉丁语书写的神学理论，是一篇自圆其说的论说。它保留了那些简单而伟大的词的日常用法。这些词对我们而言也是诗人的词，属于奥维德（Ovide）、卢克莱修和维吉尔。

而我相信，我们这个时代那些如此渴望即时生活的学生，他们能在那些被言说的事物中，在以拉丁语笔耕不辍的伟大诗人们精炼出来的拉丁语词句中，遇见关于融合的动人例子。这种融合是事物感性外表与某种自然的超验性的融合，这种超验性完全不同于基督教超验性，它只是一切存在固有的内在无限性。内在中的超验性，是维吉尔《牧歌》（*Bucoliques*）或《农事诗》（*Géorgiques*）的深远寓意，也是奥维德《变形记》（*Métamorphoses*）的深刻内涵。这超验性是木碗、油橄榄和果实累累的枝头的超验性，是大地的超验性，在田野森林间小小神明的言语之中沙沙作响。

那些热爱大地的拉丁语大诗人，如果我们阅读他们所写的诗歌，我们就不会长期身陷胡思乱想的危险。如果说他们令我们幻想某种更为高级的语言，他们也将这奇迹转变为关于自然现实本质价值的有益记忆。如果没有学习拉丁语的那几年，我可能会在诗的方面陷入更加危险的境地。

还有一点。人们可以认为，两个我认为能在拉丁语教学中辨识出来的影响，民主与诗，它们即便不算互相矛盾，至少也是难以兼容的。前者明确以总的来说较为普通的概念化作为支撑，并会在日常社会中引发即使不具革命性，至少也带有公民意识的运动，后者则归纳出从一开始就与梦想混淆的一些研究概念的模糊方式，引导精神进入人们认为无关紧要的活动之中：

诗歌是某种言语的计划，这种言语确实期望与他人分享，但要通过它最主观、最难以解读，同时也最可能是诗人笔下孤芳自赏的一面，诗歌是精英主义的。

但我认为拉丁语带给法语的这两个影响绝不是互相矛盾的，恰恰相反，我认为它们能够在已经或应该对我们时代意识产生的影响之中，以某种辩证的关系互为支撑，而这种辩证关系是我们时代意识最迫切的需求。因为，一方面，对僵化的概念性思维的批判是意识形态的敌人，是社会进步的战士，但一旦涉及要在实际生活情况中进行批判，即使它必须在此发挥作用，它还是不知道要把矛头指向谁，因为在普遍情况下，批判的确对有限性的需求一无所知。另一方面，通往诗的道路，历经梦想的颠簸与曲折，沿着幻想的深渊一直向前，而幻想会产生像意识形态尝试强加于人的一切一样不切实际的世界观。如果要令这两种存在于世的方式认为彼此互补，这是双重的困窘，但也是双重的理由。诗有助于具有合理本质与方法的社会组织规划的施展，有利于鉴别一些问题，一些首先需要在唯一真实且有价值的层面解决的问题。这一层面涉及个体存在、个体存在的需求以及个体存在固有的认知方式。反之，一种更加有凭有据、更好地摆脱幻想——幻想充斥并腐化了它从前的时代——的理性能够保护容易被空想捕掠的诗避开它的危险。理性与诗不是对立的，两者都把超越各自的幻觉作为目的和真理，这些幻觉从来都只是可以纠正的失误。人们可以期待，起码可以希望，终有一天，理性与诗不再只是孤立的投向世界的目光，诗能够用它精练的词句摆脱某个环境的束缚并进入生活，而社会理性能使生活免受历史偶然和自然暴力的侵袭。

拉丁语教学可以将这种互补性作为深化其影响的次要作用，但绝对不是副作用。为此，教师只需要建议学生将西塞罗或塔西佗（Tacite）对修辞的关注与维吉尔笔下的某篇作品进行对比。

II

我们应当继续教授拉丁语，但教授的方式应该与目前建议甚至带点强迫性的教学大纲不同。出于一些正当的理由，我并非时时都乐意去上拉丁语课。不过我曾十分喜欢《希腊历史简编》（*Epitome Historiæ Græcæ*），次年我又爱上了《名人传》（*De Viris Illustribus*）[1]。这些都是专供儿童阅读的文本，都是编造的，对此我毫不怀疑，但那时我渴望能够了解我想尽早品读的那些诗歌的历史社会环境。我不反对阅读凯撒（César），因为他谈论了高卢，并提供了冷静思考的一个极佳典范。至于西塞罗，他的巧辩组成了那令人振奋又害人不浅的政治环境的

1　两者皆为从前法国六年级的拉丁语课本，后者全称为 *De viris illustribus urbis Romæ a Romulo ad Augustum*，即《罗马城名人传：从罗慕洛到奥古斯都》，由罗蒙德（Lhomond）教士编写于 1775 年。

一部分，在此环境下，作家、哲学家、诗人都必须争取存活下来：了解他们并不是毫无用处的。

不过，难道人们不应该像古代的“拜德雅”（paideia）[1]那样，重新将诗人置于学习的中心吗？在学习这门语言的过程中，我们是否不应该过于信任我们课堂上所讲的那些雄辩家和编年史作者呢？至少在我学习拉丁语的时候，他们占有的分量与他们在自己时代社会中占有的分量并不相符。不要过多地谈论蒂托－李维（Tite-Live）！也不要因为孩子分不清战争故事中的“scutum”（长盾）和“clipeus”（圆盾）就去惩罚他。

让我们更多去思考宗教、哲学，还是西塞罗，不过这次是他的《论神性》（*De natura deorum*）。解读此类文本，对当代的研究比如杜梅齐尔（Dumézil）、保罗·韦纳（Paul Veyne）等人的研究尤有启发。甚至在初等教育中，我们也应当根据当今的关注焦点去鼓励学生喜欢拉丁语。

用其他方式教授拉丁语。不要让学生做法语译成拉丁语的练习，这些练习迫使学生制造实际上从来没人说过、根本不具有无意识的拉丁语句子，因而只会导致言语的扭曲。同样也要当心拉丁语译成法语的练习，它们会导致学生将文本缩减为其涵义，将对文本的接受缩减为对涵义的理解，并鼓励一种翻译理论的形成，此类翻译理论认为翻译便是翻译涵义，它们已被

1　古典希腊与希腊化文化的教育和训练体系。

过于广泛地传播，且形成了不良的影响。

比起熟记动词形式，我们更应看重对美妙句法的学习。拉丁语当然与希腊语不同，希腊语的不规则动词打击了那些天生适合阅读荷马或埃斯库罗斯（Eschyle）的读者的热情，如果学习希腊语的必要先决条件不是学习如此繁冗枯燥的细枝末节，这些读者也许会喜欢阅读这些作品的原文。我想起伊丽丝·奥里戈(Iris Origo)在她最美好的回忆录之一《图像与阴影》(*Images and Shadows*)中讲过的故事。她的希腊语老师是怎样教课的呢？刚步入青春期时，在她的第一堂课上，她的希腊语老师将一篇荷马的文章放在了她的手中。多么可怕，多么幸运！

不要再为无视词语形式而感到罪恶。我们反而应该集中精力去关注经典语言中绝妙的基础词句。为此也应当阅读诗人的作品。诗人并不比散文家更“难懂”，对于我们中的一部分人来说，诗歌甚至比散文更易于读懂。我们会发现，如果能够更加直接地让学生的视线投向维吉尔、奥维德或卢克莱修的贡献（在罗马，他们的写作与新闻报道的语言背道而驰），那么对学生们而言，诗歌也可以比散文更加好懂。

（许翡玎　译）

但丁与词

I

女士们，先生们，卡洛·奥索拉（Carlo Ossola）邀请我为你们作一次演讲，虽然我接受了这份邀请，但希望你们能明白，有关但丁的严肃思考必须遵守的门槛是语文学家和历史学家的角度。从这个角度说，我其实对此力有未逮。因此我会避免过多地谈论《新生》（*Vita Nuova*）和《神曲》。

我的计划，只是以一种并不学术且完全个人的方式，去回答我们的朋友向我提出的某个问题，换句话说，就是与你们分享我关于诗与译诗的一些见解，这些想法从但丁的作品中便可获得，无须深入了解但丁所在的环境或者他的语言特征。

卡洛·奥索拉提的问题，针对的是安德烈·佩扎尔对但丁作品的翻译在今天可能引起的反响，佩扎尔的译作——翻译但丁的全部作品，既包括散文也包括诗歌，既包括拉丁语文本又包括意大利语文本——于1960年代出版于“七星书库”（Bibliothèque de la Pléiade）。卡洛知道我对这项庞大的工程抱有几分同情，尽管我明确地、强烈地反对这项工作的基础原则。因为安德烈·佩扎尔曾是今天这场研讨会所在地即法兰西公学院的教授，在这儿教了很久的书，拥有与他的智慧和学识相匹配的声誉，所以在今天的会面之初就谈论他也是情有可原。但接下来我要谈的是，为什么他的重要成就——这部刚出版时广受称赞的翻译，会在后来被广大读者抛弃。我自己也抛弃了这部译作，尽管不免有些伤怀，毕竟佩扎尔虽然出了错，但他的真诚与严肃仍值得我们钦佩。

是什么构成了佩扎尔的错误——请允许我使用错误这个词？为什么我们会说这种翻译方法，也就是他在译作令人难忘的序言中专横而鲁莽地提出的这种翻译方法，可以被认为是自相矛盾甚至愚昧天真的呢？我将尝试回答这些问题。

不过，为了能够恰如其分地做这件事，我首先应该迂回地思考一番什么是诗的本质。这个开场白必不可少，我今天演讲的一切内容都由它而定。

诗？这是完全不同于语言日常用法的东西，语言的日常用法就是理解自然或社会现实明说或隐含的各个方面，然后指明它们，向集体或向某个特定的人传达它们，以便促成某种词语致力于刻画和描述的行动。此类用法十分普遍，人们甚至会认为它是唯一可设想的用法，而文学活动本身不过是此类用法的一种形式。确实，作家能以一种比学者和政治家更为复杂的方式，灵巧地运用词语，他会在词语中寻求模棱两可或朦胧暧昧，而不求明确表达，他会借助象征，借助受言语束缚而没有被表达出来的、被他的无意识埋藏起来的象征。尽管如此，作家的意图仍在于分析发生在他身上或身边的事，并将这些事件汇报给他的读者。在文学上，言语同样是用于交流的涵义的产物，是被我称为言说（dire）的东西，言语就是社会中无处不在的言说。而诗，是完全不同的东西。

诗，恰恰不愿意将意指计划（projet de signifiance）据为己有，因为它知道，要实现这个计划，就必须从人们想要自外表、自简单的外表中了解的一切——比如尺寸、颜色、重量等——提取出我们称为概念的东西；因为它知道，在这样的起点上，人们会致力于抽象化和普遍化，促使人不再关注个体的存在，而个体存在是我们每个人与自身之间最为直接的联系。概念性的涵义不明白，我们存在于某个地点且只存在于某一地点，我们存在于某个瞬间且只存在于某一瞬间，换句话说，它不明白我们是必死无疑的。由于这种错误的认知，在我们使用的每个词中，在场变得模糊不清。可在场既是即刻的，又包含着我们周遭的人事物，以至于不久之后，我们再也无法明白自己真正的需求。

诗就是保留现实的记忆，抓住这记忆的一丝踪影，就像概念化还未将现实缩减为一个图像、一张简图之前，人们想象着能够去体验现实一般。诗的一切计划、一切工作，都是为了将词从话语的连贯性中解脱出来，以便词语能够帮助我们接触到真实存在的事物本身，而不仅仅停留于由我们的各种知识产生的所指之上。“arbre”（树）这个词，在一首诗歌中，会令我们想起一棵树的模样，想起它所有的枝杈、它全部的叶子，以及它与道路、与上方的天空、与栖于树上的鸟儿之间的关系。它令我们想起这一切，而不是将我们丢入构成词典的分类词条之中。我们由此能够重新思考自己内心的需求，后者对我们这样必然死亡的存在来说是至关重要的，对它们的遗忘会对社会中的人际关系造成损害。

反过来，如你们所见，这一思想中的计划使用词语，不再是为了意指或者诉说。这就是为什么诗首先关注的是声音的物质性，物质性使词语变成概念外壳以外的东西。人们听着单词的发音，关注诗句中的谐音、节律、叠韵，因为它们在诗句里让词语的音响变得有价值，并且削减了概念连贯性在句子中的权威。这是词语写就的音乐，在这音乐炽热的深处，言语得以重获新生，一个感知不再被压抑的、个人回忆不再被遗忘或歪曲的世界在此铺展开来。由此形成了一个场所，一个生命的场所，一个世界，它属于此在与此时的人，也就是属于我们中的每一个人。诗并不像其他认知类别那样确认现实，而是借助更新过的词语，创建一个社会空间，正如兰波所言，在这一空间中生活被“改变”。

我想强调这一点，因为这在我看来事关根本，而且也能阐明但丁的事业——我希望如此，过后我还会再讲到。第一，诗是一项行动，不是话语、表达或言说，而是一项永远在进行中的行动，试图使陷于涵义之中的词语能够重新指出拥有完整在场的人事物，在场是这些人事物被表达出来的内在性。为了达到这个目的，诗从那些必然外在的特征之下进行挖掘，外在特征被概念性思维从人事物中分离出来，并被用来取代了人事物。诗的行动所期待的效果，就是令在场回到被命名的事物之中。

第二，这项操作还不足以写就一类文本，在这类文本中，由我们再次感知并经历的在场以某种方式被表达出来。被如此提及的事物之间的联系存在着，并穿过了提及这些事物的我们，它们活跃且具有决定性，但要表明这些联系，可能就会又一次将之概念化并失去它们。由于我们的欲望从未停止占有一切的渴望，即时性的神话在我们的言语中替代了直接经验的地位。诗的真理是说不出来的。(La vérité de poésie ne se parle pas.)然而在文本中，甚至在已经与诗的真理分离的文本中，诗的真理都是可感知的，但它的可感知性就像一道光明、一股气味、一阵灌木丛的香气。我们应该如何描述，如何形容那些伟大的诗歌展现的这种效果呢？多少个世纪以来，人们尝试着描述它，而且用的恰恰是上述比较。但丁在他以通俗拉丁语写成的雄辩论著中，便谈论了某种气味、某种芳香。

第三，也是最后一点：作为行动的诗把普通语言——人们日常使用的语言——当作一个领域，当作唯一的探索领域。诗让读者在它的言语深处隐约感知到的这些事实并不是更为高级的东西，后者也许只能由尚不为我们所知的词语及词汇或句法的联系表达出来——正是这样的幻象方式导致了象征主义诗歌的平庸。不，诗所转向的事实，是简单而基本的事物，人类选择与它们一同生活，没有哪一门语言还没有以这种或那种方式为这些事物命名，对于使用这种语言的人来说，在我方才所说的诗的革新计划中，他们有可能获得在他们近旁的、可能有益的在场。正是在日常语言中且只有通过日常语言，诗才能够且应当有所行动，正是在日常语言中，人们在睡梦里度过夜晚之后，在每个早晨重新找回日间的工作。只有一步步穿过这个被讲述、被经历、被分享的空间，诗的味道、光明、香气才得以散发出来。

我们又回到了词语，回到它们在诗人工作中非同寻常的重要性上来。诗歌的词语不再承载必然消失在套话产生过程中的观念。它是“有生命的支柱”，令言语从其间穿过，这言语也许混乱，却充满气味，至少充满也许值得深思的象征。它不再是某个世界的反映，在那个世界，人们无休止地追问，世上是否有存在，或者世上是否不只有非存在，词语的诗性使用变成一种创造，因为它在自然的冷漠中开垦出一个我们生活的场所，使我们能够决定自己的现实甚至自己的存在。那些绝妙的诗歌之所以伟大，是因为在它们之中，返璞归真的词语能够最直接地被听见。某种未来于是在说话者之间开启，那时说话者能够彼此认出对方。

在那些奠基性的诗歌之中，比如《伊利亚特》、《奥德赛》（*Odyssée*）、《农事诗》和《埃涅阿斯纪》之中，情况便是如此。在法兰西建立之初的《罗兰之歌》（*La Chanson de Roland*）中，情况也是如此。让我们想一下后者，想想它的诗句，比如，“多么险峻的山，多么幽暗的谷，乌黑的岩石……”（Halt sunt li pui e li val tenebrus, les roches bises...）[1]。在这优美的十音节诗之中，在我们语言的荣耀之中，我们立即感知到、听到的是词语，词语在这些诗歌中没有冲突，互相靠近，通过深入回忆世上的事物来相互交流。

II

现在让我们来看看但丁的作品，词语的重要性在其中是十分明显的。

诗歌衰落的一个重要时刻，是西方文明开始的时刻。那时，担负起写作任务并回想起古代世界诗歌的文人们，为了他们的工作与交流，不再仅仅掌握一门语言即拉丁语。于是这门语言逐渐脱离日常生活的场所与情境。每日经历的生活的源泉从此干涸，而始于这经历的诗无法深入发展，尽管在千疮百孔的社会中，唯有维吉尔的语言能保护有关这种生活的某种有意识的理念，以及将其付诸实践的一些方法。毫无疑问，这是多么深重的危难！为了诗能重获新生，人们必须期待各地方言摆脱文明的碎片化。在此期间，强调超验性现实的基督教言语发展壮

1 语出《罗兰之歌》第 66 节。译者根据 1872 年莱昂·戈蒂耶（Léon Gautier）的校注本译出。

大，但它对俗世环境与人类身体不感兴趣，而后者是诗的天然场所。基督教教义塑造了一个被认为是神的人类，用来反对在他眼里被原罪破坏耗竭的世界，因此基督教不会为诗提供什么支持。我们甚至应该认为，基督教的传播与胜利受益于某种恶果，这恶果便是：拉丁语与日常使用更多也就是更充分的口语在社会中的共存破坏了诗的创造。由于更加日常的语言写不出伟大的诗歌，诗所特有的直觉便不再受到足够的重视。人们甚至会将越来越被曲解的古代作品用于各种宗教目的，用象征或寓意的手法阐释它们，比如用《第四田园诗》（Quatième Églogue）[1]中的“现在处女正在返回”（Jam redit et Virgo）来宣告基督的诞生。基督教言语尽其所能地反对词语。无论是否是巫师，对于中世纪的读者而言，维吉尔再也不是某种真正诗歌之“parlar”（言说）的“fonte”（源泉）。

把诗的没落归咎于基督教的胜利，我错了吗？然而，我认为我有权强调视野和目的的对立，在从拉丁语衍生的语言成熟后，这种对立在欧洲继续扰乱着诗的试验。树、源泉、光之类的词，它们是建造现实与存在的途径，却被某种思想与存在模式据为己有，无法进入“真正的人间生活”（l'authentique séjour terrestre）[2]，也就是文艺复兴时期人们梦寐以求的 locus

1　收录于维吉尔的《牧歌》。

2　语出马拉美的文章《理查德·瓦格纳：一个法国诗人的遐想》(Richard Wagner. Rêverie d'un poète français)。

amoenus（乐土）。莱奥帕尔迪、维尼、奈瓦尔、马拉美，只有这些像尼采一样宣布“上帝已死”（Dieu est mort）的诗人出现时，这些不可或缺的伟大词语，才能带着它们全部的联想能力以及它们在诗句中的一席之地重新出现，然而它们重新出现的方法从长远看仍是不可靠的。

III

历经中世纪，各地方言的分量、力量与美都有所发展。我在前文提到的《罗兰之歌》只是这场重要浪潮众多作品中的一个例证。

有一天，通过一扇对我而言十分重要的门，我重新在这一点上发现了但丁。面对内容如此宏阔、情感如此强烈的《神曲》，人们只能认为它诞生于一项充满力量且十分激进的计划。不过，这一计划的产生显然是因为但丁意识到了词语潜在的诗性，普通的词语，允许每日言语得以存在的词语；以及词语在某种世界实践与精神重铸中可能起到的作用，而这种世界实践与精神重铸就是“rediviva”（重生）的诗。

《神曲》中的词语，是原初的、无处不在的且始终优先的经验。毋庸置疑，这些词同样也完全是各地方言所用的词语，而但丁明显想在自己的理论著作中，将方言置于诗的位置。

要知道，这就是他的思想。人们可以认为《飨宴》（*Convivio*）

和《俗语论》（*De Vulgari Eloquentia*）的作者[1]在违背他周围人所说语言的时候，并非毫无保留。他知道——在他的时代，他是第一个极其明晰地讲述这一观点的人——拉丁语，这个在他想象中牢固而无懈可击的“grammatica”（语法），从此以后只具备表达抽象思想的能力，但他也注意到，乳母教给孩子的语言是变化不定、自相矛盾的，会因地区的变化而产生变化。为了诗歌这一语言的崇高运用，他似乎针对乳母的语言提出了某种“光辉的俗语”（vulgaire illustre）[2]，或者说是一种清晰易懂的方言，对于这种方言，我们可以认为，应当去意大利空间中某个地区寻找。但这个地区显然是无法找到的，因此我们应该更好地理解它之于但丁的意义。对我来说显而易见的是：这位诗人心里并没有他自己方言以外的语言，但他心中想的也不是自己方言中的某些词句——不管他如何辩解——而是言语的另一层次。光辉的俗语，能够抵达真理的本土语言，是在诗歌深处揭示自我的词语，换句话说就是日常用语，然而是被某位伟大诗人拯救的日常用语。概念性思维对词的使用会使词语发生折射，伟大诗人将其从这种折射中解救出来，于是词语便拥有了味道或香气。而如果有人想在表达和言说中再次使用它们，它们很快就会失去味道和香气。这将是但丁在他的《神曲》

1　即但丁。

2　“光辉的俗语”这一译文取自吕同六先生翻译的《飨宴（节选）》，参见《但丁精选集》，吕同六译，北京燕山出版社，2004 年。

中必须经历的一种危险，但他可能把这危险变成了这部作品思想的核心。

但丁所挑选的词语，他在一篇具有惊人现代性的文章里使用并保存的词语，都出自他的城市、他的地区所使用的语言。这些词同样也出自那些受苦之人，但丁聆听他们的语言，注意他们说话的方式。为了彻底跟随自己的直觉，他将创造一些词语，但他始终在日常生活的词语中获取灵感。但丁确实明白并且希望，他所说语言的词语可以传达他的诗。但他知道词语只有达到文本既在场又难以触及的某种深度时，才能成为诗的媒介，这个罐子底部似乎“永远”带着“未来的窟窿”，它存在于一切语言，甚至是最简单的方言之中。要确认事实是否如此，要确认但丁是否把诗性创造的场所适当地安置在日常方言中，我敢说，存在着一个证明，那就是他自己的诗句实践。

但丁作出的另一个重要选择，另一个根本性的革新创造，就是“terza rima”，实际上这种诗体最有利于每个词中概念的部分超越概念，令可以表达的东西超越表达，而这种转变便是诗的计划。为什么呢？因为诗的词语指向的并非建立在普遍与永恒之中的事物理念与实质，而是在事物有限的时间中遇见的存在，诗的词语被时间浸润。然而，在已经成为诗句的“terza rima”中，最后一个音步勉强站稳脚跟的十一音节诗句，以几乎必定不对称的各种方式被切分（比如全诗第一句被分为6/5，或者《地狱篇》第五歌最后一句被分为3/8），不对称是一种对时间的体验，它消除了亚历山大诗体所独有的两个半句之间的平衡性，作为抵偿，它拥有来自外部世界的偶然性。但丁笔下的诗句，连续的词语形式一直处于模棱两可的状态，因此它们是绵延的时间，人们在此间踉跄而行；它们并非不变的永恒，这便将词语形式的时间维度与有限性归还给了受概念束缚而无法浸润在时间之中的事物。

“terza rima”中的诗句证实了但丁想将日常词语转化为诗的决心。诗节本身重拾并强调了这种时间经验，通过诗句与诗句之间明显的连续性去补偿它们之间的不平衡，这种连续性不可分割并且一往无前（只不过人们并不知道它到底去往何处），毕竟新的诗节没有理由不与前一个诗节紧密咬合。在人类有限性周而复始的经验里，“三行体”的本质就是对某种不断向前的无限性的重申，因此它是不为人知、深奥莫测的。尤其因为中世纪的读者凭直觉知道（他们仰仗他们的宇宙观，正如我们仰仗我们的现代数学），当直线延伸向无限时，它们会弯曲，形成圆圈，变成球体，也就是一个绝对的数字。多么非同寻常的诗节，“terza rima”！这是同时支配着人类发展与“il sole e l’altre stelle”（太阳与众星辰）[1]的巨钟所发出的鸣响！人们感受到有一股激流在每个词语中穿过谐音，在这股激流中，叠韵只能立即调动它所有的可能性：谐音和叠韵是竿架，支撑着

1　语出但丁《神曲》的最后一句。

但丁的言语攀向他精神中的未来。它们晃动着词的音响，令微光在此若隐若现。并且允许每行诗中的三四个重要词语（很少有数量再多的），重新汇聚在绝对性附近，就像船舰泊入港口一般。

“terza rima”的发明与方言有关，这是但丁天才的表现，一举超越了修辞对言语的控制。这甚至也是对拉丁语诗歌的一场决定性的批评，因为拉丁语诗歌复杂的格律用太过艺术的网络捕获了生命的时间，比如《埃涅阿斯纪》中的狄朵之死。请大家注意这一点。但丁在相遇之时喊出的“quel Virgilio”（那位维吉尔）很显然是一种承认对方地位的叫喊，表达了某种感激之情，维吉尔确实就是“fonte”（源泉），他那“largo fiume”（宽广的江河）[1]就是诗本身，渗透并丰富了新诗人[2]的“parlar”（言说）。然而但丁并不因此就接受拉丁语叙事诗的诗律形式，他想要反抗维吉尔的诗句，维吉尔的诗句为大理石而生，属于永恒，简而言之，就是属于异教；但丁的书写却在自身的节奏中，因其包含的偶然性、危险、痛苦和希望，而对前行的时间了然于心。他用对弗朗切斯卡与保罗的心碎的倾听取代了对狄朵与埃涅阿斯的有距离感的叙述。

在但丁笔下，词语意识到了所指之物固有的时间，词语令

1 “largo fiume”，以及前文的“quel Virgilio”、“fonte”和后文的“bufera infernal”，皆出自《神曲 · 地狱篇》。此处“宽广的江河”意指维吉尔滔滔不绝的诗句。

2 即但丁。

人们听见时间，词语恢复其伟大的可能性，在作品的中心，词语比句子更加深刻。在我看来，这就是这部非同寻常的作品实现的革命中最为根本的事件。

在我看来，这似乎解释了这部作品在历史长河中广受欢迎的原因。《神曲》浸渍于它的时代，几乎无法吸引人长期关注它难解的思想以及令人困惑的虚构。在意大利，起码在16世纪，人们很快就厌倦了《炼狱篇》(*Purgatoire*) 或《天堂篇》(*Paradis*) 中神学的拐弯抹角，而且我怀疑欧洲其他地方的很多读者是否逐字逐句阅读了这些篇章。在很长一段时期，比如在古典主义时期，但丁几乎被忘得一干二净。尽管如此，人们从未认为他在真正的诗人身份之外还有其他身份，比如神学家。他的诗句，至少某些被偶然读到的诗句，始终能够抓住历代拥有所谓诗感的人的灵魂。让我们注意这一点并加以思考。但丁被忽略的时期，正是天主教反宗教改革运动掌控言语权的时期，他们监控着一词一句，剥夺有才智之人在词语中走向某个深处的权利，这个深处是人们所在的俗世，而不是上帝语言的教条形式。弥尔顿从言语的贫瘠化中脱身而出，拉辛也是，他笔下的淮德拉在最后一幕似乎走出了“bufera infernal”（地狱的暴风雨），但在那个时期，仅仅几个伟大的才子不足以将但丁推介给一个所有词句都被教条化的社会。《神曲》被重新发现是在浪漫主义前夕，束缚着词汇的桎梏被打碎，诺瓦利斯（Novalis）、济慈或维尼开始倾听自然，而雨果（Hugo）开始倾听社会底层的声音。但丁将影响更新言语的一代代人。这意味着什么呢？这意味着，人们只有在能够找回《神曲》的活跃原则，也即对词语的倾听时，才能深入研究但丁的作品。只需几段影射与理念皆已失色的文本，就足以令“terza rima”的强大螺旋能够再次将诗人们卷向概念之下的在场。

但丁可能会因为他诗歌中的许多特点而渐渐远去，但他永远不会过时，因为他的决心即主动接受方言的决心尽管具有历史性，但这决心有意识地转变为一项在任何时候都有价值的行动，通过这项行动，诗在注重词语本身，在像马拉美谈论诗句时所说的那样深入“挖掘”词语时，抵达了自我，“nel mezzo del cammin”（一半的路途）[1]。但丁不会过时，因为他比任何人都更为彻底地、毫无疑问地是这样的一位典范，启迪着后人。此外，看到今天人们还想着他，这是个好迹象。另一个令人生畏的“grammatica”（语法）确实对我们的时代有重要影响，这便是由科学、技术、贸易以及娱乐业传播的简化且跨国际的说话方式，它表面上看起来生机勃勃，却像但丁时代的拉丁语那样，无法达到人与自身关系的深处。我们的语言窒息了。我们有理由担心它们会死亡。是时候回归我们的方言，回归通俗语，回到光辉的俗语中。因此，如果我们拥有思考但丁的机会，那是极好的。

1　语出《神曲》的第一句，指但丁三十五岁（人生的中途）。

IV

这便将我的话题自然而然地引向了安德烈·佩扎尔，因为今天在法国思考但丁，就得考虑佩扎尔的翻译，或者从翻译质量出发，或者从这些翻译提出的问题出发。我们应当追问，当今时代会将佩扎尔在“七星书库”出版的庞大重建工程变成什么样子。佩扎尔是《火雨之中的但丁》（*Dante sous la pluie de feu*）以及多部批评作品的作者，他的哲学和历史研究使得他在法兰西公学院的教学工作给人留下深刻的印象。

首先，我们要如何从理论的角度，去谈论诗歌翻译的难题呢？我想，讲到现在，我应该可以断言，诗并不是辞藻华丽或激动人心地陈述某种感觉或某个思想。不，超越概念化表达的（概念化表达使意指和描述所指物成为可能，但同时也打碎了所指物，并替之以简单的形象），是事物或人的目的，即在自身有限性中拥有无限。比如我曾提到的树，这棵树长在路边，长在此地，长在此刻，带着它所有的枝杈，全部的叶子。某个目的改变了词语。它让这些词语不再是意指者，而变成了指示者、呈现者。那些伟大的诗歌本身始终包含这些指向存在本质的词语。

但是，诗歌也存在不得不运用某些字词去表达或描写的层面，如果我们从这些层面去理解这些字词，那么前文所述的品质——某种气味、某种香气、某种味道——将会烟消云散。为保存诗特有的贡献，就必须关注词语中超越涵义的层面，将它们视作支撑世上某个存在的柱石，而不是某种话语中的能指，哪怕这话语可能是诗人某种敏感性的产物。诗无法成为话语。人们不可能在不作破坏的情况下展开玫瑰花苞的花瓣。正因为我们对这个事实了然于心，才应该提出诗歌翻译的问题。很显然，如果诗歌翻译想要成为诗，那么首要的是词语的内在性，译者应当尽力保持它的活力。但应该如何做呢，我们要如何在文本中找到能帮助词语摆脱通常处境——也即词语只简单承载容易交换的观念的处境——的东西呢？

一个相当困难的问题！确实存在一些词语的用法，它们让人看到，此处活跃着深邃的目光，因为这些用法并不关注意指过程，就像道路消失在陡峭险峻、荆棘丛生的山坡上。那时词语便符合无言的图像，更确切地说是比言说指示得更快且更有力的图像。或者，为了尽可能接近他感觉超越表达的东西，诗人会创造新词，比如但丁著名的“indovarsi”[1]，位于《天堂篇》接近结尾的部分，这是一个动词，它最根本的作用在于揭示了这种僭越概念的行动本身。“indovarsi”，形容在“dove”之中猛地往前一跃：“dove”之中有“où”（哪里），是此地，是此时，摆脱了一切形象，是超越观念与想象的在场，而有些人也许会尝试通过这些观念与想象去讲述在场。

多么激动人心的词，“indovarsi”！可是在文本中察觉到

1　该词由但丁创自“dove”（哪里）一词，意为确定自己的位置。

它会给译者带来什么好处呢？这个动词出现在某行诗的顶峰，包含着但丁所有的激情，他用这个词语一下子总和了他语言中其他所有词语的一切经验。其他每一个词语的抽象概念被相对抹去，有利于诗人最终创造出这个新词。不过请注意，对一般涵义的超越并不会妨碍一般涵义继续存在，因为“indovarsi”依然是一种言说的尝试，用来说出但丁明白无法言说的东西。如果一位译者致力于直接还原这个词语，通过简单反思涵义与在场之间空间的方式，努力创造一个对等词，那么他只能停留于自己找到的词的涵义上，同时失去与直觉、与活力、与创造了“indovarsi”的直接经验之间的联系。

事实上，译者应该做的，是在他自己的语言中，借助他自己的词、自己的经验以及属于他自己的节奏，从根源上重拾诗人曾完成的在词语中超越词语的行动。在被全方位调动、被从各个时期召回的自我意识中，重新开始感受但丁以同样的方式经历、完成的一切。虽然回忆的是但丁曾经的处境与概念，虽然谈论的是但丁诗歌谈论的东西，译者还是应该尝试在自己身上，用自己的方言和自己的音乐，来重新实践但丁的行动，但丁曾在受涵义束缚的情况下，尝试通过这项行动来超越涵义。

译者在自身展开的工作与作者的事业相似，尽管他只是在某些方面获得了成功。一项在我们的时代、我们的世界如此开始的工作，与它想要复苏的那部作品相去甚远，这注定会让最认真细致对待原作品的译者不时偏离这条试图与原作平行的道路。不过在涉及诗的时候，这依旧是唯一能够设想的决定。

唯一的决定吗？可是，唉，当人们的任务不仅仅是简单翻译几句诗，而是翻译整首诗篇或整部《神曲》的时候，这项决定极少被付诸实践，而且它甚至明显不可能被付诸实践。我所宣扬的重新开始是可以想象的，当需要翻译的诗歌很短时，人们确实可以如此尝试一番，因为蜕变所需的素材只是一点点经验、一点点字词，比如彼特拉克某一首十四行诗，诗中描写的简单情境与所思所想，在每个人的生活中都能找到类似的体验。此时译者便能深入自我，借助从自己诗句或诗人那里提取的韵律，获得诗人曾尝试说出超越言说之物的途径，这并非异想天开。甚至在翻译但丁时，我们也可以梦想如此来翻译《新生》。

不过，在翻译《神曲》时，我们的野心应该小一点。因为在这鸿篇巨制中，有太多既具体又无法回避的状况挡住去路。必须多次停下去参考神学思辨，而我们这个时代无法重新经历这些思辨。

恰当的方法，在此情况下恰当的甚至是唯一的方法就是见证。不要假装用近乎文学的方法去译诗，这些方法只会背叛诗，它们是最糟糕的方法，因为它们会促使人对但丁的诗产生错误的看法。恰当的方法就是停留于《神曲》三部曲中数不胜数的涵义，大多数时候，人们只能察觉到这些涵义却无法将其占为己有。不仅如此，还要尽可能贴近涵义，因为这样就能与在诗歌情感的涵义中领会到的一些东西维持联系。我说得明白一些，在目前这种情况下，恰当的方法就是放弃，当然不是放弃诗性敏感性，而是放弃一种更为强烈的敏感性，即我所说的诗的野心。这首先意味着不去模仿原诗的格律，因为我们已经无法重建原诗格律与其诗音韵之间的关系。是的，放弃但丁那绝妙壮丽的诗句，因为在需要避免涵义影响的层面，他的诗句留给法语的，只是从内容到形式都要进行调整的难题。当然还要用我们今天的语言来翻译。唯有当今的语言，才在我们的智力中保留了一切分析手段，由此确保智力能够理解但丁的神学、哲学或政治思想，并为其确切定位。这样的方法？仍然有巨大的贡献。引入了作为作家和思想家的但丁，以及他所代表的世纪，我们历史中一段关键的时期。我很高兴地看到，雅克琳·里赛在她大名鼎鼎的译作中，选择的正是这样的阅读与翻译方法。

V

然而佩扎尔并没有这样做，或者说，他只在确保自由度的情况下才采用这一方法。这种种自由度令人震惊，阻碍了我们看到他在原文中发现并想要写入译文中的信息与阐释。

佩扎尔译本令人震惊，但这并非因为他选择仔细观察但丁的诗句及诗节形式，甚至自豪宣称他的法译本中的诗句音节数量与意大利语原文的音节总数相同。这种模仿诗律的决定在历史中屡见不鲜，它破坏了不少莎士比亚作品的翻译，但也很好理解，因为它不过是某种借助修辞学传统的文学观对译者的影响，认为诗歌是人们根据规则创造出来的一些语言客体。此外，佩扎尔善于倾听，曾经多次不乏成功地翻译过一些十音节诗，十音节诗拥有此类诗体特有的天然魅力与庄重，它的力量与真实感比其他人选择的十二音节诗体更胜一筹。人们可以试着感受佩扎尔的《地狱篇》或《天堂篇》译本中规整的诗句，并且受到我方才提及的从内容到形式的调整的误导，本该是最严肃的精神工作中，却成为暗地的把戏。而且，唉，佩扎尔还不停地耍弄这样的把戏。

不过，佩扎尔在词语和句法方面不绝的创造，隐藏了上面提到的调整，并且还为这些调整提供了便利。这产生了令人震惊的后果，而震惊很快转化为痛心的斥责！这位力求达到一丝不苟且巨细靡遗的译者认为，只用当今的词汇在法语中重现原文涵义是远远不够的。由于他本身就是一位了不起的语文学家，对但丁所用托斯卡纳方言词汇的意义及其思想内涵都比较内行，他能够察觉到分开我们和这位中世纪意大利人的差异，在我看来，他一边夸大这差异，一边试图以某种非同寻常的方式缩小它。那便是他著名的拟古词（archaïsmes）与新词（néologismes）。佩扎尔轻易地指出，但丁所用的许多词在他自己的作品中，对他所在的时代而言，都带有不常用的词义，甚至透着一种根本性的古怪。他认为自己有权以这不可否认的事实为由，用十分罕见、有时完全自创、几乎全部稀奇古怪的词语来填满自己的译本。颠倒时代的拟古词，似是而非的新词，新词由于以中世纪法语为依托，而显得更为似是而非。是否应当就这场无止尽的行动举几个例子呢？比如在句法方面，“anzi”被翻译成“ainz”，直接大胆地取自罗马方言。在词汇方面，“dolce stil nuovo”（温柔的新体）[1]时期令人赞赏的“leggiadria”（漂亮可爱）变成了“légerie”[2]，“immegliare”（提高）译为“emmieudrer”，“descendre”（下去）变为“avaler”（吞下），“harmonieux”（和谐的）变成了“attrempé”（渐渐变热的）。而“breuil”、“chevance”、“consorce”、“hutin”、“luiserne”又是什么呢？还有发生在专有名词上的转变：Cimabue（契马布埃）变成了Cimebeuf，Giotto（乔托）变成Géotton，而Béatrice（贝阿特丽采），这个西方众多幻想与梦想的十字路口，被改成了“Biétris”，就为了更易于写入诗句中[3]。人们很吃惊。佩扎尔并非不知我们会吃惊，但他选择了冒险，主动承担了责任。他在《但丁全集》（*Oeuvres complètes*）重要的“告读者言”中宣称，他重新创造了一些不太通俗的词，“在它们周围留下了一丝真空，也许在我们的灵魂中也留下了一点困惑”。

是的，但正是在这一点上，体现出我们所说的他的错误，

1 13世纪意大利的一个诗歌流派。

2 “légerie”，以及后文的“emmieudrer”、“breuil”、“chevance”、“consorce”、“hutin”、“luiserne”，都是佩扎尔的自创词。

3 契马布埃和乔托都是意大利13—14世纪的重要画家；贝阿特丽采是但丁钟爱的女子。

这错误涉及但丁作品整体,更涉及其最根本的方面。这一“困惑”是他使用的拟古词在读者身上产生的结果，佩扎尔将之等同于当代意大利读者在但丁原作面前感受到的困惑。他写道：“我想传递给法国读者的……是今日意大利人在接触到这部古老经典时，心中猛然产生的那种印象。”在体会语义时产生的“模棱两可的”朦胧印象，佩扎尔认为其“有益于诗意”，因为它给译文披上了外衣，“就像一件染上时间之色的长袍，就像一层欢愉的薄雾，制造出一种远方的感觉”：远方令人联想到“起伏的地势”，以及“凹陷的洼地”。此外，这位见证自己作品的译者补充道，在读者心中，会产生“一种想要理解更多的渴望”、“好奇心的一阵轻微骚动”。他甚至提到思想的一种“特别的美诞生自我们捉摸不清的闪光”。他相信，但丁本人并不排斥自己的作品产生如此的效果。

然而，我们时代的那位意大利读者——我们应当相信，这位读者能感受到诗歌追求的东西——面对他的“古老经典”时，他是否真是如此反应的呢？不是的，虽然读者能够辨认出古词，但这是在数目可观的、依然为他所用的词语中辨认出来的。在强烈的情感中，读者会将所有这些词一起考虑，由一些带向另一些,这强烈的情感通过能立即由读者重新开始的“terza rima”，将读者带至诗歌中被我称为超越表达的边缘之上，这是绝对的边缘,这个磁极吸引了诗歌所有的部分并将之结构化,此外《天堂篇》最后几行其实描绘了这个磁极。这位读者感受到的，并不是“好奇心的一阵轻微骚动”，而是想要参与一项伟大认知行动的需求，他能阅读的文本，给予了他满足这需求的方法。

而如果法语读者接受佩扎尔翻译的但丁，那么他们也许无法感受到这种需求。当他们在诗句中遇到“attrempé”或“légerie”时，他们会跳到佩扎尔被迫在书末建立的索引。这个索引有五百多个词条，于是读者心中开始产生了对古代或近代法语语言的一番思考，这种语言学家或者语文学家式的探讨，使他远离了原诗中尝试的诗歌探索。这位被欺骗的读者，因为原文可能具备也可能不具备的词义而被束缚在法语词中，禁锢于词汇现实中的涵义束缚了他。意大利读者眼里边缘的东西对法国读者来说就变成了关注的中心。但丁笔下开始违抗概念、从诗的角度看积极的东西，在法语中则引起了对概念种种微妙差别的思考。佩扎尔的读者需要思考的是法语的历史而不是但丁；更糟糕的是，他要做的是思考语言而非复苏言语。法语读者被抛弃在诗歌的诗性本质之外。

事实上，这项要求自身绝对忠实的翻译工程中的各个方面，将我们从本应阅读的作品中，从原作本质的各个层面中抛了出去。这层厚重的面纱布满了或多或少不为人知的词语，将原文置于远离我们目光的某个世界，而这个世界既不是但丁的托斯卡纳，更不是佩扎尔大量借用或者说自以为借用的法国中世纪。所以，这部奇特的译作又能在何处拥有生机呢？

在何处？在哪个不为人知的国家？不过这个问题本身不就是对安德烈·佩扎尔引发的震惊最好的回答吗？佩扎尔用如此的尊敬与不敬，将但丁卷入这部译作的蜿蜒曲折之中。令人只能从它本身来阅读它，仅将它当作“佩扎尔的作品”。惊讶不已，偶尔发笑，时常发怒，我们因他译本中的缺失与错误而做出的一切反应，应该是他不期望看到的，尽管我不怀疑，面对这些缺失与错误，他会竭力否认。因为他希望的（当然他本人可能没有充分意识到），恰恰就是将我们抛到尽可能远离《神曲》的地方，是只把它留给自己，是能够幻想自己已与它建立了一种极其亲密的关系，在所有他独有的词语中变得与《神曲》不可分割，简单说来，他希望的就是，在一门唯有他才能阅读——幸好如此——的语言中，重新成为《神曲》的作者。

安德烈·佩扎尔要的是属于他自己的但丁，他想要成为“redivivus”（重生的）但丁。他的愿望如此强烈，以至于他没有想过，这场约束他多年的征用活动能否确保一位伟大的诗人在另一门语言中言说，或者向另一个时代倾诉。这是一种极其随意的行为，翻译（traduction）由此变成了叛逆（trahison）。可是，亲爱的卡洛先生，这也许能够解释，为什么佩扎尔有时会刺激，但也会引发我们的好感。这位伟大的历史学家极度热爱但丁，以至于一心想的全是但丁，在一切事物、所有地方看到的只有但丁，只想与但丁合为一体。他的不理智是一种深情。不过，这份厚爱，这种无比浓烈的爱是十分稀有的，人们会很乐意看到它存在于语文学家的书房里，即便它向除他以外的其他人托付了一项十分必要的重任，那就是令法语中的但丁变得易于阅读。

（许翡玎　译）

过时，不过时

彼特拉克十四行诗二首

I

我想说的仅仅是几点看法，关于一个过于宽泛而难以讲述的主题。

它太过宽泛也太过棘手，因为它贯穿我们自己所写的每一个词语。

为什么有些书不会过时？我很吃惊自己选择了这个报告题目，因为它并不真实。所有的书都会过时。《奥德赛》过时了，维吉尔过时了，甚至莎士比亚，甚至《恶之花》也都过时了，因为无须怀疑，他们的用词对我们而言已经丢失了很大一部分初始意义。我们再也无法用与他们完全相同的声音去言语，亦无法用与他们完全相同的眼睛去观察。在他们的时代，人们在阅读这些作品时，能够完全参与它们的经验，完全融入或者几乎完全融入它们的直觉与渴望中去，而我们，我们这些后来的读者，首先得破解这些文本，确定它们之中有什么被保留下来，有什么已经就此遗失。是的，写作会过时，绘画亦然，尽管有时候我们能够在作画的手中，直接感受到更多感性的因而仍保持鲜活的现实。

然而过时，就这样过时，我们能否真的认为，从诗的角度看这是十分严重的事呢？毕竟脆弱的语言，终将过时的表达方式，这是诗歌难题的一个已知条件，而这个条件会通过迫使问题变得清晰，而促使诗歌成长。诗是什么？是一种遗憾，遗憾言语落入了再现世界的圈套之中，这些再现不过是一些不完整的图像，它们带有普遍性与抽象性，而即使在最微小的事物之中，也存在着无数的特征，存在着某种厚度、某种深度。因此人们——尤其那些最伟大的诗人——感到不耐烦，因为他们很清楚，他们无法摆脱自身的局限与偏见，他们梦想着违抗，即便他们极少能在自己的作品中得心应手地做到这一点。他们那在词语外衣包裹下的书过时了？这对他们而言根本不重要，因为他们已经对自己为作品挑选颜色和安排褶皱的方式不甚满意。

因此，让我们只关注他们笔下那些看起来不完美的东西，后者实际上超过完美，因为它们是真理的场所。相较其他方面，这些不完美处可能更容易被后来者感知。换句话说，让我们关注诗人偶尔成功做到的违抗，它们因突然打乱褶皱或变换颜色的方式而引人注目。

让我们关注*诗的原子*（atomes de poésie，也许我可以这样称呼它），也就是，文本以及引导文本的思想都受到违抗（是的，让我们保留违抗这个词），受到某种直觉质疑的时刻，这直觉不满足于书本尝试确立的世界表征，并且在某个永远短暂的时刻，找到了令自己被听见的方法。正是因为诗歌中的这种时刻，语言与世界之间关系的未来开始被酝酿，而且在我们从自己过往的文化里获得的某些书中，这未来其实已经以一种有时相当激烈的方式被酝酿。让我们关注这些瞬间，这些闪现的刹那，这些诗性的原子，去为之实践一门新型的考古学。寻常的考古学挖掘古代遗址所在地，注重文献与资料，后者是某种语言的产物，并有助于更好地了解这门语言。而我所提出的考古学专门寻找语言受质疑的时刻，这是一门言语的考古学。

那么应该怎么做呢？应该对我们阅读诗歌并将之铭记于心的方法有所意识。在这些情况下，记忆有什么作用呢？记忆能保存碎片，最常见的碎片被我们称作美丽的诗句。我们常常会为自己记忆中的这些碎片感到羞愧，因为我们觉得自己只看到了作品的细节，而没有在意它们的结构、它们的思想。然而很多情况下，我们这样做是完全有道理的。从最重要的角度，即从诗的生成以及这生成对思想、对精神发展的影响看来，这些美丽的诗句产生自形式将词语从陈词滥调中解救出来的那些瞬间，那是复活的瞬间，因为陈词滥调使我们时代的人变得麻木而阴郁。

II

关于这些瞬间，我将会举两个例子，它们出自一本颇负盛名但在今日法国很少被提及的书，因为从不同方面来说，它确实已经过时，那就是彼特拉克的《歌集》（*Canzonière*）。这位诗人时常受某种正统观念的折磨，这观念将思想与情感的分类、各种概念及概念间的联系强加于他，也就是强迫他接受某种极其固步自封的天主教神学的框架与主张，其中还增添了一些拉丁语人文主义中的公民道德思想问题。因此当彼特拉克想成为诗人时，他就会被严密监视，他的自由只会被严酷地压抑。此外，我们是否能认为，《歌集》一书所采用的形式已经是某种让步、某种放弃了呢？

《歌集》确实采用了一种固定的形式，因为它收录了不少十四行诗。现在且让我们来谈谈这种形式，说说当一名诗人接受它为先决条件时，它所造成的影响。因为在诗的自我意识及其要求的工作中，这种形式显然发挥着基础作用，一种既积极又消极的作用。

形式有消极作用，确实，因为它会施加规则，即法则、法律里，也就是智力领域里的东西。此外，为了强调其构成的循环往复，形式需要使用韵脚，而韵脚将诗人对世界的探索约束在数量有限的客体之中，而这有利于对存在本质的再现的形成与持久，在这再现之中，事物为数不多，词语关系僵硬。在固定形式的空间内，正统思想观念能够被明显感知。于是，在文艺复兴时期的意大利语和法语十四行诗中，我们能够体会到柏拉图式形而上学的箴言训诫。

但形式也有积极的一面。因为自我封闭于难以捉摸的形式所设置的词语空间之中，这会促使人们使用这些强制性形式，促使意义从词语原材料中产生出来。在这个形式的场域内，在它们的压迫下，词语发生碰撞，转瞬间诞下令人意想不到的词语结构，令思想生成于正在书写的文本里，尤其因为那从来不服从于正统思想的诗人的无意识最终能被领会，这生成过程越发显得惊人而新颖。热拉尔·德·奈瓦尔的《幻象集》（*Les Chimères*），即是此类书写的价值的明证。我们可以联想到马拉美所说的“挖掘诗句”。形式通过词语本身与形式相适应的部分来召唤词语，令词语不再服从于概念，也不再服从于概念性声称从现实和诗人本质中了解到的一切。

关于十四行诗，马拉美十分青睐这种形式，他对诗句的“挖掘”从未超越以这种形式写就的一首诗，即《以 -yx 结尾的十四行诗》。这十四句诗通常押韵，并以精确的方式分为四个特点鲜明的部分，它们确实可以被称作是一种强有力的形式，也因此特别有利于诗人的“挖掘”工作。此外，以两段四行诗为首，十四行诗始于一个对偶结构（这意味着自我封闭，如此便与意象的封闭性产生了类同关系，而意象是概念制造的世界形象，具有空间性），但它会继续延伸，最终以两段三行诗结尾。换句话说，以非对偶结构结束，如此被卷入某种绵延，某种时间经验之中。这样的反差，这种中途产生的性质变化，有着不可忽略的重要性。

为什么呢？因为时间是融合于自身的绵延、生成与命运中的存在，在这个层面，诗人得以接近他的远大目标即有限性，去尝试实现他那同样远大的计划，与他人建立完全的关系，这种完全的关系只存在于有限性在意识中被感知、理解、经历并保持鲜活的时刻。由于三行诗来自时间，因此在十四行诗的写作过程中，三行诗理所应当又令人满意地重申了诗所特有的计划。但是人们可以怀疑，诗能否在这样的要求下长期维持不变。它知道绵延，知道时间对在世存在的影响，但这一切都是徒劳，因为很快诗便会用对他人的想象替代对他人的追寻，它会再次陷入形象的国度，陷入永恒，陷入空间，这就是四行诗导致的结果。

因此，十四行诗的第一部分埋下了陷阱，第二部分则使人恢复冷静。第一部分是修辞学暗示的东西，即对思想与情感的概念性管理，时常容易与诗混为一谈，第二部分则提供了一个令人清醒的时机。这一切在十四行诗句中同时出现，令其成为诗歌最深处的运动以及诗歌实践的一种缩影，诗从来不是一个直接的目的，而是与它最隐秘之处的斗争，从来不是一种完全的胜利，而是对这胜利的固执追求。这种固执、这从未停歇的抗争保证了某些作品的模范价值与真实。十四行诗既是围墙又是围墙上的缺口，既把诗引入歧途——引向话语、引向修辞——又为它找到返回的路途。在我看来，这便解释了十四行诗自诞生于西西里岛以来，始终散发的魅力，也解释了它历经诗歌试验在西方历史上引起的一切革命后仍保存的卓越生命力。它在浪漫主义时代重新露面，比从前任何时候都更加深刻，更具创造力，如今，十四行诗又一次苏醒了。

III

因此，在意大利、法国、英国、西班牙等曾经或持续实践过十四行诗的国家的过去，十四行诗很有可能是邂逅我方才假设的诗的原子的场所之一。这将我的话题再次引向彼特拉克。不同于人们可能会对《歌集》产生的第一印象，在彼特拉克的诗歌尤其他的十四行诗之中，固定形式并不一定会令他的文本显得正统或过时。它有可能是动因，文本得以恢复冷静，并逃脱了过时的命运。

彼特拉克，多么模棱两可，多么自相矛盾！他的思想显然遵从了特别强大的主流文化的原则与价值观，接受以它为参照。然而，他仍然会被自己无法解释的某种好奇心驱动，去不辞辛苦地攀登旺都山，这显然意味着摆脱——哪怕仅有一天——对象征所构建的世界的传统解读，传统解读的典范是斯塔尼纳（Starnina）的《德巴依特》（*Thébaïde*），尽管斯塔尼纳比彼特拉克晚出生，比他更接近文艺复兴的开端。在旺都山高处，写下《歌集》的诗人发现了象征毫不了解的、斯塔尼纳的油画也全然不知的东西：远处真正的地平线在蜿蜒起伏的地面下出现，在这毫无章法的空间，万物皆处于完全的感性现实之中，这些事物把某样东西归还给了词语，也就是它们所指之物藏匿于概念性思维的教条及其他要求之下的无限而简单的生活。

诚然，这位勇敢的彼特拉克并没有彻底跟随自己的直觉——这正是他的存在方式的模棱两可之处。他抵达山顶，环顾四周，意识到这是一片全新的土地，可他需要从口袋里掏出一本圣奥古斯丁（saint Augustin）的书，这本虔诚的书严厉地命令他立即回到惯常的思想中，也就是虔信者的内心，后者在一个既无空气亦无光明的场所之中，完全由涵义明确的重要象征构成。

然而彼特拉克不只对旺都山抱有好奇心。他丢弃了大部分作品中使用的拉丁语，转而选择用意大利语去书写《歌集》，这一“俗语”是另一种形式的旺都山，因为在这座山上也有各式各样的目光，投向生活的各个领域，这些领域是基督教教义和人文主义传统都想象不到的，例如欲望的国度，无论这欲望属于灵魂还是属于感官。这是勇敢的选择，也是冒险的选择。但丁确实也作过同样的选择，但为了能在这种语言中前进，他将自己包裹在神学外衣之下，尽管这神学已经变成一种神学-虚构，而非严肃的戒律教规。而且但丁的地狱和炼狱的结构，仍然是斯塔尼纳所画的《德巴依特》中抽象的悬崖峭壁，而不是旺都山上澄澈的广袤天空。

彼特拉克在《歌集》中攀登了意大利语的山峰，这是一项诗意的僭越行动，因此我们可以期待在这些书页上，邂逅那些诗的原子，是这些原子让某些书不过时，无法过时。

首先请注意这些诗歌中抗拒诗的东西，它依旧受某个由涵义和表征构成的封闭系统的控制。它坐落于可以被称为书本消失点的东西的旁边。很快，画家与建筑师会运用几何学透视及其消失点，在托斯卡纳艺术中实现重大突破，向人世间真正的现实迈进。这个角度，这一消失点，当彼特拉克从山顶俯瞰那些道路抵达地平线，各条平行道路交汇于此，大地抹去社会赋予它的方向感时，彼特拉克应该对它们有所预感。《歌集》中确实存在着一个所有角度与情感的汇合点，但这次是一个专有名词，明显扎根于彼特拉克思想的象征网络之内，从彼特拉克角度来说是一项有意识的自愿行动，并尝试坚持在作品中从头贯穿至尾。Laure（劳拉），就是l'or（金子）[1]，而金子，是现存世界的对立面。世界是风，是夏雨，是青草，是转瞬即逝的一切，是生而赴死的一切时，金子确是始终不渝，是永恒不灭，它从自然中抽身，又惊倒了自然众生。金子，是圣母玛利亚背后的光环，是她祭坛后装饰屏上的圣座。劳拉的头发同样也是金色的。对于将目光转向有限性、转向诗而言，这并不是一个好兆头。

是的，可是劳拉的名字在《歌集》里唤起的联想，还包括“alloro”，月桂树，“lauro”，以及由这种暗示揭示的一切：

---

1 此处人名劳拉 Laure 和 l'or 发音相同，or 作名词时有“金色”、“黄金”的意思。

这一次，一面是诗歌之神阿波罗（Apollon），另一面是连最细小的枝丫都归顺于达芙妮（Daphné）之身心的这棵树，而达芙妮的名字唤起了某种愈不满足就愈发炽烈的感官欲望。在劳拉的名字中，在这部书的中心，存在着某种矛盾、某种张力，同样也可能在一开始即存在某种非凡的直觉：当他承认对劳拉之名的双重体验时，彼特拉克难道没有预感到，他为写诗而运用的"俗语"的每一个词语中都存在着对立吗？一方面是词语的概念化部分，在可理解的世界的构建过程中，从一个观念引向另一个观念；另一方面是对词语所指事物的记忆，本身就带有感性存在的全部深度。他难道没有预感到，在诗句书写过程中，为某种倾听所作的所有准备吗？从这种倾听中能够产生解体、断裂、穿透和光明，我将后者称作诗的原子。

IV

现在我只想谈谈，宗教圣事的金色是如何让位于某种形象中那有生命的金色的，这是彼特拉克描绘的劳拉的形象，他以诗人身份描绘了这种形象，也就是说，他让自己的目光摆脱了他的思想试图强加于他自身的各种学识。

以下便是我在前文提到的两个例子，第一个例子是第九十首十四行诗，下文先给出它的原文，之后是我的译文，虽然比较自由，但我希望它是忠于原文的：

Erano i capei d'oro a l'aura sparsi
che'n mille dolci nodi gli avalgea,
e l'vago lume oltra misura ardea
di quei begli occhi, ch'or ne son si scarsi ;

e '1 viso di pietosi color' farsi,
non so se vero o falso, mi parea :
i'che l'ésca amorosa al petto avea,
qual meraviglia se di sùbito arsi?

Non era l'andar suo cosa mortale,
ma d'angelica forma ; et le parole
sonavan altro, che pur voce humana.

Uno spirito celeste, un vivo sole
fu quel ch'i' vidi : et se non fosse or tale,
piagha per allentar d'arco non sana.

*

Flottaient ses cheveux d'or dans cette brise
Qui en mêlait mille boucles charmantes,

Grâce, surabondante, était la lumière
De ses beaux yeux qui pour moi n'en ont plus.

Et de pitié me semblait son visage
Se colorer, était-ce vrai ou pas?
J'avais au coeur la mèche de l'amour,
Fut-ce étonnant si d'un coup je pris feu?

Sa façon d'avancer n'était chose mortelle
Mais la pensée d'un ange. Ses paroles
Sonnaient plus pur que simples voix humaines.

C'est un esprit du ciel, un soleil en vie,
Ce que je vis, ce jour. Et autre serait-elle
Aujourd'hui, et son arc brisé, ma plaie demeure.

*

飘扬在微风中她的金发
结作一缕缕迷人的鬈曲，
流转着优雅，多情的光华
是她美丽的眼睛，今日无处可寻。

她的脸庞似因虔诚
而熠熠生辉，不知这是真是幻？
一枚爱之引信已埋于我心，
若我因它燃烧，是否令人惊异？

她的姿态步履非人间能有，
那是天使之姿。她纯洁的声音
亦非凡夫俗子的粗陋之音可以攀比。

这是天上的精灵，有血有肉的太阳，
那一日，为我所见。今日她已不再如是，
她的弓弦绷断，我的伤口无法合愈。

在这首美丽的诗中，我们看到了什么？首先是引用，通过它们产生的与宗教教条的联想，似乎恰好能够阻碍诗的僭越行动。劳拉被比作天使，被比作太阳，而太阳与黄金拥有相同的隐喻意义。

但这太阳是有血有肉的，是“un vivo sole”，尤其这首诗的第一行，“Erano i capei d’oro a l’aura sparsi”，对象征性的超越开始形成——金色被置于微风的摇荡中。于自然规律之中隐匿最深、与有限性最不相干的东西，在这首诗中充当超自然的边界，并尝试通过占用劳拉的名字将她卷入其中的东西，现在同意成为这个春日里最愉快的瞬间，而这个瞬间又是此时、此处的人世间最平凡的时刻。中世纪的神像光环的超验性在一道光明中消散，这道光明虽然改变了本质，却没有失去它的光辉与神秘。这已经是波提切利（Botticelli）画笔下维纳斯的秀发，在这金发上，同样的微风吹拂出同样的效果。

我还想说，单纯关注女性的一头秀发，而且还是被风吹乱的秀发，这已经是向诗迈出的一步。头发的凌乱如此易于阐释，因此道德或宗教正统思想一直小心翼翼地监视着头发，千方百计地反对它，直到将它藏在头巾底下。人们几乎看不到基督之母圣母玛利亚的头发，却见过太多次罪人抹大拉的玛利亚的头发。在欧洲的古典主义时期，这样的审查依旧压制着一切，其证据就是淮德拉的反抗，也就是拉辛的反抗：

Que ces vains ornements, que ces voiles me pèsent,
Quelle importune main, en formant tous ces noeuds,
A pris soin sur mon front d'arranger mes cheveux.

多么无用的装饰，多么累赘的头巾，
多么烦人的手，打了所有这些结，
小心翼翼在我头顶为我整理头发。

要等到谢尼埃（Chénier）——“这些迈那得斯披头散发地奔跑

着……”（Les Ménades couraient en longs cheveux épars...）——甚至波德莱尔的出现，禁令才被解除。但是马拉美又重拾禁令，当他想象希罗迪亚的样貌时，他写道，她那“不朽的”金发令“孤独的”身躯因恐惧而僵硬。秀发被保留，但彼特拉克仍在这第九十首十四行诗中完成了一次僭越行动，这行动永远不会结束，经过多少个世纪，它都会在诗歌始终未定的过程中重新开始。

V

然而，飘扬在微风中的金色头发酝酿着的东西也在彼特拉克笔下产生了新的、决定性的转折，这一次是十分美丽的第三十四首十四行诗，诗歌如下：

Apollo, s'anchor vive il bel desio
che t'infiammava a le thesaliche onde,
et son ài l'amate chiome bionde,
volgendo gli anni, giàposte in oblio ;

Dal pigro gielo et dal tempo aspre et rio,
che dura quanto 'l tuo viso s'asconde,
difendi or l'onorata et sacra fronde,
Ove tu prima, et poi fi 'invescato io ;

Et per vertù de l'amorosa speme,
che ti sostenne ne la vita acerba,
di queste impressïon l'aere disgombra ;

Si vedrem poi per meraviglia inseme
seder la donna nostra sopra l'erba,
et far de le sue braccia a se stessa ombra.

法语的译文是：

Apollon, si tu as encore le beau désir
Qui t'avait enflammé en Thessalie,
Si malgré les années tu n'oublies pas
La chevelure blonde que tu aimais.

Alors, de l'âpre gel de la saison stérile
Qui dure autant que ta face se cache,
Protège ce feuillage, ce saint laurier
Où toi d'abord puis moi nous nous empiégeâmes.

Et par l'effet de l'amour, cet espoir
Qui te soutint dans les heures adverses,

De ces frimas délivre ciel et terre,

Que nous puissions ensemble, par merveille,
Voir la dame de nos pensées s'asseoir dans l'herbe
Et de ses bras réunis se faire ombre.

*

阿波罗，如果你心中还留存着
在塞萨利亚令你热情似火的美丽想望，
如果，即使多年过去，你还念念不忘
你所爱的那一头秀发金黄。

那么，别让这贫瘠季节的冰雪严寒，
（因你遮住脸庞，寒冬越发漫长）
侵害它的枝叶，这神圣的月桂，
曾令你我先后坠入情网。

因为爱，这份希望
在艰辛的时刻支撑着你，
扫尽天上地下一切风霜，

所以我们才能一同惊喜地见到，

我们朝思暮想的女士坐在草地上
她的双臂聚起一片荫凉。

第三十四首十四行诗，一首无以伦比的诗歌，是彼特拉克笔下一首能直达诗意因而不会过时的诗歌，反过来，它也有助于世界永葆年轻。我将尝试解释其中的原因。

首先，彼特拉克不再说“capei d’oro”，金色的头发，而是“l’amate chiome bionde”，一头被爱着的秀发，金黄色的。人们可以认为，这只是一种说法，但如果这样想，就无法感受到词语对那些需要诗的人而言，究竟有多么大的重要性，甚至迫切性。金色的头发意味着将劳拉的秀发、全身以及整个人都限制在黄金这种金属的象征空间里，这个空间与其说是上帝的世界，不如说是固定、停留于教条之上的思想世界，因而也就是肤浅的、丧失有限性之益处的思想世界。而谈论一头金黄色的秀发用的是一个指称自然颜色的词，这种颜色在其他一切颜色之中运动，甚至比很多颜色更加人性化——因为人们不会说太阳是金黄色的，但会说小麦是金黄色的，这就令颜色拥有了生命——这就反过来把劳拉留在了此处，留在了日常社会之中。

总的来说，这些词语已经是迈向诗的伟大一步，但这只是刚刚踏上其他三个诗节的门槛的第一步，因为，在两节三行诗取代了四行诗的时刻，“per vertù de l’amorosa speme”，彼特拉克又会将阿波罗引向何处呢？引向了一片真正的原野，因为这儿曾冰霜肆虐，而且是为了见到一位完完全全属于这个世界的劳拉，因为她坐在草地上，投下了“de le sue braccia a se stessa ombra”。这要求我们想象她那交叉在头顶的双臂，同时身处阴影与光明之中，仿佛她正要走进一片灌木丛。视线转移了目标，投向了存在而非涵义，它甚至不再像波提切利那样看事物，因为画家笔下依旧充满象征性的影射，而更像某位年代更靠后的画家，某位印象派画家，某位克洛德·莫奈（Claude Monet）。

这是一次僭越吗？是的，但这是为了那美丽又神圣的事实，在真实经历、直接看见中实现的僭越。抬起的双臂护着头，因为头需要被保护。头发的金黄不再是永恒不变的黄金，而是稍纵即逝的细微差异，丝毫无法避免永不停息的时间的侵袭。光与影混合在一起，打破了象征的秩序，由此消灭了对立，或者至少是将其转移到其他方面，在那之前，对立面一直是好与坏、存在与虚无、信仰与无信仰的对立构成的教条。从此以后，飞舞的尘埃替代了可能有点凌乱的一绺绺金发上的金色光泽，比一切虔诚的画面都更加无穷无尽。在这片新的草地上，光明本身也得到拯救。自上帝以来，这光明已经在世界之外迷失太久。

这就是诗，在《歌集》中突然出现。这部作品本来可能会停滞于象征性的诱惑，由此背负尚未出生就已过时的命运。请注意，彼特拉克第一个意识到了他所发现的东西，因为他让阿波罗——诗歌之神成为他的证人。这位天神曾经爱过，以他自以为爱人的方式，不是以永恒的天神的身份，而是身处必然死亡或者几乎必然死亡的凡人之间，因为他想要占为己有的，是达芙妮，一位林中仙女。为什么阿波罗没能与达芙妮在一起呢？这不正因为他仍然是一位十足的天神，而不够像凡间的男人吗？放在一个男人身上，结果将会变成：由于概念化、化石化的词语的冬天和提前枯萎的树叶剥夺了一个人遇到其他人的机会，这个人就会被迫尝试诱拐绑架，哪怕这位年轻女孩达芙妮可能正是出于爱，不得不走上逃亡的道路，逃到一棵树叶幸而没有凋零的树上？总之，这棵树是对冬季的否定，是回忆的承诺，也是永不背叛生活之要求的承诺。

劳拉到底是谁？她真的是拒绝一切的残酷与冰冷，是生活中的黄金吗？而诗人所做的，只不过是用某种不真实的形象替代了她，其实她的优美动作否定了这种形象，因为她的双臂抬到前额之上，可能只是为了重新整理好头发？这就是彼特拉克在第三十四首十四行诗中简要地提出的问题，但这个问题很快就会被禁止，因为他的生活中有无数禁止它的理由，而他所设想的问题的答案一旦说出，也许会立刻震惊四座。

然而这个问题，就存在于他的某句诗敢于实行的僭越行动的中心，处在诗执着于尝试的一切或隐秘或果断的僭越行动的中心。这个问题虽然微不足道，却令每一次僭越行动，都成为诗歌计划最为隐秘的存在理由。

（许翡玎　译）

“Ridenti e fuggitivi”[1]

莱奥帕尔迪与词语

I

莱奥帕尔迪之所以是一位伟大的诗人，是因为他十分清醒地知道：诗，就是要信赖词语的智慧。

从很小的时候起，莱奥帕尔迪就生活在词语之中——在词语而不是词语所指称的东西之中。因为他父亲拥有丰富的藏书，令他神魂颠倒，成千上万本书是另一种现实（这现实同样也是无边无垠又深不可测的），将他带入其中并留住了他，先是以读者的身份，之后——但不是立即——又以作者的身份。拥有许多不同版本，经常还拥有不同译本的伟大经典作品，各种各样的词典，有时只能辨认出一半的作品，哲学与神学专论，这些书被丢弃在精神的沙滩，就像大海边的空贝壳一样。在童年和少年时期的贾科莫·莱奥帕尔迪身边，词语从四面八方发出窸窸窣窣的声响，闪闪发光，他趴在写字台上，身旁的窗户面朝小镇的嘈杂与音响。他在自己家里身处这些嘈杂与音响中，在它们无休止的喧哗中，他将会出色地成为一名思想者，成为

1 意大利语，意即“含笑而闪躲的”，语出莱奥帕尔迪《致西尔维娅》(A Silvia)。

世界历史的一位见证者。

但是，什么是诗人呢？在层层叠叠的分析话语之下，诗人所感觉到的水一般的清凉是从哪一片记忆深处涌现出来的呢？尽管此时的莱奥帕尔迪身上已隐约显现后来勤勉的《杂记》（*Zibaldone*）作者的影子，即将使用丰富藏书中的那些词语，但贾科莫仍然倾听着街上另一扇窗户后某位少女说的话、唱的歌。他开始注意那些语句，它们充满农村一日或夜晚天空下的大小事件。晚上，夜幕降临，他常常走到他家屋后的岬角，他在《无限》（L'infinito）中提到过的岬角，从那儿眺望篱笆、树林、溪流和草场，它们越过一座又一座山脉，在他眼前绵延向远方，直到消失在海平线上。“Dolce e chiara”（温柔清朗）属于“la notte e senza vento”（没有一丝风的夜）[1]。山岭，高悬在道路上空的月亮——有时会有孤独旅者的歌声在这些道路上越飘越远，沉睡的树，也许还有一两朵静止的云，这一切对他而言构成了唯一的伟大现实。在这片安宁之中的仍然是词语，不过这些词语有别于此前填满他的书的那些词语。“siepe”（篱笆），一个美丽的词，从邻近的篱笆上升，一直来到他面前。“lune”（月亮）一词充盈他的双眼，“mare”（海洋）令他目光之所及无限延伸。这一回，都是几乎没有定义的词语，与其说是词语，不如说是专有名词，因为它们与明显存在的事物

1　语出莱奥帕尔迪《节日的夜晚》。

互相混同。这些词语在哲学史上不曾出现过，在宗教史上也未曾被捕捉过，它们只是某个世界的沉默代表，它们为那些想要将它们变成面包和酒的人聚集了这个世界，并意欲与亲朋好友分享。

科学有专门的词语，诗也有专门的词语。有些词是为了尝试理解过往历史中的各种事件、社会的顾虑忧患、稀奇古怪的思想，以及时下的种种争论。还有些词聚集在诗歌中，确实承载了很多梦想，但也渴望把“节日的夜晚”变成精神的地平线，在那儿“Dolce e chiara è la notte e senza vento”（温柔清朗的星夜，没有一丝风）。莱奥帕尔迪比任何意大利诗人都更为清楚地懂得，在言语的每个时刻都会打开两条道路，而诗正是在这些分岔路口决定了自己的命运。诗应当离开卷帙浩繁的藏书，一直走到天地相接的边缘，甚至还要继续往前，走得更远，走进暑热未消的夜晚那些美丽的约会中。

让我们随着莱奥帕尔迪，将注意力放在大地这些伟大的词语上。这些词强烈又温和地建立于自身之上，就像树木、河流或它们指出的其他事物建立于自身存在之上。但它们仍然准备好要结合在一起，以便在我们身上组成属于我们的世界，在这儿它们无须牺牲自己的与众不同，只须发现它们那确实神秘莫测的互补性。这神秘的互补性令月亮这一被假定死亡的天体的光与影、牧羊犬所饮之水上月亮的倒影、并排走在通向未来生活道路上的小伙子和姑娘成为同一种生活。

注意这些词，它们就是诗本身。我们也要感谢这位伟大的诗人，是他认出、指明了这些词，并把它们汇集到自己的诗句之中，他的诗句由此在我们眼前形成了一个宇宙。然而，贾科莫并没有走上我刚刚描述的那条夜路。他在夜里听那位被他称作内丽娜或西尔维娅的姑娘说话，他望着窗外的天空，寻思今夜是否会下雨，他对她产生了掺杂着渴望与爱慕的强烈感情，但这一切都是枉然，他并没有在《无限》提到的岩石下与她碰面，也不曾与她一同走入静谧乡村的树丛，他一生都在孤独中度过，仿佛他书中那些抽象的词语将他囚禁了一般。

是的，孤独而不幸。这样一位无法与任何人分享的人同时也是个多情之人，将本应完整留给某个人或者某个场所的感情，在欲望的更深层次上，以更为深刻的方式寄托在任何事物任何人之上。可是，从诗歌创作角度看，这一切又有什么关系呢？莱奥帕尔迪是个慷慨的人，他能够爱而不求拥有，他悲伤、不安，尝遍挫折失落，也曾与厄运相伴，但他心中产生的怜悯之情令他得以击碎孤独。他发现自己能够直接向社会上的每个人诉说，所用的词语能与他们在最隐秘的境地相逢。这些词语理解他们的喜乐，也分担他们的愁苦。

这些词令《致西尔维娅》（A Silvia）得以存在，这首诗歌表明，它的作者非常明白如何与他未曾拥有的一切相遇，与那位只是隐约瞥见的姑娘分享某个十分重要的东西，也就是对生活及简单幸福的不牢固的深刻经验。当凡人懂得保留孩提时代澄净的目光时，他也能体会这种不牢固。“Ridenti e fuggitivi”，还有什么能比这两个神秘的词，更好地感知“lieta e pensosa”（愉悦又沉思的）少女眼中那世界存在的本质，更好地与她交谈、与她为伴，更好地令她那很快就要凋亡的“beltà”（美丽）[1]绽放呢？

II

“Ridenti e fuggitivi”！在这两个词语散发的光芒之中，我们可以窥见译介莱奥帕尔迪作品的困难之处。

如果翻译诗歌意味着在另一门语言中，既要恢复文本中明显或潜在的涵义，又要恢复词语的生命（比如在《无限》中，词语与原作者身边的事物相对应，以重现它们的现实，表露它们的思想），那么在从一套词汇向另一套词汇的过渡中，人们将会变得惶然无助。应当接近词语，以便更好地用它们说话，或是倾听它们在诗歌中的生命。然而法语词的存在方式并不同于意大利语词在《歌》（*Canti*）中的存在方式，它们的音响不像“montagna”（山峰）或“mare”（海洋）——或“silenzio”（寂静）或“immensità”（广袤）——那样，具有与感性世界同等的丰富性。它们也没有类似《节日的夜晚》前几句诗呈现

1 “beltà”，以及前文的“lieta e pensona”，皆出自莱奥帕尔迪《致西尔维娅》。

的重读语调，这种语调使“bella lingua”（美丽的语言）的词语变成一首词语的音乐，酷似地平线的乐章。法语词的音响与其说是完全直接的感觉，不如说是“cosa mentale”（心灵的事物）；重读从一行诗到另一行诗，成为节奏的组成部分，但它只能是作者的自由创造，也就是说同样是一种精神事实，而不是直接的存在。因此我们对凡尘的诗性见证将会是一项艰巨的任务，需要我们投入全部的写作精力、全部的操作自由，以及写作建立在用词与词语产生的意象之间的全部有意识或无意识的关系。

不过，在翻译中，人们肯定会与这些法语词打交道，比起实物，它们似乎对思想更有意识，这使得对莱奥帕尔迪作品的翻译变得愈加困难。他诗句里的意大利语是具体的，并且停留在生活的近旁，在法语中却过渡到了理念。首先是对涵义的领会，有可能会导致译者采用某种可以说平淡无奇的表达方式，去替换原诗对世界直接而充分的指示。“这座孤独的山于我而言永远亲切”（Toujours chère me fut cette colline solitaire）：如此翻译著名的“sempre caro”（永远亲爱的）[1]，令这个句子丧失了魔力。《无限》的词语所确保的山脉、篱笆以及远处的海的在场，我们留不住：我完全相信，这正是莱奥帕尔迪这位现代重要诗人在我们国家长期不受关注和理解的原因，哪怕我们

1　语出莱奥帕尔迪《无限》。

国家——至少从波德莱尔开始——十分关注诗性敏感性的发展。在我们国家更为走运的那些作家，他们之所以受重视，是因为笔下大量复杂的涵义，而不是像莱奥帕尔迪那般，将节日的无风之夜以及平和的山脉上悬挂着的宁静月亮，描绘得近乎神明显灵。

翻译这位伟大诗人的作品十分困难，因为他用简单的语言讲述那些简单的事物。这就是为什么在很长一段时间内，我都认为自己没有能力冒这个险。我是否曾讲过对我而言翻天覆地的那一天？1960年代，我的朋友狄安娜·菲奥里（Diana Fiori）正筹备在Einaudi出版社出版热拉尔·德·奈瓦尔的作品——之后又在“子午线”（Meridiani）丛书里出版了《兰波》（*Rimbaud*）和《魏尔伦》（*Verlaine*）。她看我翻译莎士比亚和叶芝，就常对我说，希望我尝试翻译《歌》中的一些作品，这是用她的母语写作的诗歌中她最喜欢的。同她一道，我拜访了当时在法国工作的知名出版人阿尔贝托·塔罗内（Alberto Tallone）。她还送了我两本她出版的主要书籍，用铅笔在其中一本——更薄的那本上，标出了她最希望我翻译的诗歌题目。但是要如何翻译“Dolce e chiara è la notte e senza vento”呢？多年间我一直对她的期盼避而不答。

后来，1972年6月的一天，我坐在行驶于鹿特丹和巴黎之间的火车上，手捧那本小诗集，反复阅读这几句诗：

Che fai tu, luna, in ciel? dimmi, che fai,
Silenziosa luna?

天空的月儿，你在做什么？告诉我，你在做什么，
静静的月儿？[1]

突然之间，一种难以抑制的想要将这“Pastore errante”（流浪牧人）带入法语的渴望攫住了我；我用铅笔——一支没有削好的铅笔，我是否从中看到了允许我开始写作的隐喻呢？——写满了书页，无论是在那时还是在那之后，我都没有质疑写在这些书页上的译文。接下来的日日月月，我也是如此翻译的，总体上速度很快地翻译五六首诗歌，完全忘记了我认为翻译莱奥帕尔迪很困难的想法，这可能是因为我不想抵挡，或者更确切地说，我无法阻挡那突如其来的渴望。这些译作发表了，我也接受了它们，可能也是因为我与莱奥帕尔迪的作品在某方面意气相投，使我能够在译诗中激活属于我自己的某种感觉，但它无法用其他方式表达出来。出于某个原因，我不再顾虑我方才讲述的那些在《歌》的翻译中如此重要的障碍。

然而，在我带着强烈感情，几乎毫无不安地翻译了包括我刚才提及的诗以及《致自己》（A se stesso）等诗歌后，尽管

1　语出莱奥帕尔迪《亚细亚流浪牧人的夜歌》(Canto notturno di un pastore errante dell' Asia)。

我渴望能以同样的方式接近《金雀花》（La Ginestra）或《致西尔维娅》，却发现自己没有能力进行任何新的翻译，而且首先是没有能力摆脱再次产生的任务不可能完成的情绪。然而正是在那些年，我越来越喜爱莱奥帕尔迪，充分认识到他那非比寻常的现代性，后者甚至在我们的时代也是超前的，我曾在关于他的“教益”和“榜样”的论文中尝试谈论这一点。我曾前往雷卡纳蒂，去探寻那些回荡着“passero solitario”（孤独的麻雀）[1]鸣叫声的小街小巷。可是新的翻译并没有因此开始。我疑心自己就此停滞在很多年前翻译的那几首诗上；我认为自己无法翻越那座“formidabil monte”（高山），即“sterminator Vesevo”（毁灭者维苏威火山）[2]。

但我还是翻译了《致西尔维娅》。那是在两三年前，而且我并不认为，在这短暂的自由期后，我能够违背自己身上的某个人施加于自己的禁令。为什么我会翻译《致西尔维娅》呢？当然不是出于我对这首诗特别的喜爱。正是这种爱让我觉得翻译——也就是简化——它的计划十分不合适。我并不妄想用自己的语言，去重造原诗那极具意大利风格的无限的美，比如这句诗：

Sonavan le quiete
Stanze, e le vie dintorno,

1 语出莱奥帕尔迪《孤独的麻雀》(Il passero solitario)。

2 语出莱奥帕尔迪《金雀花或沙漠之花》(La Ginestra o fiore del deserto)。

Al tuo perpetuo canto

回响于寂静
房间，和周遭街道的，
是你恒久的歌

这样的诗句在我看来几乎不属于“lingua mortal”(凡人的语言)。上文这句诗的开头尤其令我心驰神往，它几乎是一种矛盾修辞，震撼人心，它是“lieta e pensosa”(愉悦又沉思的)少女那“occhi ridenti e fuggitivi”（含笑而闪躲的双眼）。如果说诗不可译，那么尤其是在这样的时刻。而我并不认为自己能够让这妙音被听见。

只不过，恰恰是这些最难的词语，将我又一次抛入翻译莱奥帕尔迪的行动中去，因为在我眼中有一种虚构已经形成，替代了莱奥帕尔迪对西尔维娅双眸的简单评价。莱奥帕尔迪的诗歌直接提到了她的双眸，美丽而明亮，使得踏上门槛的想法不再那么具体，我却把“limitare”（限制）看作真实的台阶，这当然是一种象征，但它具有与青春共鸣的四月清晨的明媚；西尔维娅生命中美丽的一天向我显现，而我有可能或者说有必要影射这一天。这是从“fuggitivi”（闪躲）中夺取的东西，因为我能做的只是明确指出，这一天是唯一的。矛盾修辞从西尔维娅的双眸移向了某桩事件，其间她的双眸照亮了台阶上的步履，这可能是某个星期天，做弥撒的时刻，在某个许下虚幻且危险的承诺的教堂入口：在日常生活再度上演的前夜，而窗前少女的歌声也没能破解日常生活的哀伤的命运。

这想象催生了我对《致西尔维娅》开篇的翻译，它不比别的版本更好，也不会更差，但我明白，是它让我得以继续用法语写诗，因为多亏了它——请允许我这样说，我才能感到自己就是雷卡纳蒂的一个居民，居住在“vie dintorno”（周遭街道）中的某一条街巷，在这个幸福日子的次日听到“perpetuo canto”（恒久的歌）。我感受着莱奥帕尔迪的情绪，忘记他曾为此写过一首诗，此外，我信任表达情感的词语，在法语中，比起讲述事物的词语，它们更加直接地适用于诗。翻译结束后，我不愿将这一段属于我自己生命的时光，与那首超越时间的伟大诗歌相比。

无论如何，也许我们就应当以这样的方式翻译，也就是说隐约意识到，在每一次翻译中，人们从来只是自己，只身处自己独一无二的那一日，意识到这种瞬时性中包含着一段见证。无论翻译多么不足，而且恰恰因为这种表明它必朽命运的不足，翻译表达出了某种欲望，揭示出一种爱，指出了值得这份挚爱的诗人。这并非无足轻重。如果我已让别人知道我喜爱莱奥帕尔迪，让他们明白他的作品除了用来欣赏更需要喜爱，那么我便知足了。

（许翡玎　译）

声音中的意大利语

我的作品曾有幸被翻译为意大利语。感谢法比奥·斯考特(Fabio Scotto)，以及狄安娜·菲奥里帮我牵线搭桥的其他译者，感谢雷娜塔·珂洛丽(Renata Colori)将我的作品收录在“子午线”丛书中，令我得以看到，我与诗歌写作的关系的各个方面都受到了意大利语的考验，无论是韵文还是散文。我首先想说的是，这是一段幸福的经历，我感到自己完全能与这些译本和平共处。不过我也想立即补充一点：这也是一段令人受益良多的经历，它使我深入了解了两种语言之间的关系，因而也就深入了解了我们两种文化之间的关系，甚至使我能够在自己的空间中行动自如。

语言就是世界。它们抓住了现实的某些方面，而非其他方面。我们的本质的巨大可能性从未被同时感知或经历，在这些可能性中，语言会优先选择某些观看、行动与爱的方式，确保它们拥有创造文明的地势。由此产生了一个我们中的许多人都被迫接受的结果。我们有时会被一门语言以及它的存在方式吸引（甚至深深吸引），却无法——至少无法通过写作与人分享其最基本的方式，因为这些方式对现实的理解与我们的语言迥然不同。这门语言与我们近在咫尺，但两门语言的词语并不想知道这一点。我们尝试经由不同的道路走向这个场所（它位于一切的中心，也为一切所共有），而诗有责任引领我们的道路。

近在咫尺的距离，满怀眷恋的惊讶，这就是我与英语的关系。我翻译过这门语言，这门语言也翻译过我，我深深地爱着英语，每一天都在使用它。我曾译过或读过的每一篇译自英语的文章——尤其是诗歌，不过还有数量几乎同等的散文——于我而言都是机会，去验证英语是否如约翰·邓恩说的那样，为了通达上帝，首先会停留在一个微不足道的问题上。反观我们说法语的人，从遇到最特殊的情况与事物的第一秒开始，我们就很难不去寻找规则定律、普遍现象以及清晰结构的迹象：从一开始，我们的目光就专注于普遍性。不过，就英语的这一问题，我已经表达过看法，今天我要讲的是意大利语。

如果是意大利语……我当然不觉得自己有资格用十分内行的方式去谈论它，我只了解常用意大利语的一点皮毛，尽管我能预感它那既能表达悲剧、也能表达喜剧的力量。我没有见识过它那为数众多的方言，但我完全能够想象，它们大片地淤积在孕育了伟大文学的山谷、平原以及各种各样的沿岸地区。我只马马虎虎地了解艺术史、宗教史或思想史学家的习语（idiome），但我也致力于深入挖掘这些基础词语的意义，因为它们处于诗人思想的核心，比如但丁一人就代表了全部的意大利语。因而我能通过熟记《地狱篇》的前几页，来学讲20世纪的意大利语。但丁之后是卡瓦尔坎蒂（Cavalcanti）、彼特拉克、阿里奥斯托（Arioste）和塔索（Tasse），最后还有莱奥帕尔迪，以及一些当代诗人。

总体上，我对意大利语的认识是有限的。尽管如此，它还是令我受益匪浅，我可以说，多亏了意大利诗歌，我才能对诗的本质看得更加清楚，也对诗的力量以及我们努力重新融入诗的方法更加有信心。

为什么会这样呢？因为这些诗人教给人们的——尤其但丁和莱奥帕尔迪，但也包括一些所谓的二流作品，比如那部大放异彩的《阿敏塔》（*Aminta*）[1]——是的，恰恰就是词语的价值，简单平凡的语言中那些伟大词语的价值，用其来重新表达在世界的事物面前感受到的必然感，而这种必然感就是诗歌的贡献。《节日的夜晚》开篇的卓越之处在哪里呢？“la notte”（夜）、“il vento”（风）、“la luna”（月）、“la montagna”（山），每一个类似的词在诗句中都与其他词有着同样静默无声的联系，超越了一切涵义。词语所指称的事物在它们之间，在充分经历过的现实中，也拥有了这种静默无声的联系。“luna”一词在诗中散发着柔和而明净的光芒，如同夜空中的星辰落在屋顶上。屋顶之下，年轻姑娘在熟睡，小伙子烦恼不安，人类社会中人与人的关系几乎无处不在，正如夜空与山脉、河流的关系在人世间无处不在。至于但丁，他曾以大胆而果断的方式选择了这门方言，因为只有它的词语才能全方位地反映现实：从

1　塔索的一部牧歌剧。

社会生活到夜晚的天空，在天空中，“le stelle”（星辰）像词语一样彼此贴近。只有借助这些脱离涵义，因而可以自由、直接、完整展现其指称事物的词语，才能——让我们重拾但丁最天才的一个思想——实现“indovarsi”，成功进入“où”[1]：进入此地与此时的中心，进入诗的场所。

意大利语诗歌最大的优点，在我看来是简单词语的智慧，其在精神中的中心位置，及其救赎功能。这就解释了为什么它对法国诗人来说有所教益，有所帮助：它鼓励法国诗人将自身与基本世界的关系从其所用词语中解放出来——在法语词的脉络里，它们本身隐含着本质的现实，但在发音方面，比起有幸属于“bella lingua”（美丽语言）的词语，它们比较不擅长展现这本质的现实——这关系是诗想要的结果。如果人们能够真正或长期在语言深处建立起诗想要的这种关系，那么在每个人身上，它将自然而然地成为对自我的完整体验，成为最普遍的主体性，成为人与人之间最直接最坦率的交流。

在某个决定性时刻，曾有法国诗人懂得接受意大利语的帮助：他们就是龙沙（Ronsard）、杜·贝莱（Du Bellay）以及整个七星诗社(la Pléiade)。比起大量的希腊语和拉丁语语文学，在意大利的短暂经历也许对拉辛更有助益，也能使路易十四时期的作家们所能达到的真正的诗性直觉的水平，与他们当时城

1　有关“indovarsi”、“où”及二者的关系，见《但丁与词》一文。

市乡村的世俗建筑齐平。更早一些，在巴黎的普桑也许就不会觉得那么孤单。过去的诸多益处由此能更好地在日常生活中扎根，人们或许就能在今天的诗歌中，通过奈瓦尔或波德莱尔的中介感知到它们，这些用词深刻的诗人曾在简单性的源泉之中淬炼自身。

法语和意大利语都与词汇有着某种相同的联系，它是一把开启诗的钥匙。所有的基本词语是每个社会的道路，一切存在行于其上，但他们时常误入歧途，感到忧虑不安，心不在焉。这些词语确实出现于众多意大利诗人和法国诗人笔下，其中很多词语明显有另一门语言作为基础——这里是拉丁语的基础。这让人们产生幻想，觉得这些词语带有某种智慧，比支配并限制我们此在生活的概念性更为高明。

这是我们应当驱散的一种幻觉，但在写作需求产生的最初，当我们依旧天真地眺望语言的远方，预感到在那里能出现某种更为真实的存在，这幻觉也让我们明白，在词语之中，在散文话语希望获得的所指之下，存在着某种内在于涵义的维度，这鼓励人们去概念性思维的命题之下寻找，而这些意指过程令它们触及的一切变成物质。去行为和常识的言语之下寻找，并且很快会希望找到某种秩序的门槛，这是集结于超越一切分析工作的某种在场之中的不同现实间的秩序。这秩序没有可以言说的规则，它存在于莱奥帕尔迪的一首诗歌之中，这首诗梦想在某个节日，为了我们的幸福，将天空、大地、月亮、这一夜宁静的山脉以及风儿结合在一起，风儿静默无声，就像但丁倾听弗朗切斯卡时的样子。秩序，动词，能由借代的教义领会，却无法被隐喻的分解工作掌握，是诸多现实在词语空间的共存，就像“le stelle”（星辰）在但丁的天空共存，而但丁的天空只是跨越概念性语言之后，重新形成的存在。

这样的双重层次在英语中也能体验到，但只有一半英语词汇有此经历，这是另外一种机会：本质形而上的梦想加重了诗性直觉的负担，这直觉本来已从拉丁语词汇获益，如今却受到与直接的事物合而为一的撒克逊词语的压制。这是每时每刻都不容忽略的提醒，它解释了为什么莎士比亚的诗中常常会出现一些看似极其平庸的场面。

然而它，这双重的层次令意大利语和法语能在声音之中触及对方，如果我可以这么说的话。这是我们这两门语言共有的幸运，而且我很清楚自己已从中获益，因为它使我得以与我注定要爱上的那些伟大诗人分享梦想、幻觉以及最根本的希望。

（许翡玎　译）

法语的雪，英语的雪

I

在不同的语言里，雪是否都以相似的方式飘落呢？为了做到这一点，这些语言中的词汇也许应该以相同的方式相遇、结合或回避，以相似的方式引起天翻地覆或造成些微转变，片刻的骚动之后是天空看似静止的时刻，紧接着是突然出现的亮光。但事实并非如此，共存于大地之上的方言如此之多，因此在各不相同的文化里可能永远都不会有同样的飘雪。下雪就像人们说话一样。我们在语言的某个层面上看到雪花飘落，我们眼中的雪花——优雅地犹豫着，或与另一片雪花结合而变大，或消失殆尽只留一丝光芒——使我们被梦和知识撕扯，在深具欲望的想象和概念性思维的词语之间徘徊不定。正是在这些时刻，神话传说、每种说话方式的创造、万物的幻象，在我们身上重新成形，扭转我们关注事实的目光。每种语言都有关于雪的理念。

我给自己提出了一个问题：对雪的感知也许会有所不同，在某些情况下甚至可能互相排斥（比如几乎赤脚的西藏僧侣在喜马拉雅山上踏过的雪，和我们穿着厚羊绒衫的孩子玩过的雪），这些感知彼此共存，它们之间的关系是否与一阵风在光亮的一瞬间拉近的那些雪花——活力十足，甚至可以说信心十足的雪花——之间的关系一样呢？从各自语言的阳台上往外探出身，这些感知是否有时会向彼此伸出手来呢？法语和英语各自对雪的感知又是什么样的？毕竟在历史上的诸多时期，这两门语言会混用词语，而且常常是为了表达完全相同，或者几乎完全相同的思想。这两门语言又是如何回应同一片雪发出的邀请的呢？我忍不住说了“同一片”，因为从马萨诸塞到威尔士或利穆赞或勃艮第，雪都飘落在多少有些相似的田野或森林上。只不过，在不同的乡村，房屋可能不尽相同，这也是事实。在法国，有那么多以沉重的石块筑成的大房子，这些房子窗户狭小，客厅阴暗，门一打开，屋外的寒冷便会钻进房间，在这样的屋子里，现实与幸福首先是人们在壁炉中升起的火。而在新英格兰地区，是轻巧的木头房子，玻璃窗后的窗台上摆放着一盆盆色彩明亮的花。

在法语和英语的交流中，雪是什么样的呢？啊，我为译者感到担心，害怕我们对一切的感知，在被莎士比亚增多的语言和被拉辛浓缩的语言中，会拥有大多时候都不可消除的特殊性。我担心艾米莉·格鲁舒尔兹（Emily Grosholz）在翻译《雪的始末》（*Début et fin de la neige*）时，曾难以把用法语表达的观点融入到英语中，因为英语比我的语言更适合于观察某个场所或某个时刻的具体细节，换句话说，更适合于讲述特殊生活中的事件。

英语词是重读的，因此它适合于某些节奏，得益于这些节奏，英语词能一边不停谈论最切近、最简单的现实，一边在很容易形成的抑扬格诗句中，与其他词语联合起来，讲述那些与日常生活息息相关的情感。法语词没有重音，对节奏一无所知或几无所知，无法马上理解自己也能成为音乐，相反，它随时准备好被用于对话、辩论、思想分析等一切与观赏树木或聆听鸟鸣无关的活动。唯有形式能保证法语词不会成为简单的概念，为了在形式层面接纳法语词，就必须从音节数量这一外在上去处理它，这令它即便无法忘却自己惯常的第一需求，至少也能违抗这种需求。但我们有可能因此而忘记这一刻正在发生的事，比如说，冒着雪回到家时看到的那扇深蓝色的门。法语词记得雪。但经常是作为理念的雪，而不是那美丽的白色，不是那种温柔，也不是那温和的寒冷。并不完全是飘落在您诗中的雪，亲爱的艾米莉，也不完全是飘落在您语言中其他诗人的诗歌中的雪。

II

“To whom these woods, I think I know.”（林子的主人是谁，我想我知道。）在罗伯特·弗罗斯特（Robert Frost）的名诗中，从第一句诗开始，重音就毫不迟疑地出现了，使它的四个音步重重印在语言中，就像脚步重重印在厚厚的新雪上。因为这节奏，我们能够一下子进入诗。而弗罗斯特做了什么呢？他像任何一位大诗人那样，思考天空、大地、上帝、凡人。但在这首《雪夜林边小驻》（Stopping by Woods on a Snowy Evening）中，他也可以是一名乡村医生，正要去看望他的病人，他望着出诊要先穿过的树林，就像他的病人望着它一样，有时他们还是这片树林的主人。正是通过他们看的方式，他创造了一个隐喻，用以谈论上帝。这片树林属于谁，他知道，属于“房屋在村子里”的某个人。就在药店或杂货店附近，那栋红砖房子，伫立在那些每周日都会传出歌声的木头房屋之间。上帝从此处出现，弗罗斯特只有在将超验性保留于被雪覆盖的道路中间凹陷的车辙时，才会想到超验性。断掉的树枝落在这些车辙上，几乎拦住了去路。

有关终局的思考与最具即时性的“乡村”社会现实之间这种流畅的连续性，在法语诗中就不曾有！对于我的雪，我想的是，也许会有人谈论“句子中不发音的 e”。在一层层纷扬落下的大雪中，我不会马上回到老百姓中去，因为大雪让我为语言的深层担忧，在语言中，诗歌所承担的问题只会向抽象意义上的人提出。我们只是物质的一些形式吗？于我们而言最为珍贵的词语，我们是否应该将它们看作不具真实性的句子中随机的运动，正如卢克莱修世界中的原子？或者在它们身上，在它们背后，存在着某个对我们感兴趣的人？我们法语中的雪常常忘记自己只是这条路上、这个夜晚的一场雪，以便更好地为我们提供重要的能指，来解决雪令我们想起的众多难题。我的雪是我收到的一封信。可是它的雪花盘旋飞舞，它的词句四散并消融，这封信变得模糊难辨。

III

一边读着艾米莉·格鲁舒尔兹的译文，一边重新阅读自己的诗歌，我突然发现了些什么。从开篇的简单印象到结尾的思考，《雪的始末》中经常出现同一个双向比喻：雪花是词语，而词语在一封书信或一首诗歌中，就是飘落的雪。在我们的言语中存在与雪花分分合合的相遇类似的关系。雪就是语言，语言就是雪。

我自问这比喻意味着什么：难道它只是想象的一次心血来潮？或者说它尽管浮想联翩，却有存在的理由？我很希望能有机会更加严肃地向自己提出这个问题，虽然我隐喻中的雪花一边像它们偶尔为之的那般大笑着飞舞，一边也许还不忘嘲笑我那过度或不足的哲学。

我只有一点建议，那就是要谨慎。如果雪花能使人想到词语，而词语又令人想到雪花，那么这肯定不是我们在词语中只看到概念的时候，这些概念产生了科学或者决定了我们大多数的行动。此时这些所指失去羽翼，重重坠落，在违反自然的重担下变得黯淡无光，不久就会化成雨，然后在某一天变成人类永远无法忘却的洪荒。

看到词语中的雪花，是在名词或动词中——甚至连词，甚至句号、冒号或逗号——感知它们的音色和颜色，它们的散乱与闪光，同时还有在词语中显示为“不发音的 e”的语言切分。我所想象的隐喻，也就是言语与雪之间的相似性，它要谈论的完全不是散文，而是诗歌。很好！既然诗歌是一场场小雪或者一片片飞扬在狂风中的雪花，难道我不应该自问，受到更细致观察的雪是否能让我理解什么是诗呢？或者在明早的世界，诗将会变成什么样子？

我能吗？我能否通过今晚这场美丽的雪，去了解诗歌想要的是什么呢？能的，但首先要做的，是去打碎、分解、消除理念之间的链接。雪花有太多面，它们太过出人意料也难以预料，以至于当目光追随着它们时，人们无法思考话语的理性。将雪与言语相比，就是拒绝程式化的真实，就是渴望一种简单言语的真实，一种更加广阔且不断飞舞的真实。

不过，难道我不应该想得再多一些吗？在语言的一系列表达与理念的源头，确实存在着基本句法结构，它们关注逻辑学公理、同一律与排中律，调整着我们的思想客体之间的关系。不过它们并不排斥关心我们的生活，这是为了理解甚至引导生活那看似最为自由不羁的冲动。唉，句法是多么美妙！正是句法通过探索我们的有限性，让我们可以建造一个有限性的场所，让我们爱它。正是句法乞求我们站立在天桥之上，透过纷纷扬扬的大雪，俯瞰我们应当认识的外部世界，也望见飞舞盘旋于我们本质之上的一切的伟大统一性。

确实如此，不过……如果事实如此，看到从一门语言到另一门语言，句法展现出诸多不同之处，难道我们不应该感到惊讶吗？这一门语言有性数变化，而另一门语言的性数变化较为简单，甚至没有。有一些语言会有性数格的变化，而另一些语言的性数格变化较为简单，甚至没有变化。虽然了解不多，但我能感觉到，在那些所谓远古或原始的语言中，存在着更加惊人的差异……我们的句法是否只是某种更为高级的句法的相对形式呢？这高级句法位于精神的某个无处可寻的穹顶之下，与它相比，每一种语言形式都有不足。这样的句法存在吗？它之于我们的视听能力，正如罗巴切夫斯基（Lobatchevski）或黎曼（Riemann）的几何学之于欧几里得的思想，一方面更为广阔，另一方面也更为简单。它在光明中结下又解开它的形式，类似于我们在包裹着世界的蔚蓝中，于天空之巅看到的雪花。本身归一（l'Un）的句法，一旦铺展开来，就已经是万物……同样的直觉在我看来也存在于彼特拉克身上，那是某个灵魂的清晨，他满怀幸福地走进千千万万纷飞的玫瑰花瓣之中。

可是，不要这样做梦了。就把话题停留在此时的雪上，我们有幸看着这雪，落在泥边，落在枝头，落在花园的长椅上，落在靠立墙边的木板上，看着它的颜色渐渐扩散开来。

（许翡玎　译）

沙漠的想象

I

《隐匿的国度》（*L'Arrière-Pays*）被译为阿拉伯语，这对我而言自然具有特别重要的意义。遗憾的是，我并不懂穆罕默德·本·萨拉赫（Mohamed Ben Salah）的语言，但我庆幸自己对它开创或伴随的文明有一点了解，而且我知道，这些文明的许多直觉与梦想，以一种比起很多其他语言来说更为隐秘的方式，印证了我在这本书中的一些思考。

比方说，阿拉伯语拥有十分独特的关于沙漠、关于沙漠旅行的体验，正好我的小书也时常谈及广袤的沙漠。因此我应当自问，当我的目光转向沙漠时，我心中的想法是否能为阿拉伯语世界的人所接受，或者在一种表面的相似性之下，是否存在观点的分歧甚至对立呢？尽管对立与分歧也可以成为某种辩证法，既属于自我又属于他者，正如人们每次谈论超验性话题时的情况。由于我缺乏进行严肃思考的语言知识，穆罕默德的翻译对我而言并不是一次严肃反思的机会（不得不再说一遍），但它可以促使我提出一些假设。

这些假设是关于想象的，也就是说，关于想象力期待从它的梦想或它自认能辨识的一切中得到的东西：或者是一种简单的幻觉，尽管想象力暂时或长期作出让步，它仍知道这不过是简单的幻觉；或者是想象力认为发现并希望证实的某种更高的现实。想象自发地具有形而上色彩，它始终是对某种别样的现实的思考。可是然后呢？是什么构成了这别样的现实呢？是什么存在于我们此在与每日的词语里反复出现的多余部分呢？是一次简单的消遣，还是一种信仰也就是一种希望？如果是后一种情况，人们在梦中游览过的世界是什么样子的，这游览又会在做梦者与自我的关系中产生什么影响呢？

II

我问自己：或许存在一种与一切沙漠同质的幻梦？总之是一种沙漠的想象，一种梦想别处的方式，这别处只出现在沙丘之间，除了沙石之外别无其他，连接着其他相似的沙丘，除了茫茫无垠的沙漠以及同样无边无际的天空之外，再无其他能留住思想的东西。

在离这里两步之遥的地方，确实不存在任何能满足充满渴望的想象力的素材，房屋，树木，花园，墙后传来的正在玩耍的孩子的声音，通向其他小路的小路，这些都不存在。邻近的地方毫无迷人之处，在这既无植被也无人类居所的绵延起伏之中，我们需要将欲望、思念或希望寄托在某个更为遥远的、无法被此处的一切所预料的别处。可是，这个别处不正因此而能完全不同于人们在进入沙漠之前经历过或幻想过的任何生活体验吗？当然。自从人们在空旷的场所、严酷的事实中前行开始，属于过去生活的真实就不再那么重要，精神因此得以尝试逃避这一过去的法则定律及其他限制，哪怕它还会被某些快乐的回忆吸引，但这些快乐的回忆本身已经在时间的流逝中改变了模样。

沙漠产生的想象完全不同。还有呢？我认为，这想象应该不会涉及人的外貌，哪怕人们可以尽情幻想一种完全不同于地球物种的其他物种。在沙漠中前行的旅者只有他的自我意识以及落在形状简单的沙丘上的目光相伴，他对寻常人类以外的生物不感兴趣。为什么要假设在日复一日不断逃脱的地平线之后会存在那些东西？魔鬼、地精、骏鹰，这一切只适合夜晚的恐惧，而不适合白日的伟大梦想，后者渴望的目标是精神中始终如一的东西。那边和这里一样，会有男人、女人、桌子、床铺、壁炉中的火焰、水壶中的凉水，以及乐器在初露的星辰之下奏出的音乐。

梦中的世界与人们习惯的现实生活和场所之间的唯一区别，在于在场的密度、形象的美，更确切地说，在于当人们在上述条件下想象这种美时，这美所呈现的某个特点。沙漠中的行进使对沙漠的想象丧失了属于邻近场所的魅力，因为邻近场所的人与物本来可能会让想象力看到十分具体的、能够通过外表的细节立即被感知到的特征。与此同时，渐行渐远的过往简化但美化了记忆，沙漠的想象被这样的记忆萦绕，梦见了男人、女人、果子、树上的鸟儿，尽管人或事物各自的形貌已经模糊。沙漠的想象会缩减为它们各自的在场中最为本质的东西：仅仅关注一副年轻的身体、一张脸庞、一串椰枣或葡萄，转向那似乎涌现它们的美与魅力的源泉，看着它们摆脱标记。这些标记是已经死亡的生活偶然性在我们的日常生活场所中给它们打上的。

沙漠的想象依附于某些原型。我试图通过某个词去讲述，比如说，在使每张脸庞与众不同的轮廓类型之下，为所有脸庞共有的东西；这个词还通过现在被确定为次等的特殊事实，去表达一种神秘的美。我们能够从人类、动物或植物等大地上的基本生命形式中认出这种美，并由此相信那业已消失的原初天堂的光明。原型并不是由科学观察揭示的模式，不是简单的抽象概念。原型的普遍性显露于存在的人事物，因此原型与人事物同样具体，事实上，它甚至更为具体，因为在它的完整性中存在生命的表露与自我的在场，而我们可以认为，由于时间对我们的损耗，我们在此时此地的存在只会令这种表露与在场逐渐变得贫乏。在时间之中，原型是永恒的，因此也是真实的，是唯一的真实：这就是我对沙漠的想象所作的思考。通过赋予目标完全的美与纯粹，沙漠的想象努力让幻想者配得上这目标，教会他放弃寻常的尝试，使他成为几乎不可见的纯粹性的虔诚信徒。因此有这般想望的人会自然而然地感到自己几乎就是一名苦行者，并且像苦行者一样倾向于神秘主义。在沙漠的世界，诗人与神秘主义者毫无分别，他的想望驱使他远离这个世界。

III

以这样的方式阐释阿拉伯世界的想象与诗意，我是否有依据呢？毫无疑问，我简化了它们，还曲解了它们。但从我今天的观点看来，这并不是问题所在，因为我正谈论的是《隐匿的国度》，我方才所说的一切就算不够真实，也依然是我赋予沙漠里的马帮及其他流浪者的想法。沙漠指的是戈壁的红色荒漠，中亚的荒原，近东的干旱之地，是我的书试图想象的地方。

不过，这个也许连我自己也没有认清的想法，我没有将它与我想在书中表达的更为个人的经验混为一谈，这个人经验其实诞生于十分邻近的场所给予我的印象。“站在十字路口，我时常感到焦虑不安”，这是《隐匿的国度》的第一句话。我记得这些十字路口，在法国、在意大利，大多时候在翁布里亚和马尔凯地区，对这些十字路口的记忆中布满乡村、名胜古迹和道路，这些道路确实通往其他市镇，不过后者在人们的想象中，常常距离那些充满魅力——人们立即并深深被这魅力吸引——的地区仅有两步之遥，或者几乎就位于其中。为回应梦想的召唤而“本应走上的道路”，在我应该在其他道路之下找到它的时刻无处可寻，尽管如此，它依旧像世界的此在之中其他道路一样存在，一旦我的道路开始偏离它所形成的地平线，它就会在它那永恒的光明之中，通过增加神秘感来引人注目。卡拉科即很好地展示了在此在之中的这种分裂效果，多年前的几个夏天，当船只沿着海岸离开小岛，驶向大海之时，我看见这座村庄伫立在山坡上。或者卡普拉亚岛，同样在那些年，我曾在海上远远地望见它，却从未想过折回到这座岛上。在此类情况中，虽然梦想假设了一个别处，但它仍然将别处建立于此在之中，建立在实际生活的深处。

因此梦想不能轻易与某些原型结合在一起。人们不可避免地将他们想象的事物置于存在等级的第二个层次，现在我们应该去此在中真实存在的现实里寻找这个层次，寻找这些现实的特殊之处，甚至任意之处。尽管有逃离的冲动，《隐匿的国度》关心的仍然是在这个世界的生存方式。这种梦想类型及其彻底的模糊性，是我想从某段沙漠历险中抓住的，这个历险故事来自我小时候读过的一本小说。走在毫无变化的广袤沙丘之中的旅行者，他心中有没有什么原型呢？他有没有想象过沙丘尽头的绿洲？那片绿洲使阿拉伯式想象中的原初花园一直延伸至世界的尽头。事实上，我通过阿拉伯式想象看到的，是我自己的国家，虽然变了样，但它的变化与原型的复杂变化不同。

这首先是因为，在《隐匿的国度》中，另一个世界并非从远处，从可见与不可见的边缘上显现又消失，而是在旅行者——一位年轻的考古学家——和他的小团队驻扎一夜的地方：土地被开掘，在地底下发现了一座古罗马城市。罗马？罗马完全不是我的故乡，但帝国的这座前哨在中亚存活至今，这里的文明与我在意大利中部那些小城市，在我关于“隐匿的国度”的幻想形成时遇到的文明是同一类的，尽管此地的文明几乎未遭破坏。代表着我的那位梦想者对一个年轻的罗马姑娘一见钟情，希望她能成为他的世界的一分子，与他一起回法国，当他看到她在广袤沙漠的红色沙石之下，通过地道逃往其他更远的城市时，他也试图挽留她。

她还是消失了，他再也没有找到她，那个时候，因我的梦想方式固有的矛盾，她是否变成了我在谈论沙漠的想象时提及的一个原型呢？也就是令想象变成神秘主义认识的一种手段的原型。也许吧，但无论如何，人们首先是在内在之中感知到这种超验性的。能与这超验性合而为一的，并不是神秘主义诗人的苦行，而是一种情感，这种情感可能很难完全实现，但它在日常生活中占有一席之地，那就是人类单纯的爱情。爱情的动力就是对有限性的了解，对时间的认可与接受，因为从出生到死亡，我们必须经历的是时间。

在沙漠的想象之外，还存在着另一种想象，推动并充满了《隐匿的国度》。另一种，但我刚已承认了它，也与它保持着某种紧密的联系，仿佛我因无法完全经历有限性对我们的期待，只能任由自己被某个超越有限性的想法侵占。事实上，它不仅出现在书中这一段落里，也出现在其他很多地方：那就是隐匿的国度这一理念本身，它是这本书的中心，表达了双重的假设。因为这一理念——这一幻想——既肯定了此在的价值，也提出了一种假设：正是在彼处，在世界之外，此在才得以被除我们之外的其他人完全地经历。在别处的此在，而不是应是的、没有梦想的此在。那是一个“真正的场所”，而不是随便什么地方，它没有超验的魅力，却承认生活的有限性，因而是生活的真理。

《隐匿的国度》的想象真的不同于沙漠的想象吗？不，不如说这本书要求我在心中理解生活真理与一切想象之间的冲突，沙漠的想象以及这本书的想象，或者说是我自己的想象，更为模糊，从某种意义上说更不清醒。有一个问题由此被提出（尽管我并不打算讨论它），一个有关统一性的问题，它处于所有语言之下，处于它们自发形成或从别的文化、从想象中获得的形而上学之下。一种离开世界，然而是为了能够回到世界并在其餐桌上摆上果子的方式，尽管这些果子仍然产自我们自己的果园。

（许翡玎　译）

俳句、简短形式与法国诗人

I

女士们，先生们，首先我想向诸位致以谢意，很荣幸能受邀参加今天的会议，在这儿与诸位分享关于俳句，更笼统地说，关于简短形式的思考。我希望大家明白，我是带着虚心求教的心情，研究了解某种经验的，而你们的文明和你们伟大的诗人们无疑是创造这一经验的大师。世上没有谁能比日本人更懂得将属于社会和宇宙的完整现实，寓于寥寥数语的协调与不协调之中。你们将无限性和言语结合起来，所用的方式深深地吸引着你们国境之外的，至少是在法国的人们。从很久以前开始，无数的法国人就听说过你们的诗人，首先是松尾芭蕉（Matsuo Bashô），我将会在下文中提到他，他对我的生活有着重要的影响。

法国诗人喜欢俳句，通过对这一现象的观察以及对俳句意义的一些思考，我也许能为诸位的研究作一点微薄的贡献。法国诗人喜欢俳句，五十多年来，他们甚至特别关注俳句，十分严肃而努力地去了解它的精神，从中汲取能让他们理解自己与世界之间关系的某种教诲。这意味着他们作好了一定的准备，去深入钻研俳句，至少要深入钻研俳句中某些重要的方面。

不过，我想说的第一点是，要了解这些诗歌，翻译显然是唯一的媒介，因此我们或许可以认为，出于种种不容小觑的原因，这个事实促使我们被俳句中最为本质的部分拒之门外。首先，在你们的诗人与我们之间，存在着语言差异，这使得重要的思想类型以及许多其他不太重要但常常出现在诗歌中的观念，并没有以相同的方式，扎根于我们的言语与言语所确立的世界之间形成的整个关系网络中。这可能涉及内涵与外延的某种差别，这两者构成了我们想要比较的日语词和法语词的特征。而且我也可以想象，有时对你们而言只用一个观念便能即时而直观地表述的东西，在法语中却需要借助一个困难的分析过程才能理解，这个分析过程会得出好些我们认为彼此区别的观点，因此不得不努力去理解这些观点之间存在的，直至那时为止还没被我们察觉的关系。如果在翻译一首简短诗歌时发生了上述情况，无法设想任何反思性的推演，那会产生多大的困难！尤其当这些不为我们所知的观念涉及你们的诗歌思想或最基本的世界观的一些根本方面时。

紧接着词汇差异问题而来的，还有我们的句法差异问题，人们无法想象日语句法与法语句法之间有多么遥远。印欧语系语言的句法，与你们通过观念、通过独特的信息来创造意义的方式是多么不同！正是通过词与词之间的关系，直觉才能使你们拉近那些一开始很不同的印象，在俳句中开辟它的道路，我想，这条道路比我们的分析性句子更容易且更快地通达统一或虚无的情绪，而这种情绪是一切真正的诗的中心。我们可能需要通过济慈《夜莺颂》或保尔·瓦雷里 (Paul Valéry)《海滨墓园》（Cimetière marin）的所有诗节，才能感受到芭蕉或正冈子规（Masaonka Shiki）用十七个音节就能暗示的东西：夜晚悦耳的歌声或阳光下荒凉大海的印象。对于试图将十七个音节变为英语或法语的翻译而言，这并不是什么好预兆。

此外，你们所用词语的图形符号系统是由表意文字构成的，在外形上保留了一丝事物的形象，而俳句又是简短的，只需一眼就能览遍它的文字，诗人由此便能通过词语，传递出属于明晰可见的形象的战栗，帮助读者立即亲密地感受到诗人所展现的境况。诗人将是一位画家。他将会在词语本身的知识中加入超越词语的知识，也就是画家用目光获取的知识，这目光因画家对自然界各种特征的沉思而变得深邃。这样一种直觉，我们译文的用词还能保留多少呢？在我们的语言中，词语与事物的感性方面是分开的，因为词语对事物的命名是通过本质上随意而抽象的字母符号系统来完成的。

我们的文字断绝了与世界的即刻联系，这使它在物质科学方面拥有特别的价值，但也使它难以达到诗。我承认我嫉妒你们可以自如地运用表意文字。尤其因为这些表意文字在我看来在构成每个文字的线条的中心，留下了一片意味着虚无的空白。我之前已说过，虚无的经验是一切诗思主要关注的问题，即便诗的思想在日复一日的生活中寻找的是能解释我们人世生活的理由。在你们文字所用的符号之中有一种清醒的东西，从你们开始作诗时就已出现，而在我们这里，这种清醒只在最后才出现，假如诗人没有在半途迷失的话。

将俳句翻译成我们西方的语言，显然是非常困难的！我甚至觉得，我们应当听天由命地认为，这项翻译是不可能完成的。

II

可是我们国家曾一度对俳句产生极大的兴趣，而且这兴趣延续至今，为什么呢？

也许这仅仅因为，俳句的译文无论多贫瘠，依然是简短形式（forme brève）的绝妙典范，而简短形式在当下的欧洲本身就已具备许多价值，可以作为典范，可以作为鼓励。

事实上，是什么构成了一个简短文本的特征呢？是向诗的特定经验敞开的强大能力。

现在，我们不再单独谈论那些限制于十七个音节的、拥有丰富图形与意义的诗歌，我们应该思考一切尝试用寥寥数词去讲述某种情感、直觉、感受或感知的作品，无论它们用的是日语还是法语。很明显，在这个应该能够自给自足的狭小词语空间里，不可能存在叙事，除非借助只能遥远地并在瞬间提及叙事的影射。这立即意味着，简短诗歌的用词摆脱了某种理解事件与事物的方式，这种方式会在叙事作品中，将这些事件与事物串成一条因果链，有可能导致人们只能通过某种分析性、普遍化的思想才能了解它们，了解这些生活境遇。分析性与普遍化的思想只从外界了解特殊的现实。简短的诗歌在面对即刻印象时不会采取这种退缩的举动，因此比起其他任何形式的诗歌，它能更加自然地与某个过去的时刻相吻合。

此外，在这个瞬间，我们被迫只能考虑极少的事物，因为它只包含极少的词语，以至于那些能够在我们生活的这一刻，在我们自身与这些事物之间建立的联系，将会一边震颤着，一边自由地铺展开来。由于人们不再被概念性思维所禁锢，这些震颤将会越来越容易被听见。我们复归长篇大论曾令我们失去的统一性的感觉之中。而这种确实经历过而不只是思考过的统一性经验，显然就是诗。西方人可以忘记这一点，因为我们的宗教传统，也即化身成人又超越世界的上帝的传统已将绝对性同自然现实分离。可是，在每个事物中接近一（l'Un），这仍然是所有诗人凭借本能追求的至高无上的情感。

因此，比起其他任何形式，简短的形式应该是某种为诗歌特有的经验的开端。当一首诗采用了简短的形式，它就已经因这个简单的事实，转向也许能在我们与世界的关系中成为诗的东西。

III

不过，现在我要强调的是，简短的形式在我们的诗歌历史上并不常见。确切地说，因为人们长期认为现实只不过是上帝的创造，自身并不具有神圣性，比起倾听风的声响或观赏树叶的飘落，欧洲人在精神上更多地受到神学或哲学思想的影响，所以我们的诗歌必须足够长，才得以在诗歌中完整地表达出某种思想。同样的情况也发生在那些篇幅看起来相对短小的诗歌之中，比如在西方历史的多个世纪都占重要地位的十四行诗。十四行诗的音节数远比十七个音节多，但无论如何它只有十四行诗句，对我们而言就是简短的诗体，但它产生的并不是简短形式的效果。因为十四行诗开篇为两段结构明确的诗节，即两组四行诗，接着以另外两节诗为结束，这一次是两节三行诗，偶数之后是奇数，因此在两个部分之间似乎存在着某种断裂。这种断裂似乎有某种意味，事实上它也确实常常被用来产生这种意味，因而尽管十四行诗篇幅有限，它仍然是一种推演的思想，在十四行诗中甚至存在类似三段论的东西，有前提有结论。当然了，和其他诗歌一样，真正的诗歌经验在十四行诗中也有可能产生。人们甚至能在其第九行诗句里体会到，从偶数向奇数的过渡，就像时间流逝的感觉，也就是生活的感觉、瞬间的感觉在灵魂中苏醒。这种苏醒是对瞬时的一种可能性的体验。不过，十四行诗在那么长时间里与柏拉图主义紧密联系在一起，这并非巧合，因为它既是诗歌，也是一种话语。

我们不谈论曾经出现在我们文学中的某些确实简短的形式，比如讽刺短诗。因为讽刺短诗只不过是以一种聪明的方式去强调某个理念，此时人们并没有与外界现实以及自然建立联系，而只是停留于能言善道者的对话空间里，这些人只对某些见解以及呈现这些见解的妙语佳句感兴趣。简短性在这儿是为了制造惊奇，它强调的是一种机智，真正的诗人只会对此类简短性表现出强烈的反感。他们有充分的理由认为这种简短形式是毫无意义的，在这种情况下，他们遇见的并非真正的简短形式。

不幸的结果是，至 19 世纪，那些写短诗的诗人，那些除了表达某种稍纵即逝的印象之外别无所求的诗人，最终被视作无关紧要或二流的作家，逊于那些书写鸿篇巨制的作家。更何况，这些被贬作二流的诗人自己也被说服了。我想起了图莱（Toulet），纵使他不是一位重要诗人，却在《反韵集》（*Contrerimes*）中令极其微妙的音响发出颤动。对诗歌很内行的博尔赫斯（Borges）十分欣赏图莱，但法国人尚未给予他足够的重视。几乎同样的情况也发生在魏尔伦身上。没人会怀疑魏尔伦是一位十分重要的诗人，但人们在解读他的作品时，往往自动将其缩减为他最困苦的日子里的那些不负责任的时刻，而非去感受他的诗歌所拥有的能力：一种最为极致的感知力，甚至如《爱之罪》（Crimen Amoris）那样，在某个极其雄辩的文本中，强有力地提出有关世间存在的问题。魏尔伦！顺便说一下，如果要列举一些与俳句相似的法语诗歌，我立刻就能想到他的很多诗。在下文这首诗歌中，你们是否能辨认出些什么呢？

L'ombre des arbres dans la rivière embrumée,
Meurt comme de la fumée,
Tandis qu'en l'air, parmi les ramures réelles,
Se plaignent les tourterelles?

雾蒙蒙的河水中树木的倒影，
消逝如烟云，
上方真正的枝叶里，
斑鸠可是愉悦欢欣？

请注意，魏尔伦的这几行诗本身并非一首独立的诗，它们属于一首篇幅更长的诗歌。为了在我们过去的诗中找到简短性，我们更应该像湖里的鸬鹚一般，下潜到长篇作品中，发现诗人停下脚步并将目光从话语移向四周的那些瞬间。在那些瞬间，简短性于他而言就是一个未曾预料、并不期待的意外。但我肯定，即便如此，这也并没有妨碍他时不时感受到，那些瞬间自己正处于诗歌写作计划的最佳时刻。

在浪漫主义时期，法国社会和宗教信仰开始有所转变，更有利于诗意地感知现实。伴随着基督教世界观的没落，某种认为自然界充满神秘生活的思想开始鼓励诗人关注他们从自然界获得的印象，如此一来，纯粹的诗歌经验得以确立，影响了诗歌更偏重推论的方面。这使得人们能够更好地了解诗歌简短性的价值与能力，甚至有意识地利用它，断定它能成为诗歌追寻的重点。兰波的情况恰恰如此。兰波以观念丰富的长诗开启了写作生涯，但他很快便写出了 1872 年的诗歌及《灵光集》（*Illuminations*）中那一段段闪闪发光的诗歌。可以说，兰波的这些诗歌是最早进行的重要的法语简短形式创造，而且在我看来，人们也许还可以将这位诗人的生活方式与一些日本诗人相比较。这些诗歌是现代性的一个绝佳范例，但它们仍然只是一种例外。我们中的一些人今天比过去更加明白，诗的核心就是对感性世界的感知，对于这部分人，我们肯定还需要其他证据。

这就解释了为什么我们能够看到，在 20 世纪下半叶的法国，人们萌发了对俳句的兴趣，而且在今天依旧兴趣浓厚。当日本诗文以及某种有关日本诗人的观念通过一些译本及评论开始流传时，这种兴趣便确立了起来，布莱斯（Blyth）的书《俳句》（*Haïku*）就是如此对我们中的某些人发挥重要作用的。这些诗歌丝毫不需要为了激起法国读者的兴趣而将所有的丰富性保留在译文中，它们很简短，仅一眼便将自然或社会的某些重要现实集中在一个印象上，通过这一简单事实，人们便能理解诗所特有的价值。此外，没有什么能够阻挡这些诗歌的读者去认识诗人，去了解禅宗僧侣，去体会某种强有力地回应了现代社会精神需求的灵性，我们的现代社会已经懂得，它的很多宗教或玄学信念只是神话。现象之下一无所有，人类不应自认高于自然，这就是今后我们必须接受的思想，而这也有利于理解俳句。我可以毫不犹豫地说，1950 年代以来法国最优秀的诗人都思考过这种诗歌形式。原因不在于人们所说的“俳句时尚”，而在于他们意识到了某个必要且根本的参照，而后者只能存在于西方诗歌思想的中心。

IV

现在我要向你们说的是，俳句的影响会以何种具体形式出现。无须多说，对我们而言，影响显然不在于模仿俳句，也就是在将俳句翻译成法语时，尽可能简短地写诗，让词语数量与一首俳句的词语数量大致相同。几位诗人已经做过这样的尝试，方法很天真，其实也走错了路。我们与你们不同，你们所用的符号形状是可见的，可以留住诗人的直觉，而在我们的词语中，词汇的概念性外在始终占主导，即便在使用少量词语时也是如此。因此为了达到与俳句名家诗作相当的深度与透彻，我们就必须在使用名词和形容词时进行长久的斗争，这场斗争应该在诗歌中足够明显，才能令读者辨认出它，重新体验它，并且学习诗人在俳句中成功表达的看世界的方式。与过去一样，简短性在现今的法国依然处于过渡状态，人们偶尔能达到这种状态，但再也无法深入。我们只有在始终冗长的文本里逐渐靠近它，这些长文本总的来说是我们的研究日志，是艰苦卓绝却永无止境地自我净化的尝试。

在这一点上，我补充一句，法国诗人拥有一种强烈的作为人的自我意识，哪怕他们在浸透佛教思想的日本诗歌中遇到的非个体化与自我超脱的劝诫有多么明显。西方人并不会轻易忘记基督教的教诲：人类本身具有一种真实性与绝对价值。在法国，诗歌敏感性一直被诗人的自我反思所吸收，因而重要的诗歌始终笼罩于一片朦胧中，或担忧个人的命运，或渴望潜入个人命运不再有意义的自然及宇宙深处。朦胧的典范就是皮埃尔－阿尔伯特·茹尔丹（Pierre-Albert Jourdan）令人称道的作品，这位诗人已于十几年前过早地逝世了。诸如《步入花园》(*L'Entrée dans le jardin*) 和《草鞋》（*Les Sandales de paille*）等作品（第二本书的书名影射了日本僧侣诗人的生活），同时继承了亚西西的圣方济各（saint François d'Assise）的遗产以及芭蕉的许多伟大叙事。

不过，你们可能期待我谈一谈更为个人的感受。现在我要同你们说的是，对简短形式尤其对俳句的兴趣，我本人也经历过。这首先是阅读以往法国作家作品的一种方式。我还记得在一部中世纪文集里遇到一段残篇时的感受，这个断片是一部已佚失的手稿唯一留存下来的部分，对我而言它却一下子变成了一首完整的诗。断片上有几个简单的词："Hélas, Olivier Bachelin."（唉，奥利维尔·巴赫林。）只有三个词，其中两个还要组成一个专有名词——这位奥利维尔·巴赫林的名字。可是在只言片语中，又有多么耀眼的闪光点！一方面，"Olivier Bachelin"，这是一个曾经活过、可能爱过、尝过喜乐与伤悲的人，但我们对他一无所知，这就使得它能够代表我们每个人的境况中最基本的侧面。另一方面，这声"hélas"意味着他身上发生了什么不幸，使我们想起生活的兴衰无常，生活固有的偶然性，以及徘徊在每个生命之下的虚无。人生在世心中忧虑的两极，它们之间突然的靠近，存在与虚无的同一。于是人们抬起眼看世界，目光摆脱了幻想，毫无退缩，将一切存在——也就是不存在——都视作无声的即时性。这句"Hélas, Olivier Bachelin"尽管极其语焉不详，但在我看来却比许多长诗更具直接、强烈的诗意，要不是我想起来，这些词仍然被某个西方的梦——个人就像一个绝对的现实——萦绕，我也许会将它们比作一首俳句。

我也和其他人一样做过这个梦。当我开始严肃地写作，我很快写下了一些简短的、非常简短的诗，它们组成了我的第一本书，即出版于1953年的《杜弗的动与静》（*Du mouvement et de l'immobilité de Douve*）的第一部分。我发现这些诗的其中一个主题就是对个人命运的忧虑，这阻碍了它们真正地与统一的现实相遇，也要求我投入到净化内心的长期工作中去，在这个过程中，执着于幻想的“自我”可能会消失在世界显而易见的事实中。这显然是不可能的工作，无论如何是无法完成的，至少对我来说是如此，但它也打开了一条在我看来属于现代西方诗歌特有的道路，并且指明我们怎样才能用自己的眼光去阅读俳句，去遇见那结合了诗意与智慧的教诲。这一切将发生在某些时刻，尽管在写作中，我们的自我继续自言自语，但在这些时刻，我们将会通过生活中的某件事，看到无言的现实在我们眼前伫立，既与我们的忧虑无甚关联，又不可思议地令人感到舒心。其中一个时刻就出现在我方才提及的书中，至少我是这样理解的，对我而言，这是我第一次写出与俳句较为类似的东西，因此我敢于念给你们听。虽然只有短短的两行，但在我眼中它们就是一首完整的诗，所以我将它们与其他诗分开，单独放在一页上。这两句诗是这样的：

Tu as pris une lampe et tu ouvres la porte,
Que faire d’une lampe, il pleut, le jour se lève,

你提起一盏灯，打开门，
该拿这盏灯如何，雨在下着，天亮了，

你们可以看到此处发生着什么：清晨发现雨落在村庄，“自我”在这个静默的事实中突然脱离了自己，所以不再需要那盏灯，它本应发挥自己的某个平常的作用，而且新的光明出现了，或者说，每一天的光明都像新的一般。这一瞬，站在房子的门槛上，经过了也许痛苦不安的一夜，为了忠于我自己的经历，简短形式变得不可或缺。无论往这几个词语里添加什么，都只会令我遗忘这次经历。

之后我不断发现自己远离了那一天，远离了那份静默，但至少我再也不会不懂什么是诗，不会不懂是什么让我比从前更有准备地去阅读俳句。因此，当《奥州小道》（*La Sente étroite du bout du monde*）在1960年代被译成法语时，我已时刻准备好爱上芭蕉。我将会永远记得读到这本书开头几句时的激动：“日日月月是无休止的过客……我自己，不知从哪一年开始，有如片片云朵随风而行，一直怀着漂泊的情思。”（Mois et jours sont passants perpétuels... Moi-même, depuis je ne sais quelle année, lambeau de nuage cédant à l'invite du vent, je n'ai cessé de nourrir des pensers vagabonds.）[1] 随着芭蕉的这个译本以及罗杰·穆尼尔（Roger Munier）而后主编的俳句诗选的出现，日本诗歌开始在法国发声。我毫不怀疑，它将会继续与我们内心

1　本文及下文中的俳句均由译者根据法译文译出。读者如要进一步了解本段提到的俳句，可参考松尾芭蕉：《奥州小道》，郑民钦译，河北教育出版社，2002。

最深处的忧虑交谈。我甚至可以想象，受到俳句及其所拥有的普遍性、国际性价值的直接影响，在我们的诗歌中将会产生简短诗歌创作试验：并非一种明确的形式，而是一种精神，一种精神经验的强大力量。

再次感谢诸位。感谢你们的倾听，我才得以进一步了解松山市的诗人们尤其是正冈子规的作品。希望这些诗人能够在法国获得更好的了解，我也很荣幸能够在自己的国家再次谈论他们。你们提出从国际视野思考俳句及简短形式的计划，希望这个计划尤其能够在欧洲国家发展起来。我也希望能在这几天为你们带来一些有助于新交流的具体项目，来促进诗的发展，诗是我们共同的财产，也是我们仅剩的少数几种途径之一，让我们能够保护社会不受压在它身上的危险所侵扰。

（许翡玎　译）

俳句可译吗?

“俳句在法国，是诗与音乐。”在我看来，在这两种完全不同的文化所特有的感知与情感之下，人们隐约可以察觉到，有一些重大抉择能够决定说话者与现实、与符号系统之间的关系，如果我们努力达到这一层次，那么致力于解决俳句是否可译的问题才会有意义。

I

我将这样开始我的演讲，首先要说的是西方人生存于世的方式。一言以蔽之，就是概念化的先入之见。最初的言语也许是面对惊人事件的一声惊叹，但很快它就必须回应说话人要通过言语与其他男男女女交流的需求，因为他必须要让其他人理解他自认为应该做的事情。因此从词语产生的第一天起，概念化便开始了。概念化保留了事件或事物的某个方面，这个方面将会变成概念，概念由此及彼，通过不同模式的互相渗透，制造出语言之外的现实——我们需要在这现实中努力生活——的各类表征。

我想，概念化的必然性，是世上一切言语共有的躯干，但它对词语的此类使用很快便会产生一些影响，在这些影响空间内人们以不同的方式行动。我们致力于将世界与生活的实践概念化，而这些局部表征会互相协调，最终组成一个替代那些已经过去永不回头的事件的紧密结构，我称之为形象、世界－形象，人们也许会认为它们可以代替有关原样世界的记忆。的确，在简略的表征中固步自封，只会让我们失去很多东西。观察得出的形象以及由此推断出来的法则将会替代事物；而且这种抽象化，使得人们再也接触不到确保每个人或物的存在能在总体生活中拥有一席之地的东西，也就是说，在存在与自身关系的统一性中，在它的时间和场所里，每个存在的一切成分所具有的团结性与不可分离性。换句话说，人们再也不知道，或者说再也感受不到，是什么确保了现实的紧密性与实质性。同样地，人们再也感知不到个人身上明确和隐含的统一性。人们再也无法在精神和肉体上体会到，自己参与了邻近而即刻的现实，这让我们感到，我们——我们应该——像我们的肉体一样是逐渐消逝的。

但我们也能找到消逝的优点，在我看来，从我们能理解消逝的优点并选择它的那一刻起，东西方文明似乎就此分道扬镳了。我们这些日落之国在世界－形象里看到的究竟是什么呢？看到的是：这儿的人是非存在的猎物，反之，他们不会死亡，因为法则陈述与概念性表达谈论的都是普遍性，从不会谈论与人们出生或死亡时刻的相遇。因此，如果我们沉湎于被概念框定的情况与形象，那么我们可能会忽视那令人困惑的事实。概念使思想避开了死亡。至少它能延迟有关死亡的思想，换句话说，它使梦想成为可能。比方说，我们可以设想，为了弥补世界-形象与生俱来的非存在，在时间之初曾有一位造物者，赐予我们的生活某种性质，虽然自然事物与我们的生活很接近，但它们并不具有这一性质。形象世界中最微小的东西在梦想中会变得大一些。上帝是对形象的增补。

然而我们真的会忘记，在如此绝对的抽象化之下，某些存在一直受偶然性和时间束缚，而且只有在这束缚的层面，我们才能体会与存在、与我们自身最为即刻的关系？我们真的会忘记，自我在概念网络中展现出它的形式，在这样的自我之下，存在一个**我**（Je），始终处于世界未被分解的初始状态，因此知道自己既是有限的，又是一切？

由此产生了第二个结果，关乎某些人，他们多少有些清醒地体验着自己与自己思想建造的世界之间的关系。毕竟与概念化所压抑的一切有关的记忆，他不可能一点也没有，而被概念化抑制的东西总的说来就是他的生活本身，所以他感到有必要回想起丢失自己的根源。然而，由于他只能通过由概念性思维构建的词语来尝试回忆，因此他使用的还是言语，无论如何是与语言的斗争，一项永远无法完成的行动。这一行动，我称其为诗，我们的诗。西方的诗厌烦于概念性思维的话语，它呼唤着另一种更为原始的使用词语的方法。

西方的诗？是的，因为西方从一开始就选择以概念化的方式去对抗和支配生活。为什么要作这样的选择？无论如何这都与它所采用的符号系统有关。不管符号系统——最终变成希腊语或拉丁语字母表——是这选择的起因还是结果，它显然都与概念化有关，它强化了概念化的权威，也为概念化的运作提供了便利。

光是言说本身就已经促进了概念的发展，因为词语符号从根本上就具有任意性。“chien”（狗）一词丝毫不能使人联想到一只狗的外表。几乎没有一个词语长得像它所指的实物。没有一个词语能像摄影一样逼真地回忆事物的形貌，只有这样的回忆才能让我们摆脱每个词语实现的东西所产生的危险权威的压迫：词语仅仅指示事物众多经验特征中的某一个，却看不到现存事物的整体先于其组成部分。

随着历史的发展，我们不断优化符号的书写系统，后者也赋予书页上的词语一个与其所指对象毫无相似之处的形象。在西方世界，是否存在过一些试图与事物相似的符号系统呢？北欧地区的如尼文字在石头上留下刻画痕迹，表现出一种对某些事物及人类整体形象的好感，比如模仿猛冲向所见之物的姿势。但是不管怎样，与某个具有决定性的基本事实相比，如尼文是极个别的现象，这一基本事实是，通过字母明显自由而随意的形态，词语音响与事物记忆之间的差距被确立起来。这差距让纸上的字迹变成一个对概念性思维来说既无限制也无束缚的场所。词语由此与概念性思维与生俱来的分化作用相适应，为衍生语义或有意义的词源的明见性提供可行的方式，被字母分解又重组后，它与将现实通过概念转化为形象的伟大计划合而为一，真真正正成为这一计划的第二次生命。

我们的字母表是世界 – 形象对抗外界的主张，与我们前后相继、清楚意识到这主张的文明有所关联，这一点已由西方文化的某个古老习俗清清楚楚地展现出来的：在古罗马和古希腊，或者再往后一点，直至今日，纪念性的铭文将重要事件的庆祝与大理石上讲述该事件的绝妙字迹联系在一起。铭文从外表看只不过是具体的实物，但它实际上是我们西方世界自我意识的一种反复出现的重要形式。一直以来，它或多或少是前阿尔卑斯地带某块“刻字的石头”（pierre écrite），那是刻在岩石上的长篇宣言，它令人想起古罗马后期的一位执政官，他曾为那些在动荡不安的年代，想要进入受他保护免受周围野蛮暴行践踏的共同体——上帝之城（la Théopolis）——的人，在山脉的这个位置开辟了一条通道。

与铭文相对的，正是西方的诗歌，有关过去时间的记忆。所以我们要看到，西方诗歌的任务沉重，可能永远无法完成。它的任务是什么呢？是对打碎我们所属现实的概念链条的质疑。质疑的第一步是可能的，也是可行的，那就是要看到，除了让人领会不同的音素，词的音响和天上的云或者路上的石堆一样，是精神无法理解的东西，因此它一下子就提供了言语存在之前那不曾分解的整个现实，以及语言从我们身上剥夺的与自身的亲密关系。音响让我们重返世界，重返统一性，重返无限性。关注音响本身，让它通过我们的身体所能摆动的节奏存在于我们身上，这便需要我们向诗的愿望打开大门，甚至开始诗歌写作：因为在依赖节奏的文本中，通过头韵，通过谐音，纯粹概念性的研究不再是人们的追求，也不再重要，它的权威性被削弱。

可是，因为语言的性质，概念性研究不会就此停止。我们的诗从来都只是某种渴望，永远在追寻失去的根源的道路上。即便它能在途中，使我们在为数不多的时刻接近有限性的知识，向即时性的回归仍然只是一个构想，因为概念性会再次变成结构、普遍性与世界。结果是，我们需要再一次地对永恒提出质疑。这是一场贯穿生命全程的斗争，为了避免失败，它需要进行斗争的人有对时间、对过去的时间的体验。

由此说明，西方诗歌，概念性思维的叛逆女儿，它是诗人生活中的一场实践，它关注的是每一个生命在自然周而复始的永恒性之中，像溪流一般挖掘出的短暂时间。诗歌所拥有的更为真实的东西，是这段生活与自身的关系，无论怎样远离根本，这段生活还是被留存下来：那是诗人的声音，而不是作品文本，更确切地说，那是作为声音的文本。我们的诗始终是某个人追寻自我过程中的表达，随着追寻的推进，他会在自己的时刻与场所，与其他人建立联系。

II

现在来说说东方，在我们所说的远东，诗歌又是什么样的呢？是俳句吗？十七个音节的诗，不需要刻在大理石上，只需一小张略带硬度的四方形白纸，蘸有墨汁的毛笔飞舞在纸上。即使我们在其中遇到过一些感叹词，俳句是否仍然远不是一种声音呢？

我需要思考俳句，但我很清楚，由于缺乏足够的关于日本及其文化的知识，现在我只能提出一些肯定不够严谨的假设。大家可能会奇怪，我对自己语言进行的思考已经带来了一些好处，我为什么还不满足于此。但轻率也有些好处，在这种情况下，梦想者与自身的关系，其文明与自身的关系，其语言与自身的关系，都会钻进他的梦里，而这有助于比梦想者知晓更多的观察者们接触它们的另一种真实。

因此，关于俳句中展现的东西，我想大胆地提出几点看法。在我看来，我们今天讨论的这些诗歌所具有的特征，是中国和日本选择自己语言标记系统的一个直接结果。在这种标记系统所借助的符号中，无数表意文字彼此相遇，直接指向某个理念，甚至在一笔一画间展现其所指事物的形貌。这与我们的标记系统大相径庭，因为我们的标记系统纯粹是语音系统，从一开始且一直都具有任意性。

虽然指出了这一点，但我并不据此认为，日本的标记系统与我们的标记系统存在根本上的对立，因为日本词语的音响与我们的一样，都与所指之物无关。而且从5世纪开始（别人是这样跟我说的），当书写文字出现时，事实情况是，在大多数情况下，而且很快地，人们借助从中国传入的表意文字，只是为了它们的语音价值和音节标记。符号的音响显然与所指事物无关，但人们认同并使用了它，它注定文字必将像我们的元辅音标记系统一样，拥有抽象且不及物的性质。而且它怎么可能不如此呢？毕竟这种迁移是语言必然的命运。不过，我们是否应当就此认为，最初的象形文字——建立于对所指事物的外观的象征性分析——或表意文字——表意文字更加复杂，因为它们要保留所指事物假想的本质，同时必须在一道笔画里瞬间召唤一切——在日本文字中的在场并没有在世界的感知与自我意识中留下痕迹呢？此类符号意指的是事物或理念本身，而不是词语，因为词语只是精神的产物，通过词语可以创造出被我们当作现实的假设和梦想。具有象征性质的思想——比如君主是天地之间的联结——扎根于它们的明见性中，即它们无疑是某个世界秩序中彼此联系的存在，这世界秩序既是社会也是大地，而这种书写方式不容许人们对此提出质疑。词语与事物合为一体。事物作为整体，可以用其独一无二的名字道出，比概念性思维意图赋予它的各种形象更具优越性。世界就在那儿，它是显而易见的，这是一个事实，无论这事实从更深层次说是否可能会被认为是幻觉。啊！当彻底使用语音标记系统的时刻来临，假如在新符号中还保留了一些旧符号，而后者还带有些许初始概念的痕迹，那么，一个如此强烈的观念是否会完全消失呢？何况从图形角度看，这些新文字有着几乎相同的外表。它们完全不是二三十个易于记忆的简单形状，在西方，这二三十个简单形状确保了对所有音素的书面记录。

我的感觉是（也许我想错了），旧思想不会轻易消失，它尤其会在一些不怎么关心日常事物，而更关注存在最终极的本质以及他们自身在世界秩序中的地位的人身上幸存下来，保持鲜活，因为在事物的日常使用中，行动的需要或各种科学的观点更具优势。换句话说就是诗人，那些自发的玄学家。因此我假设，日本诗人受其文字影响，在关于大地以及大地启发我们做什么或成为什么的方面，会持有不同于我们的看法。象形文字和表意文字如今只成为它们与其所写之物关系的一个组成部分，但我认为它们继续指引着书法家关于存在或非存在的思想，其方式类似于我们的字母符号系统所固有的抽象化对西方语言的影响。另外我注意到，这些诗人在每个文字里，勾画着分分合合的笔画线条，使得纸张的洁白不像在马拉美作品的书页上一样上升到文字周围，而是出现在时常写得很大的符号之内，仿佛这符号所代表的事物本身就被承载着它又令它消失的超验性所穿透。这是一个潜在的大问题，关于存在，关于光明，关于统一，关于虚无。不可见性突然出现在诗人的思考中，呼唤他们的直觉。

况且，为了在纸张上展示俳句的十七个音节（是音节而不是理念），诗人并没有放弃使用毛笔并蘸上墨汁，通过粗笔画与细笔画，通过形状的微微颤动，不只用思想而是用整个身体来回答问题。由此我们可以相信，在这一刻，他会感觉这道光明在自己身上蔓延并存活。毛笔与其说是在勾勒符号，不如说是在体会它、认识它、理解它，所以符号不是用来看的，而是用来体验的。在我看来，人们几乎不用怀疑，在将俳句文字掷于纸质载体之上的剧烈运动中，发生变化的是人对世界的理解。我们还要注意到，这种体验赋予纸张与书法以重要性，胜过高声说出的言语。我们西方曾有过可以吟唱、诵读的诗歌，与之辩证相对的是我们的铭文。日本同样也有行吟诗人，也有关于社会时事和历史的诗歌。可是，日本最为鲜活的诗歌难道不是在书法家手中吗？书法家将诗人的内在性与他周遭的自然联系起来，他与诗人合为一体。最鲜活的诗歌将最佳的直觉转到某个独处的人身上，独处意味着这个人的体验不属于社会而属于基本世界，对于这基本世界，他只能寻思它到底是什么：是受到某位神明保佑的真实，或只是一片经过的云。

关于日本，我还有一点补充。从历史的某一刻起，而且在很长一段时间内，一切似乎都在齐心协力，赋予言说者以一种处于世界中心的印象，这个世界既是完整的，又没有外在，或者说它的外在是可以忽略的。相对的孤立隔绝是岛国的特性，它让日本社会满足于自己的自然资源，沉湎于自给自足的想法。气候维持着岛国的风貌，温和宜人的海岸、白雪皑皑的山峰、森林，它们的互补性很容易被感觉到。分明的四季美妙地交替，似乎生来就是为了带着丰富的意义接连而至：季节交换着信号。总之，这是一个和谐连贯的世界，当权者只能通过强调这个世界的现实性，来凸显自己的现实性。生活环境使然，这个民族的自我意识得以自然地与有关某个世界的认识融为一体。这个世界极易被感知和言说，它喜欢将它的各个方面加以区分以便更好地感受世界的统一性，喜欢命名，喜欢看到可见的喻象同时出现在永恒停留的形象中。它将现存的不同事物以及能够展现它们的词语都看成了同一个独一无二的事实。

因此这个世界还能以十分直接的方式，与某个有关存在或非存在的想法建立联系。因为在这种整体性——一种被完美且圆满地展现的形式，一种位于时间之外的绝对性——之中，有着更为明显的源源不断的特殊存在。男人，女人，狗站在门槛上吠叫，人们听见蛙跳进水塘，一方面，这些人事物的存在得到整体的协调性与意义的肯定，整体在每个事物中都有自己的位置，另一方面，这些人事物也被整体相对于部分的绝对优势而剥夺了存在本质，整体是无穷无尽的，而每个部分在本质上都会经历出生、老去和消失。特殊的存在完全暴露了其非存在的事实。在这样一个世界，人们不会试图去想象一位超越布景的神明，用以在人群中挑选一位戏剧人物，并赋予他更多的现实性。人们会感到自己就是一切，是军人、商人、青蛙、诗人，他们就像共同构筑起日本寺庙的木钉或房梁，用坏后可以被替换，而庙宇本身不会老化或者变化：这与我们西方的建筑是完全相反的，我们的建筑物会因石头损坏而坍塌，有时还会将断壁残垣变成某种附加的意义。日本人偏爱在每个事物中感知它与总体结构之间衔接的最为精巧的方面，但同样也喜爱立即感知事物在这一切之中的消逝。统一性与多样性，存在与非存在，相同的直觉。相同的体验与表意文字暗示的经历一同出现，也就是事物的理念通过笔画的轨迹出现在脑海中，这些笔画被白色穿透，不知这片白是光明还是空无。

芭蕉这位伟大的诗人和书法家将他最著名的书命名为“奥州小道”，似乎是为了一地接一地介绍日本，人们可以去这些地方游历，直至存在的尽头，因为这个连细枝末节都为他掌握并命名的世界并没有外部。他写道：“这部小书，囊括了存在于普天之下的一切。”诗歌列举一切事物，以便由此将一切事物感知为云。芭蕉看到沙丘之上被风吹动的“片片云朵”，它们是光明之中有关非存在的教诲，也鼓动着他踏上漂泊的旅程，而这段旅程将令他领会一切的存在。

III

现在请大家注意，正是在芭蕉笔下，在他有关“普天之下的一切”的宏大而又极其细致的叙述里，俳句就算没有出现，至少也找到了一个促使最警觉的读者去自发迎接它的场所，以及一种最好地展现其存在理由与深层意义的背景。

我们很清楚原因。俳句是十七个音节，或十七个音节元素，别人还告诉我，日本人的耳朵会注意到一些音响片段，这些音响片段是我们那过于简单的音素标记系统无法识别的。因此，至少在《奥州小道》以及它所造就的传统中，人们用极少的词语来讲述简单世界的事物，由此产生了一种辩证法。只给极少的事物命名，关注每个事物本质的细微差异，这就等于放弃更多的词汇尝试表现的东西，比如某个封闭于自身必然特殊的复杂性、封闭于除社会性之外不太具有现实性的涵义的事件。但这反过来等于立即向一切事物的整体敞开了大门，这一切事物在关注不断加强的情况下，只会以其存在于这个作为整体的世界的方式同时出现。少量的词语是打开万物在场的钥匙。俳句因此得以一下子展现日本的场所令人联想到的一切，展现它想要在芭蕉或正冈子规的时代获得的一切，那便是一种概览本质的目光，它将会是潜在于毛笔字中的非存在思想。一支毛笔的冲劲越是短促，它就越自由，一下就能写出十七个音节。

俳句中没有描写，描写怎么可能在其中找到一席之地呢？没有任何从外部理解事物的描写，不像西方画家，推崇分析事物表象的概念性模仿，由此推迟了与事物的相遇，在事物出现甚至已经存在过后才姗姗来迟。在这些简短的文本中，言语变成了直接的指示，不带分析地观察事物，但喜欢把事物与其他一两个事物放在一起观察，因为呈现在诗人眼中的世界是一个整体，而同时性是对这种整体的最自然的提醒。“旧池塘，青蛙跃：扑通响。”（Dans le vieil étang, la grenouille saute: son plouf.）或者，“路人行于道路上。冷凄凄。”（Des hommes passent sur la route. Le froid.）存在的一切，没有任何断裂。在转向池塘的目光中，青蛙是否不在场呢？它跃入水中的声响重建了整体性，而人们本来可能因青蛙跃入水中而不再记得、不再体验这种整体性。我们要注意这声响，扑通一声，它才是重点。因为它用与本质融合的即刻感知，替代了建立在意义层面上并可能因此变得重要的思想。

分析精神，连贯思想，将当前时刻从观察与期待中剥离的因果关系，这一切不会出现在俳句里，在俳句中是不可想象的。我们甚至可以认为，如果带有分析、迹象提取以及推论性质的念头出现在诗人脑海中（无论如何，这种情况在日常生活中很常见，甚至是必需的），那么俳句也许会想方设法地消除它，有时甚至为了更好地消除它而接受它。我就是这样理解“扫帚”这首俳句的。它是怎么说的呢？“家里换了仆人 / 扫帚 / 不再放在原位上。”（Changement de domestique/ le balai/N’est plus à la même place.）夏洛克·福尔摩斯来此做过调查吗？我们是否有可能经历一连串充斥于侦探小说的事件，经历那夸张的因果关系呢？当然不是。这把扫帚被完全看到，就像俳句中的一切事物，而且在与房屋、屋前庭院与季节的持续性中被感知，它作为事物的存在本质战胜了它的痕迹属性，而人们也许就是想要将它缩减为一个痕迹。因此在这个场所的生活中，扫帚位置的变化变得无足轻重，立即就会被忘记（它可能会重现），就像沙滩上的泡沫的踪迹。

泡沫的踪迹，一切皆如此。归来时“狂怒、感到被冒犯”的那个人，看到了他眼前“庭院里的柳树”，除此之外，这个人身上再没有展现出更多的方面。存在的明见性，对形而上的梦想而言既无过去也无未来的现在，它没有背景，没有誓言，吸收又消除了刚冒出头的内心感受，这感受因俗世的徒劳忧虑而产生于刚摆脱一天的俗事回到家的诗人心中。寥寥数词，这首俳句是对某种更为深刻的真理的呼唤，是融入真理的方式。这一切离西方的抒情诗多么遥远，西方抒情诗只是人与自身的关系，只是有时被战胜但首先被承担的梦想！为了了解俳句，我们至少应该尝试吸取它将我们西方称为“自我”的一切全都抹去的经验。

IV

我们的困难正来自于此，来自于世界的彼端。我们总是自发地想要跨越边界，不是精神的边界，而是地理与社会的边际，我们的榜样是被视为英雄的克里斯多夫·哥伦布（Christophe

Colomb），或者那些试图让人遗忘我们的黑奴贸易的冒险家与考古学家。我们如何能透过芭蕉或子规的目光去看世界呢？并不是说他们的存在方式不能给我们带来什么益处。尽管我们有伊索（Ésope）或拉·封丹（La Fontaine）寓言，在这些寓言中，因果关系通过动物的对话隐秘地渗入自然，我们有时仍能感知到同时性，感知到某个显而易见的事实，即跳入水的蛙旁有栖在枝头上的鸦，这一切既非宣言，亦无所求。我们甚至懂得欣赏它的简洁，很清楚这并非语焉不详。语焉不详的话说得很短，属于修辞学，是话语的一种形态。我们有时能够识别话语的幻觉部分，识破它的谎言。

因此，19 世纪和 20 世纪的某些诗人相信，重新开始——尤其用法语开始类似俳句的实践是有可能的，他们甚至认为在这一实践上已经取得一定的成功，已经将词语占为己用。他们看着一朵花，比如说玫瑰吧，他们想象日本诗人便是这样凝视樱花的。

可是这之间有多大的差别啊！在俳句中，没有什么事物是孤立存在的。停留于什么事物，便是将注意力的目标——事物或生活——与其余一切存在分隔开来，并且打断自然环境的连续性。如果有人这样做，这便意味着他也切断了自己与万物的联系，当他幻想人能独立存在时，就失去了与万物联系的福分，这唯一的福分。早早凋落的樱花提供了机会，让人深思花瓣很快会四散的时刻，而这应该是幸福的，代表了人的虚幻的存在。

而西方诗人很少会对路边一朵风中摇曳的花儿感兴趣，它只是一种选择，用以认识某种与微小存在的环境相脱离的生活，比如莱奥帕尔迪代表诗歌中的金雀花，“fiore del deserto”（沙漠之花）。这朵生长在海岸的花儿向我们说话。“Forget me not”（勿忘我），它向奈瓦尔说到。它在“深度的孤独”中倾吐着一个“秘密”，波德莱尔这样理解。它使注意到它并喜爱它的人确信，有一个高于世界的存在，就像基督教上帝一样，始终统治着我们形而上的幻想事物。这朵花是俗世的一面，而如果俗世就是我们的场所，我们用最初的感觉建造了它，那么它就是自我的在场，它确立了其他的在场，并被它们迎入一个场所，这个场所尽管处在俗世，仍然是一方新的土地和新的天空。因此，在俳句与西方诗歌之间存在很多潜在的误解，哪怕我们国家的诗歌看起来也局限于向极少几个事物致敬的极少几个词语中。我们听见青蛙的扑通一声，但我们听见的方式并不相同。我们的简短性是不一样的。

请大家明白，我们完全有可能甚至非常接近俳句的经验，也就是我们称为佛或道的思想。尽管我们欧洲语言的句法结构如此有力地建立起人与自身的关系——想一想动词系统，如此集中于“**我**”（Je）和“我们”（nous），专注于对过去的忧思与对未来的预想——我们仍能对我们的概念以及概念性本身有所批判，在教条之下发现幻觉程序，甚至选择继续在这条半遮半掩的小道上前行。但是在这一点，请注意了！如果某种研究要在我们如此不同的形而上学所建立的语言中为自己打开一条通道，那么这将会是一场长期的反思，并且发生在生活的某次实践中，而生活将会在不断迷失又不断恢复冷静的过去经历始终存在之处，验证这场反思的预感和发现。如果诗的行动始终不变，在语文学思想和哲学思想占主导的道路上与事物直接地相遇，如果在当前佛教或道教经验的边界上，它能再次成功违抗概念性，那么这一切只会发生在这场长期斗争最为紧张的时刻，而日本根本不需要这样的斗争。换句话说，诗歌诞生于智力的失败，然而智力并不一定已经落败，因为在事实之中始终存在弱点。更何况我们的字母符号是为了表达理念而生的，它们不关心外物，除非是为了判定后者属于黑夜与虚无，建议人们进入其中并自我舍弃，但却以同一个姿势抹去了这个世界。在这样的进程中，圣十字若望（Jean de la Croix）甚至会说“**我**”(Je)：还是**我**。人们如何用日语去翻译——不是评论它们，因为评论是可行的——那些具有不可战胜的二元性的神秘主义诗歌呢？怎么翻译“en una noche oscura”（一个漆黑的夜晚）[1]呢？

简言之，如果想要一步登天的人们试图以某些方式，比如改变诗歌在页面上的布局，来写法语诗并宣称它们是俳句，那么这只会给自我意识或对另一种文化的理解带来混乱。野心不

1 语出圣十字若望诗作《漆黑的夜晚》(Noche oscura)的第一句。

大——有时也会发生这样的情况——也不会改变混乱的局面，有时还可能适得其反。我们的感叹其实有其他原因。我们的简短性是另一种记忆，首先应当革新。在这一点上，我注意到一位法国诗人，皮埃尔－阿尔伯特·茹尔丹，他觉得自己与道家思想很接近，被自家花园里一棵满是蜜蜂嗡鸣的扁桃树深深撼动，但他只有在反思自身时才会想到俳句，想到芭蕉，此时他的思考关注差异，仍然是散文话语，徘徊于某段生活中的一些场所与过去的时刻，这段生活从未想过放弃，至少轻易放弃它的犹疑、它的怀念。“这棵繁花盛开的树，一座大教堂。”茹尔丹写道。最后一个词将他的思想从摹仿的肤浅中救了出来，宣称摹仿的结果只会让诗歌失去意义，因为诗歌是一种活跃的自我意识，也是一股冲劲，冲向清醒时人们拒绝说出的一切。

V

当问题涉及翻译时（不可能不谈翻译），我们就要十分慎重了。

我们渴望用法语让人理解一个俳句中发生的一切，这是合理的，可是翻译，如果翻译意味着将文本从一门语言搬运到另一门语言中，并且不要过多地丢失原意，那么在目前情况下，显然没有比这更不可能的事了，我方才已经解释过原因。从根本上说，要如何用只拥有词语的语言，留住书法家的姿态透过眼睛甚至身体经历的一切呢？当那些本质上属于感叹的诗歌并非由意指过程构建而成时，我们那无法跳过的涵义研究又能有什么价值呢？说“我不思，故我在”（Je ne pense pas, donc je suis）是否就属于禅宗思想了呢？不是的，因为这里用了“**我**”（Je）一词而无法摆脱笛卡尔式“我思”的某段回忆，哪怕这回忆本身很有争议。

面对从极深处决定俳句书写的需求，我们应该怎样做呢？因为这些需求是诗人在面对世界的明见性时必须做出的反应：当他写作时，双眼始终是睁开的。我想到一条规则，我们可能倾向于认为这是一条约定俗成的简单规则，但它实际上是一种需求：每首俳句都必然包含对某一个甚至某几个季节的影射，比如指出樱花绽放在覆雪的枝头。这些影射的使用并非一直都如此明显，在青蛙跳水的俳句中，我就看不出对季节的影射，因为译者不具备应有的手段来还原影射，假设他对此有所察觉的话。可是，在翻译中，最严重的损失莫过于那些从未被人意识到的损失。

对于翻译芭蕉、小林一茶（Kobayashi Issa）和子规的译者，成功完成任务的希望是渺茫的，我们应该赞美他们的顽强。但我们也要避免“一定要翻译”的想法。或者更确切地说，我们不应该认为，译者最根本的任务在于找到一些词语，去替换这十七个音节。当译者与他要翻译的作品的语言都由概念决定时，我们可以尝试或者宣称能够从一个文本转换到另一个文本。在这样的情况下，要将新语言的概念与原文语言的概念相匹配已经困难重重，因为在所谓的硬科学之外，概念只存在于概念网络中，而从观念运用于事物上的方式、内涵与语义场来看，一门语言的概念网络与另一门语言截然不同。可是，法语中找不到能与英语或意大利语中最常用的词语完全对等的词语，这一事实会产生一些可能性，而对这些可能性的意识即是对这一事实的补偿。我们明白在与存在的相遇中，概念只不过是始终不完善的手段，无法给出存在的适当表征，换句话说，概念无法创造出让人满意的世界。看到这一事实，这已经是诗，它重新开始的计划以及重新找回的知识可能会栖居于译者笔下的诗歌创造的喻象与形象上，哪怕这位译者可能没有一字一句忠于原文。近似的语言之间的翻译，会使译者更想成为诗人，更好地理解什么是诗。

当我们在概念差异的基础上再加上一种差别，即不同语言与概念化的关系之间存在的最彻底的差异，情况就会有所不同。为了不同文化之间的交流，在这些情况下，最好的做法难道不是专注于我方才提及的反思呢？这一反思以上述差异为对象，并借助语文学或哲学方式对其进行研究，如此一来，对于某个特定的文本，通过参考俳句作者在诗歌中附加的评注，反思工作能够描述文本中注定不可阐述的部分。虽然翻译不可能，但解释是可能的。将某一首俳句难以理解的部分作为思考的对象，也许就能更远更深地走入日本与欧洲之间更为广泛的交流中。

以前文提及的文本为例，就它提出一些问题，这个文本不一定会解释甚至都没有提到这些问题，但当我们试图理解文本时，这些问题就会浮现在我们的脑海里，于是它们成为广义的翻译的一部分，从广义上说，翻译就是阅读，阅读就是与作者交谈，甚至质疑他的思想。读到《奥州小道》的某个片段(在这一段中，芭蕉同情被遗弃的孩童，但接着便继续上路了），我也想到了同情，想到它在沉思中的位置，而沉思的目的是获得期待中的启示。当俳句诗人牺牲他与另一个人的联系，踏上小道的时候，他是否是与自身和平共处的呢?

还有一点，评注有可能甚至应该替代单纯的俳句翻译，它应以诗歌所在时代及社会的艺术与音乐为参考，它只能在比如插花艺术或传统和乐中找到思考的素材。这就令人想到当前西方某些将俳句占为己用的音乐家。尽管这些作品毫无根据地宣称自己是俳句的写照，它们仍然具有价值，因为它们指明了误解的某些方面，正是这种误解导致俳句诗学在欧洲变得晦涩难懂。这些作品自认具有俳句精神，因为它们是简短的。但是音乐上的简短性，起码在我听过的音乐家那里，很自然地就是一个形式问题。即使是音响的颤动、音响中的细碎响动，即使是在声音的在场中对远方的倾听，在这些音乐中都属于形式之间的关系。这种形式结构与它对严格、力量与和谐的追求，只会随着音乐变短而变得愈加重要：形式在此变得更为现实，而形式之美变成了这现实的一个更高阶段。然而，没有什么比这个观念更背离俳句世界的存在。将形式视为可以与自然或社会存在的其他表现相分离的现实，这就意味着已经准备好将形式与其他表现对立起来，将它提升至它们之上，用某种二元论去击碎存在。而这种二元论延续了柏拉图思想、关于可以被智力把握的世界的思想或者诺斯替式的梦想，但肯定不是禅宗僧侣的经验，对于后者来说，青蛙跃入水中发出的响动，与人们感知到的其他一切存在或非存在处于同一等级。对“存在于普天之下的一切”的理解只有在分解、在停止成为整体而即刻的经验时，才能自认为是一种具有可见或可闻形式的结构，而俳句所要求的正是整体而即刻的经验。

VI

可是，当我们想在自己国家找到一些与芭蕉或者日本其他短形式大师的诗歌真正相似的存在方式或作品时，是否应该停留在谈论俳句甚至谈论诗歌，起码谈论诗学的场所中呢？尽管翻译还做不到，但是否存在一些欧洲诗人，不由自主地接近日本诗人了呢？这些诗人并不尝试翻译，只是从他们迥然不同的写作风格深处，发出了与另一个国度另一个时代的某首诗歌相同的音响。

我毫不怀疑，在诗歌从各种意义上进行的各类研究中，存在这样的情况。为了结束这些有关日本诗歌是否可译的思考，我将提到一位属于我们的语言与时代的诗人，一位作品篇幅短小而风格独特的伟大诗人，克里斯蒂安·多托蒙（Christian Dotremont），他已经于三十多年前离世。

关于多托蒙，我首先要说的是，在童年与少年时期，他和其他人一样，也曾受到符号任意性带来的一切效应与结果的影响。最重要的影响是字母符号在精神上与概念性思维融为一体，因此他在某一个时期成了马克思主义者，正如人们在脱离耶稣会后会自然地成为马克思主义者。他同时还是超现实主义者，却又对逻辑演绎感兴趣，喜欢玩词语外在形式的游戏，这些倾向出现在安德烈·布勒东（André Breton）的某位门徒身上，既不搭调又令人惊异。带着某种很快会揭示他矛盾个性的热情，他还喜欢字母操控符号的次要美学层面。没有什么比从上到下都不分行的印刷书页呈现的外观更令他高兴，这仿佛是对古代纪念性碑文的遥远而微小的回音。摆脱作者意图后，通过循环、布局、形式以及置于页面后产生的效果，字母似乎走在了文本的前头。比起珍本书籍中美丽的排版，多托蒙更喜欢这样不声张却又彻底的显灵，因为在那些美丽的排版中，某个人的意愿，确切地说是某位艺术家的意愿徒然扰乱了“cosa mentale”（心灵的事物）的直接展现。克里斯蒂安时常寄给友人很长的书信，信写得也像那些满满当当的书页，纤细的文字密密麻麻地覆盖着信纸，写得很快却还是很工整，从来没有一个错误。至少从外形看，没有什么比它更不同于禅宗诗人毛笔下的自由奔放。

然而，克里斯蒂安·多托蒙通过狂热的实践成了一名诗人，他曾睡在写下《元音》这首十四行诗的诗人[1]的坟墓上。《元音》一诗将从最粗糙的感官经验——从尽可能少的概念——汲取的感知与 A、I、O 的音响，或者更多地与它们呈现在页面上的特征联系了起来。借助身体基本的需求与直觉，兰波颠覆了字母的一贯形象，这一形象因此被指为一种束缚、一种异化，是它导致了致命的二元思想，兰波本人曾于同一时间，在被称为“通灵者的”书信中辱骂过二元思想。很快他将逃离“这片游荡着荒唐的大陆”（ce continent où la folie rôde）[2]。多托蒙喜爱兰波，喜爱这位言语革新者。在书信的“小字体”（petite écriture）的边边角角，他并非没有进行观察，或重温回忆。

他观察到的是，当他停止写信或不再写其他思想性随笔或文章时，他的书写就会显现完全不同的面貌。那便是诗歌，他十分迫切地想要跟上诗歌的思绪，在他笔下形成的，不再是他平常使用的完全受掌控的文字，而是充斥着粗笔画、细笔画、竖笔画，字体大小和线条混乱程度不一的一种骚动：一种不受掌控的文字的生命，仿佛有什么话想说——我们几乎要这么认为了。多托蒙日常所写的“小字体”如果被笔迹学者放大，可能会告诉我们很多被多托蒙的持续掌控所压抑的东西，不过这

1　指兰波。

2　语出兰波诗集《地狱一季》（*Un saison en enfer*）中《坏血统》（Mauvais sang）一诗。

些东西可能是心理学性质的信息，关于多托蒙这个人，关于他的自我，是他的自我在社会日常中经营着他与自身及与他人的关系。多托蒙诗歌草稿中的骚动具有完全不同、更为基本的性质，它道出的东西，似乎比无意识悄悄放入日常写作中的暗示多得多。

有一天，在偶然拾起自己弄掉的纸张时，多托蒙发现，如果他用某种特定的方式拿着它们（将纸张翻转并且顶部朝下），他所写诗歌中文字与词语的混乱，在他眼中具有了“汉”字的模样。由于双重的翻转，涵义不再可读甚至不再明显，但笔迹的骚动依旧保持原样，揭示出一种经济学、一种组织性、一种生命。

这是他的观察。而回忆，不如说是从前某个从未被真正忘记的想法。克里斯蒂安童年时喜欢看牧场的草、田野上的各种植物，它们就像某种文字，令他梦想植物与符号之间存在的形式上甚至性质上的某种连续性。看着牧场上的风卷起残枝落叶，便想到句子诞生在纸上。这是他童年时代的直觉。当他拾起掉落的纸张时，这种想法又回来了，因为摆脱了它们能够标记的意义后，潦草的字母现在让人看到，它们骚动的在场就像植物的生长一般，纸张就像一片杂乱的休耕地，相反的力量在其上互相碰撞。拥有自己的需求与目的，也许还有自己知识的身体在其中的影响，似乎比本人有意识或无意识的意图更强。外部自然界的现实胜过了社会现实、社会的思想分类以及社会的梦想。

那一天是多托蒙发现自我、遇见命运的重要一天，多托蒙就此明白，他的书写方式拥有诗性价值，它是将精神与其在最即时生活中的源头连接起来的可能性方式，也是令思想重新向有益但不断被压抑的直觉开放的可能性方式。他也明白，作为这一重获生机的书写的作者，他本人就拥有在这条道路上前进的方式，他可以在自己的书写中，依靠带领元音与辅音走得更远更高的运动，而传统约束做不到这一点。他感受到这些运动的意愿，令这种意愿逐步确立，创造出一些笔画，在这些笔画中，被解放的直觉对日常思想的话语提出了挑战。或轻盈或浓稠的竖笔画，超出编码涵义的粗细笔画，字母与词语突然的膨胀或缩小：他用他的符号，在身体与穿过身体的世界所拥有的智力的明智推动下创造了句子，而从这个层次开始，他将说话的文字变成了实行诗之愿望的彻底僭越。这次仍然记下了思想，但用的是词语，其书写符号的显现如此激烈地涨落，以至于声音被归还给语言所压抑的东西。

在这强大的直觉中，某种实践逐渐显露出来。多托蒙几乎是立刻就投身于其中，一开始依旧小心翼翼地用羽毛笔在轻薄的小纸片上书写，后来渐渐鼓起勇气，拿起毛笔，蘸上墨汁，在画纸上制造出一团团挑战自身意义的符号，他将这些符号称作“语素文字”（logogramme）。他从写下的语素文字中提炼出它所说的内容，用铅笔在纸页下方，以永远十分工整的“小字体”标记这些词语。他以这种方式，在太过短暂的一生的后期，写下不少相当长的、有时由多个段落组成的文章。

为什么我要提他的工作与作品呢？因为他的工作与作品探索的，显然是为了在我们西方的存在方式中终结符号任意性的影响，由此向其他较少受符号控制的社会的存在模式与思考方式敞开。多托蒙在一篇文章中阐述了他的发现，并且极其清醒地将之命名为“涵义与汉义”（Signification et sinification）。他的灵魂之中有中国，但我不认为他在当时一点也没有想到俳句，尽管在那个年代几乎没人谈论俳句。不久之后，当他开始写语素文字时（不带任何先入之见，一开始全神贯注，而后奋力书写），这道既是形象又是言语的笔迹，难道不是很接近书法家诗人的写作方式以及俳句的直觉吗？我说过，克里斯蒂安很快便开始使用毛笔与墨汁，画下将他手中的坚定传达得更妙且更远的形状，有时几乎像一支箭，过后渐渐变得沉重。他让雪白纸张的耀眼光亮穿透经常漆黑的一团线条。他就像日本诗人，通过超越词语的世界意识，打击了他的符号之中保留的无法削减的任意性。

那些自认有能力写出俳句的欧洲当代诗人其实并没有接近俳句诗人，多托蒙却成为最亲近俳句诗人的人。当然，他依然是一个西方人。能够证明这一点的正是他的语素文字，它们是完整的句子，甚至是以第一人称叙述的文章，而俳句则由寥寥数词构成，是感叹而非论述，没有什么能令人想到作者，而作者本人也只剩下双眼，或者他对细碎声响的倾听。但多托蒙与日本诗人的相似性恰恰显现于这一层面：他与自己的关系一直是个人的，他坚信自己的独特性，在一个他知道会将他的特殊性视作单纯怪癖的社会，自他开始书写语素文字起，他便不停地在一些道路上实践这种特殊性，而这些道路也会得到子规或芭蕉等诗人的认同。既是形象又是文本的笔迹就是他的“世界尽头的小道”，即便在字面意义上也是如此。

实际上，多托蒙像芭蕉一样，同时进行着诗人的探索以及某种形式特别的苦行，那便是穿着草鞋、背着瘪瘪的包袱流浪的旅人生活。他越来越节制，而披着烟草与红酒外衣的节制对他来说一直都是很自然的事。他离开巴黎，先来到丹麦，以便结识那些嗜工作如命的画家，这些画家除最基本的活动与生活需求之外都在画画。这已经意味着踏上旅程，就像芭蕉和他的弟子河合曾良 (Kawai Sora) 与农夫及朝圣的僧人一同启程一般。而后他也启程走向了世界的尽头。并不是说他经常长时间不回布鲁塞尔，只不过北欧令他心驰神往，芬兰、拉普兰地区，很快他便定期跨越北极圈，乘坐最近的客车，之后换乘驯鹿拉的雪橇，只带一个小手提箱，背着他的包袱，他的双脚穿着便宜的薄靴，还不如草鞋保暖。

雪、寒冷和贫困，依靠欧洲最边缘地区的居民的接待，那些地区在当时几乎是荒漠。他在那里，与这些在他看来可能有些粗野的人分享节俭的生活与生存方式，就像芭蕉曾经历过的一样。人们让火整夜不熄，在火上热茶水，随后一道分享。“偷火。”多托蒙在这些年写道，重拾了兰波对诗歌的定义，偷火。但是，他补充道：“既没有丢下木炭，也没有撒掉灰烬，既没有驱走人们为之生火的寒，也没有散尽火焰消失于其中的冷。”它很好地表明，诗并不是对世界与生活所有方面的神秘主义式的抛弃，而是一种方式，去经历世界与生活中因真实而被选中的某些方面。身在北欧的多托蒙将俳句的思考方式据为已有，既挑剔又包容，而他那些处于永恒生成中的语素文字找回了符号实践中好的部分。他需要巨大的纸张，而在日本只需一小方轻薄的硬纸片。但在这两种情况下是同一种激情，这激情穿过语言符号的能指与所指，最终消失在显而易见的世界中。

（许翡玎　译）

大学与诗歌译者

I

亲爱的同事们，是的，请允许我使用“亲爱的同事们”这个称呼。

亲爱的同事们，首先我想跟大家说，贵校决定授予我名誉博士学位，我深感荣幸。

在本该上学的年纪，我认为正确的做法是把诗歌思考与实践放在首位，所以我没能好好展开学术研究，没有机会站在博士论文答辩委员会面前，也没有机会进入为数不多的以追求真理为存在理由的机构工作。但是，一直以来，我都将这一考验——也就是博士论文答辩——视作某种伟大的启蒙仪式，也认为我们完全有必要将这种仪式维持下去。所以你们今天的决定令我深受鼓舞。

但是，大家看到，我在深感荣幸的同时，心中也觉得十分踏实。

一位作家，他把诗歌创作当作毕生的主要活动，把保卫和发扬诗歌当作一种密切相关的补充性需求，你们接纳了这样一位作家，这充分证明你们认为诗歌与大学的结盟是合法的、自然的、有益的。而这样的想法是有助于社会存活下去的想法。

为什么？因为社会现在正处于危难期。因为你们对诗歌的兴趣会极大地促进对社会的保护，甚至可以说帮助社会继续生存。

危难是什么？为了定义它，我想借助弗洛伊德的一个概念。很长时间以来，这个概念可能被提及了太多次，但它在我看来是一个不可取代的概念，那就是超我（surmoi）。

不可取代，因为我们的世界意识、存在意识的一部分必须在我们的生活中起作用，帮助我们克制欲望，引导我们从事短期需求以外的活动，促使我们尊重他人，总之就是在社会群体内部召唤责任。超我是被个体内化的社会法则，它还肩负着其他职责，监督个体，确保个体不会有采纳某种意识形态的倾向，因为这一意识形态很快会转变成不宽容和谋杀。

况且，在过去的文明中，推动超我形成的，并非那些急于求成、唯我独尊的思想结构，而是一种精神工作，在集体层面接纳每个个体特有的焦虑，向自己提出问题。这些问题也是我们期待每个社会个体在存在面前受震惊时会向自己提出的问题：我们是谁？言语从我们这里期待些什么？为了配得上这期待，我们又该渴求些什么？

这种焦虑，这种找寻，在西方国度，它们是斯多葛主义，是基督教，等等。精神的历险有其限度，有其盲目性，有时还充斥着谎言。可它们记住了最本质的东西，令所有善良的人愿意倾听它们。它们也将这最本质的东西当作工地，并雇用善良人中的一部分，后者视真理为财富，并渴望得到这笔财富。

只不过这些体系，无论其属于不可知论还是宗教领域，它们的权威往往来自信徒的信念。这一信念认为体系的命题之外还存在某种高级现实，某种绝对现实，恰恰是它令体系扎根于真理中。很多情况下，这绝对现实是某个创世的上帝的精神，而上帝是神学家们解释的种种戒律的依据与保障。从更极端的角度说，人们不怀疑语言能够真实反映自然界和心理结构，这促使他们期待存在一些无法受质疑的思想与判断。通过语言在人身上扎下的根基，这些久远时代的超我逐渐得到巩固。

今日所缺乏的，正是这种信仰。我们的时代对词语如何把握现实展开了研究，对话语规则的理解愈加深入，这些研究和理解已经表明，言语活动中没有或者说几乎没有什么东西摹仿以及能摹仿世界的自在性（un en-soi du monde）。表述之下被隐约瞥见的，只是一种与我们的精神彻底不同的物质，尼采的“上帝已死”说已揭示了这一点。语言并不反映世界，它构筑世界，为世界建章立制。至于在几个世纪中建立起价值观的伟大思想，它们仅仅成为可被批判、被解构甚至被祛魅的命题。

怀疑的时代开始了，这个时代不利于良善的道德意识做出美好的举动，却有利于最普通的利欲心和最玩世不恭的态度。在形而上学的崩塌中，那个被提出的问题，便是理解超我被集体奠定的基础。在对我们的利益如此漠不关心的地球上，如果我们还想为人类的在场找到存在的理由，那么这超我是不可或缺的。

奠定超我的基础？换句话说，什么样的价值仅依赖自身便能存在，同时感受到自己的充分性？我们以什么来支撑对这些新根基的寻找？无论如何，我认为应该在你们——历史学家、语言学家、哲学家、社会学家面前提出这些问题，因为除了你们的研究，哪里还会存活着那已崩塌的事物的历史，以及那引领历史的伟大精神的典范？大学是保存历史知识的场所，因此它自然也应成为重拾过往、保护未来的场所。

II

不过我也认为，假如对新根基的寻找不在一开始就提出概念工具的问题，假如它在决定视传统思想体系为虚幻的同时，无法意识到概念在这些体系确立过程中所扮演的作用，那么这寻找将不会有任何成功的可能。概念书写体系的话语捍卫它们的权威，也由此将它们禁锢在自己的网络内，对它们以外的事物几乎不产生任何影响。这一事实证明，思想不可能扎根于某种绝对的东西之上。不过，这一事实可能——无论如何这是我的希望——完全不会妨碍另一种形式的根基，而后者可能足以解决我们的问题。

当然了，我应该表达得更清楚一些，现在我来努力尝试一下。

首先，我想请大家注意一件事，它发生在语言起源之时。语言最初的用途可能是指示性、感叹性的：令某种资源、某个危险显现。然而，为了明确信息内容，邀请别人行动，说话人不得不在他要谈论的事物中提取某些特征而非另一些，比如在具有摧毁性的火中注意到对人类有益的热度。正是这样，概念慢慢滑入那些仅具指示作用的词语，或者简单地说滑入那些名词中。这之后，一种思维现实立即成型。从某一事物的某一特征到其他事物的其他特征，表征与思想的链条逐渐确立，用简化的形象和法则的整体取代了第一经验的直接性。从此以后，我们不得不生存于这个简化形象和法则的世界。这一取代行为具有巨大的便利。未来变得可以预测，地球得到了整治。

可是，概念性思考带来的沉重的负面效果与它的贡献形成了正比。在特征得到选择以前，事物被视为一个整体，一个无法分解的单位，并由此成为此时此地的一个存在物，一种在特定时间出现并终将消失的存在。那时我们所认为的现实，是那个存在物的世界，你我都是其中之一，因此直接经验是对我所说的有限性的体验，既体验有限性的需求，也体验它本能的关切心，在这关切心中形成的，包括自然界少有的爱人的能力。

在概念之前，人们对有限性深有意识。可是，随着事物整体之中的某些特征被提取，思维表征也就是普遍性表征之间的关系逐步建立，涉及一些抽象性质，致使我们再也无法从内部重新体验对时间、场所和极限的认识。由于这一认识内在于有限性，后者因而也将被逐出新的认识场域。在概念性思维中，人们不会死亡。那投注于世界和生活的目光可以宣称自己理解死亡，但它只能从外部去理解，这就令死亡成为一个谜团。被它用来取代生活，取代真实存在物的，仅仅是有关它们的一种表征、一种形象，哪怕表征与形象不乏精确性，哪怕这些图像看起来具备充分性。

这一切对社会来说难道不是一种危难吗？因为——还有必要指出吗？——构成社会的，别无其他，只是在同一个场所，分享同一个时刻的生活。

重大危难。因为当我们无法想象特殊性和个体时，消失的是对个人独特性的感受，是“永远不可能有第二个”他们这样的感受。我们再也感受不到他们的绝对价值，我们会觉得自己有权用我们对他们的看法去取代他们本身。这会将欲望挡在社会契约之外，但同时也会将情感挡在社会契约之外，而情感是出生与死亡之间，构成生存的唯一要素。概念性思维对社会来说是危险的，即使它有助于人类立足于世界。我们当然能够以彼之矛攻彼之盾，过后我会谈到这个问题，但我们应该警惕，一旦概念否定存在物的在场，它就已经将自己封闭于表征与理念的体系之内，而后者只不过是抽象性和死亡。

概念性思维是最好的东西，也是最坏的东西。它要为哲学和伦理学负责，因为我们这些善于怀疑的现代人发现这些学科都是毫无根基性的东西。这让我们手足无措，没有能力令超我在一个新的世纪持续下去。我们有理由担心，如果我们允许其最极端的形式占上风，那么它将径直把我们带向灾难。

可是，对概念性思维展开分析，这在我看来也是重新获得能力，再一次并且以另一种方式提出有关那似乎已塌陷的根基的问题。

我们能不能跟马拉美一样指出，在伟大思想——无论世俗思想还是宗教思想——的根基处，除了“光辉的谎言”外并无其他？我想指出的是，这是马拉美去概念性思维深处探索后，通过揭露在此产生或形成的形象或训诫后所下的结论。正是对概念所产生的思想的考察令他逐步坚信，概念之外无物存在。

然而，我刚才已经重申，在概念之前还存在一种现实，完全不同于概念所建立的现实。因为概念无法洞悉一些人的存在特质，这些男男女女体验着自身的有限性，如果我们以概念性的工具与方法去理解他们，我们便再也无法企及他们。可是，存在于此时此地以及由此产生的感受，这是一个事实，而且普遍存在于我们最日常的生活中。

知道自己必有一死，真的知道这件事，这会促使我们向存在投去无比清澈的目光，保障我们与突然变得更为亲近的他人确立更为深刻的关系，他们能从我们这里获得更为本能、更为完整的敬意，而我们又会在重新变得团结的社会中体会到责任感的增强。我们会明白，所有人都在一条船上，在深重海难的暴风雨中一起划桨，一起排水，一起掌舵……今日我们感觉到超我的缺席，但超我不正构建于这一切之上吗?

事实上，我们没有必要去远方寻找缺失的根基，我们只须认识到概念性思维用表征取代在场的方式，在此之后，当然需要坚持，在有限性的场域重新调整重心。根基毫无疑问是存在的。如果说我们确实无法在科学话语中找到它，那么我们会立即在分享的时刻，在一个孩子的笑声中，在傍晚的光线中找到它。可是，这向我们敞开的明见性（évidence）是难以把握的，概念层面层出不穷的幻想困扰着它，这些幻想中有一个特别宏大，那就是对死亡的遗忘。明见性只有对那些彻底放弃幻想的人才会真正敞开。我想这样的事情很少发生，连我自己也无法宣称我已经做到了。

但我们仍然可以重申事实，并寻找通向事实的道路。我们的任务，是不要怀疑根基的存在，尽可能把自己带向我们身上的那条界线，它很难分辨，无法被真正划出，但它——我们可以简单地说——区分了即时性的未卜先知和具有普遍化倾向的思想的自满。这条道路不是智力会走的道路，它出现于最普通的生活中。因为我所谈论的这条界线穿越我们所有的行动和所有的感受。

我们的问题，是学会如何捕捉在场，也就是在覆盖他者的抽象形式网络中，辨认出生活于此时此地的他者。实际上，这个问题，人类从未停止对它的思考。正是解决这一问题的需要在一个又一个世纪里推动着大规模的形而上学及道德思考，我刚才已经提到这些思考。需要指出的是，今日推动所谓解构批评的并不是这种需求，尽管解构批评确实拆解了一些哲学或其他体系。解构分析能够看到一切系统中的“盲点”，在这个点上，系统脱离思考对象，正如平面地图脱离地球的球面。解构分析由此指出概念性思维只不过是无穷尽的漂移，只不过是虚构。可是此类分析仍被囚禁于它所怀疑的概念性思维之内，看不到逃离后者的对象其实是存在物中的存在。它在樊笼中游荡，却不明白笼子其实是打开的。

这并不是说，面对这些新近的研究，我们需要针锋相对地提出那个古老的思想，假设我们可以借助神话，在概念性之内谈论世界，正如古老的社会所做的那样。因为在这外在的世界面前，制造出神话的思想其实已经太过频繁地求助概念性工具。神话的优点确实在于首先思考事物的整体存在，也就是存在层面所保留的东西。在过往生活中的这一位置也确实有助于看到存在与存在之间的相似性，后一点是从外部把握现实因而粉碎现实的思想所无法看到的。可是，没有什么神话不从它谈论的事物的某种外部特征中寻求支撑，这就令它也退化至概念的层次。对自我的一种无意识的概念化，以及由此而来的对它的随意实践，向幻想打开了通道，在幻想的迷宫中，有限性再也无法得到完全的理解。

不，我们应该做的事恰好相反，我们应尝试将自己对时间、对场所的体验极端化，将它们当作真实的经验，而非思考的对象。为了达到这个目的，我们的道路并不是拒绝概念的智性，因为这种智性穿越我们整个存在；也不是拒绝与我们一切感受、一切欲望、一切行为密不可分的种种观念。不是的，我们的道路，是开展某项业已成为我们存在条件的工作，直至其最深刻的探索，直至我们自身的最深处，以便观察它的选择，祛除它的盲目性，理解它对我们的本能与激情的否定，总之就是与它协商。从言语出现之初，我们即已被概念铸成，因而不能幻想否认对它们的误解，这样做将意味着无视它们加诸我们的最危险的控制。但我们可以与它们同在，在我们最重要的决定中削弱它们的权威。在言语的中心，它们涌动于每一个词中，但我们至少可以尝试保留必将被它们遗忘的记忆。

III

你们会说，那应该怎么做呢？我想说，应该呼唤今天将我们聚在一起的东西，也就是诗。

确实，诗不是关于生活方式、关于现实、关于什么是美丑、关于何物有价值、关于何物应捍卫的命题。诗人可能会对这些命题产生想法。但无论这些想法多么乐意接纳有关即时性的记忆，它们都只是一些表述。后者的真实性本身已令事物的表征以及观念的存在合情合理，导致我们立即又进入到严格意义上的概念性思维的领域。

不，诗首先并且主要是让那些与诗为友的人树立自己观看与生活的方式，而这不是一种思想。这是一种记忆，始终活跃于思想之下，有关他们生命中的某些片段，常常是他们的童年时代，那时周边世界某样事物直接、完整、令人不安的在场在他们身上超越了他们可能产生的对这事物的看法。在这些时刻，无论对他们还是对事物来说，无论在他们的身体上还是目光中，他们将世界的现实理解成某种无法分解的自在体（en-soi），也就是一个统一体，超越了一切注定会令事物四分五裂的概念性方法。

可是这些时刻转瞬即逝，它们甫一产生便已开始消逝。但是，想要不计代价来延长它们的诱惑却始终存在，不计代价，也就是牺牲词语，因为我们感觉到词语会重新引入概念性的东西。为了保持与即时性的亲密接触，我们得摆脱语言，令自身缄默，总之，我们得抛开自我，沉入既清明又晦暗的无我的深夜，这也是神秘主义者苦苦追求的目标。

可是诗并不是神秘主义。在最初的时刻，诗与神秘主义一样，是对即时性的一种体验。可是诗没有忘记，它只有在某些处境下才能遇见即时性，这些处境已经被语言赋予了形式和意义，而语言立即与其他人有关，我们必须承认他们也是真实的。在对于整体，对于一（l'Un）的体验中，诗不可能不将其他人事物包括在内。因此诗无意脱离语言。与神秘主义的沉默相反，诗的做法更多地是试图去更新语言。

为什么会这样？这很容易想象，或者说很容易实现。因为在词语中存在一些途径，通向词语所指以外的东西。词语也是声音，从声音能够产生节奏，而节奏的呼应能够产生韵律。因此我们可以从某种形式内部去选用词语，这一形式那么明显，它将注意力从词语传达分析性涵义的使命移开，让语言最基本的语音，也就是让那些令我们联想到土地与天空、树木或河流、岸边玩耍孩子的语音所指涉的对象显现出来，正如它们显现于我们对生活中那些圆满时刻的记忆里。我们明白与我们共享生命的是存在的事物，而非思想，我们知道我们自己是有限的。

将如此赎清罪过的词语献给读者，便是让读者能够将重心重新转移至同一种经验，也就是摆脱种种妨碍他与自身关系的幻想和幻觉。诗位于言语可辨识的概念性内部，是涵义团块中露出的根基，我之前已提到，解构主义即被禁锢于这涵义团块之中。诗也是获得崭新目光的机会，是一个文本，因为词语之间纯粹的音响关系始终与话语的目的紧密相连。但这个文本也是一个熔炉，有关有限性的渴求与感受能在里面，在重新变为声响的词语中，找到表达自身的方式。

的确，令在场在书写的信仰中显现的这些时刻从来不会持续太久。即使概念之间的联结在某一瞬间可能失效，概念仍涌动于文本的每一处；作为普通人而且始终是普通人的诗人会抓住时机，将无主的概念用于自己的梦想，由此又创造出新的概念网络，使中介性再一次覆盖即时性。诗句不过是诗性直觉反对解释与幻想之合力的斗争，但这场斗争从未获胜，从未结束。

可是，如果说每首诗歌都失败了，对诗的需求却并没有因此停止，那么，在诗人的生活里，每次词语一逃离，锤炼词语的工作便会重新开始。这项工作比诗歌更为重要，我把它称作写作。这是对一切形象、一切隐喻、一切换喻的召唤，而形象、隐喻、换喻能对从未退让的概念经济学提出质疑。如此的执着成了真正的见证，成为一个场所，诗始终被阻止以其火焰去填满词语肌理，但它在此至少能令其中一些词语重新燃烧，由此展现诗的永恒性和它的必要性。

IV

我们终于谈到了我在这个将我们聚集起来的场合中想到的问题，有关大学与诗的关系，更确切地说，有关一者能为另一者的事业作出的贡献。

实际上，需要注意的是，诗歌写作，也就是试图在概念性思维的网络中保存在场的写作，它只能是对某些方式的批评，概念性思维用这些方式，夺取了诗人投向自我与世界的目光。因此，从诗的角度来说，写作的人如能知道向他发起猛攻的事物的强项与弱点，这并非毫无用处。概念性话语不仅仅是无主体、无目的的认知行动，它有自己的梦想，有时这梦想渴望被概念性话语所否定的一切占据。正是在这些地方，与其挣扎着想要摆脱占领者，不如倾听它，以便与它协商。在我看来，懂得分析概念性话语的必要性即在此。

但是，分析即意味着，当我们在话语涵义（significations）深处行动时，我们必须在这涵义的迷宫中找回自我。为了达到这个目的，我们必须学习概念性话语中的词语的意义（sens），这意义是词语在历史长河中逐渐积累的，或者从它们母语的不同层次获得的，而其中的某些层次完全不是概念性的、有意识的思想。诗有必要不忽略有关世界与人类的分析性感知的方式与途径。诗是反抗，是最彻底的反抗，它拒绝的不是法则，而是法则想要自保的层次。为了令这反抗不至于沦为无谓的争斗，反抗者必须认识甚至理解并且爱上那刁难他的正统思想。在政治生成过程中千真万确的东西，在诗的生成过程中同样千真万确。

但是，是谁将这历史知识与语言知识，这始终未竟、一直等待检验与深入的知识带给诗人的呢？只有历史学家和语文学家，还有哲学家、宗教艺术研究者、社会学家和心理学家。与不可分解的现实相遇是诗的愿望与任务，这一相逢的前提是认识到，思想抹除并以其他方式重组了关注对象。对于这一点，诗人在写下的每个词里，在坚持弥补自身过失的每个小时里，都应了然于心。而你们，教授们，学者们，正是你们确保将知识传递给诗，让它为诗所用。比如，你们的不同学科一直在过往与现代社会的各个角落寻找神秘性与概念性的边界，一片至今仍会令诗常常跌倒、迷失的浅滩。你们让我们明白，因为不严谨的想象，诗人有时也许只是在重复陈词滥调和偏见成见，却自以为在做相反的事。诗歌史上有多少事件，如能为诗了解则大有裨益，而你们提醒了这些事件的存在；有多少不为它所知的作品在校注版中与它对话，而你们在这些版本中将最初的意义归还给词语及其参照对象！你们进行的跨学科研究通过迂回与对比的方法考察过去，澄清了今日仍困扰着我们的处境。诗需要你们。

而且，我甚至要说，诗需要你们留驻在它身上的目光。因为，当它苦苦挣扎，试图摆脱那些宣称为它而说的言语，你们难道不会以历史学家和语言学家的身份发表意见，批评那些糟糕的阅读吗？这些阅读很可能阻止诗去了解如何才能拒绝篡夺它的声音的东西。与哲学的交流同样会卓有成效。哲学有许多地方需要向诗人学习，它需要借助工具，而诗能提醒它工具的限度及其导致的幻象。反过来，一些哲学家能够向诗人展示，当他们尝试将自己最根本的直觉表述出来时，他们实际上只是在走令诗性迷失的道路，有时甚至借助象征符号和一鸣惊人的表达，强化了最危险的意识形态。哲学家应该能够进入诗的场域，而诗应该懂得迎接哲学。

请大家不要误会我的意思！我一点都不要求诗歌听任哲学或人文科学从自身信念出发，居高临下地对它发号施令，因为这些信念与概念性思维紧密相连，而诗歌尽管并不指望压倒这些思想，却也试图为了自己的计划与后者背道而驰，并削弱后者的地位。

恰恰相反，我所希望的，是能够想象，在你们高强度运转的思想内部，诗的特殊意图能够被察觉，能够在你们的帮助下捍卫它自己的伟大事业。在诗歌难以进入的即时性的边界，形成了一些视野，如果诗歌读者能向这些视野敞开，他就能成为诗人。这位读者也可以是一位研究者、一位博学者，他会教作家更好地让他的词语摆脱涵义，因为涵义会在他试图看清事物的时刻迫使他闭上眼睛。不，也不是要在大学系科内部进行文学史或艺术史研究，或者进行文学或艺术作品分析。作品，我再重申一下，作品不过是诗的结果。我所希望的，是大家对写作事件的共同关注，关注其为摆脱幻想，在每个词语中所作的努力。幻想根植于概念性的表征，而后者在一个又一个世纪里，在语言无意识的一个又一个层次中，不断偏离着方向。

一种合作，大学里的一个房间，很小也没有关系，在这个房间里被接纳、被研究的并非文本而是写作，写作的生成比写下一首首诗歌更为重要。写作在但丁笔下不就已经是一种流动了吗？“terza rima”。它不仅因语言的所有词语，还因精神的一切悲剧而逐渐丰满。

V

因此，一个分享的场所，总是以失败告终又不断重新开始的诗歌写作。之所以是一个分享的场所，还因为在我看来存在某种情境，今日促进了分享，明日还能进一步促进分享。

亲爱的同事们、朋友们，我又回到博士学位的问题，你们授予我这个学位，因为我做了一些翻译。

什么是翻译？什么是做翻译？什么是研究翻译？是置身于某种情境，在这种情境下，被考虑的是词语，首先是词语，几乎只是词语。因为当我们进行翻译时，作者的思想，他那有意识或无意识的信仰，他的意图，这些只有在它们有助于分析文本时才能得到理解。

之后，当我们要在译入语中寻找原诗词语的对等物时，我们只会被这两种语言在概念层面的相异性所震惊。这将表明概念对事物与人的把握多么外在，多么具有相对性。由此我们无法不承认，在形形色色的形象下面，存在着一种没有被形象侵害的现实。即使我们还不是诗人，一旦我们着手进行翻译，便很容易成为诗人。

因此，翻译将文本置于某个层面，在此作为直觉的诗与概念发生关系，或者为了使自己摆脱概念投诸事物各特征的目光，因为它想接触完整的、未被分解的事物，或者反之，令自己情愿或不情愿地落入概念借用事物特征——也就是利用它们来建构世界——设下的陷阱。因此翻译是一个决定，但它首先是一种思想，是学者和诗人之间交流的一个机会，一个最主要的机会。

实际上，学者与诗人有着同样的观点和任务。社会研究话语导致了某些遮蔽与歪曲，在就后者提出同样的问题时，学者与诗人的思考甚至有合而为一的倾向。他们的工作会产生怎样的结果？一篇能够出版的译文吗？不是的。结果是如下的感受：正如诗意在一首诗中无法持续太长时间，翻译也是无法完结的。最初的书写成为新的书写。一个人的执着成为几个人的执着。在这些人中，有一些是来自大学的学者。

因为写作被有限感所推动，因为写作能加深这种有限感，揭示出构成某种根本真理的很多需求、渴望与现实，因此在这项共同的工作中显露出来的是这一根基。这一点对社会来说至关重要，而且这难道不是必要的超我之唯一有可能的支撑吗？在此完成的研究只不过聚集了几个人，然而在一个因层出不穷的形象而逐渐窒息的世界，如果在这熔炉之中闪光的是些许真理，那么人数的多少真的要紧吗？

（曹丹红　译）

欧洲与译者

给斯特凡·米肖[1]的信

亲爱的斯特凡，几年前您曾邀请我去索邦大学参加研讨会，研讨会主题有关四个欧洲诗人，两个德国人，两个法国人。当时我在您和我们的朋友面前作了一个题为“欧洲与诗歌：译者的任务”的简短发言。我对自己那天有些仓促的发言不太满意，今天终于获得一个机会，让我能够结集谈论诗的翻译的文章。我想重拾这些文字，并对它们做些补充。

I

在发言中，我曾开门见山地说，我自我感觉非常欧洲人。我并不打算改变这个想法，只是想再明确几点。

欧洲人，既是欧洲人，也是法国人，是的，自高中以来我就一直渴望拥有这样的身份。高中时，我先是发现了英国文学，之后又对绘画史产生了兴趣，在奖学金的帮助下，自 1949 年起，这一兴趣把我带到了意大利、荷兰、英国等国家。德国稍晚些才出现在我的地平线上。不过我仍然预感到它会出现，因

1　斯特凡·米肖（Stéphane Michaud，1944—　），巴黎新索邦大学法国文学教授，博纳富瓦研究专家。

为我在 1943 年至 1947 年信奉超现实主义，从此以后也像安德烈·布勒东一样热爱诺瓦利斯和阿希姆·冯·阿尔尼姆（Achim von Arnim）。此外还可以加上画家弗里德里希（Friedrich），以及施莱格尔兄弟（les Schlegel）和他们的刊物《雅典娜神殿》(*Athaeneum*)。歌德 (Goethe) 自不待言，我曾狂热阅读他的《威廉·迈斯特》（*Wilhelm Meister*），尤其是《漫游年代》（*Les Années de Voyage*）。1950 年前后，我还认识了荷尔德林，先是在茹弗和克洛索夫斯基翻译的疯狂诗歌中，之后在《南方杂志》（*Cahiers du Sud*）那期关于德国浪漫主义的专号中，最后在热纳维耶夫·比昂基（Geneviève Bianquis）的翻译中。不过，后来我在柏林旁听某个系列讲座，发现年轻人提到荷尔德林的名字时都抱有很深的怀疑态度，那时已经是 1966 年。这让我再次感觉到，纳粹主义给德国与其自身的关系造成了多大的伤害。

也是在 1950 年前后，我在索邦听让·华尔（Jean Wahl）有关海德格尔（Heidegger）尤其是雅斯贝尔斯（Jaspers）的课。由于他的《克尔凯郭尔研究》（*Études kierkegaardiennes*），我觉得华尔是我唯一真正的老师。我还听过帕特罗尼埃·德·冈迪亚克（Patronnier de Gandillac）的几堂课，以及让·伊波利特（Jean Hyppolite）有关《精神现象学》（*Phénoménologie de l'esprit*）的讲座。在那个时期，所有谈话都离不开黑格尔，科耶夫（Kojève）的课尤其促成了这一现象，因为他令黑格尔摆脱了无疑具有局限性的马克思主义阐释。科耶夫的研讨课开设于 1930 年代末期，当时的听众在二战后很快成为思想大师，雷蒙·格诺（Raymond Queneau）即在 1947 年出版了他的《精神现象学》解读精要。那个时期，即使在年轻的诗人或画家中间，大家谈论的话题也全部是主人与奴隶的辩证法。

不过，在欧洲的这一边，需要被讨论的不只是德国。在让·华尔极其谨慎地跟我们谈论海德格尔的同时，克尔凯郭尔（Kierkegaard）和同样伟大的舍斯托夫（Chestov）对我来说比弗莱堡的思想家更为重要。让·华尔写了我之前提到的论克尔凯郭尔的名著，舍斯托夫是由鲍里斯·德·施辽策尔（Boris de Schloezer）翻译的。同时，跟很多朋友一样，我也读卡夫卡、陀思妥耶夫斯基（Dostoïevski），觉得整个大陆都是必要的，看到它如此四分五裂，我心中满是遗憾。直至今天，即使欧共体和欧盟已存在很多年，每当我乘坐友人的车，越过过去的某道边境，发现没有任何关卡来减缓我们的速度，我心中产生的始终是同样的感受。

我最热切的盼望之一看来已经实现。在少年时代，得知凯尔桥的两头被大炮封锁，我曾期盼各个国家在保持自我的前提下（这一点毫无疑问），能够投入到一些交流中，来更新甚至改变令我们那日常到可悲的社会变得贫瘠的一切。正如中世纪，罗马教堂与修道院遍布从西西里岛、西班牙直至波罗的海沿岸的广袤土地。正如巴洛克建筑与雕塑。正如 1913 年的状况。当时绘画、建筑、音乐等领域产生了种种具有开创性的研究，令巴黎与柏林或维也纳或莫斯科或伦敦之间的交流不断增加。可惜第一场灾难突然爆发，令这个本该成为文明的黄金世纪的时代停住了脚步。在这些不同的时期，交流的确被宗教偏见以及先锋派的既有立场削弱，不过边界也确实被取消了。

二战后，在一些重大革新实施之初，人们或许曾对其充满希望，尽管他们并没有真正相信。可惜的是，今日的状况并不尽如人意。交流当然是存在的，在不同层面，政府彼此协商而非相互斗争，借助伊拉斯谟计划，学生又开始到国外留学，音乐家、画家、电影人欣然前往听不懂他们语言的地方定居。但恰恰是语言，一直在分裂着我们。法国人很少会讲德语，意大利语至多能含含糊糊地说上两句，我自己即属于此类无知者的行列。虽然英语在欧洲普及，但人们使用的经常是最基本的句式，对于欧洲大陆上需要借助英语进行交流的人而言，这与其说丰富了他们的交流，不如说令交流变得更为贫瘠。

这一状况其实一直持续着。保留在语言中的国界导致我们无法通过法语来阅读邻国的全部必读文学作品，尤其读不到可能构成其根本经验的东西。小说还是有的，君特·格拉斯（Gunther Grass）或彼得·汉德克（Peter Handke）的作品，为了维持今日的德法关系，我们知道它们，欣赏它们，并从中获益。可是诗呢？确实，很多法国人终于听到了对保罗·策兰的谈论。从1940年代末直至去世，保罗·策兰一直生活于巴黎。可是他最亲近的法国朋友都无法用他的语言来阅读他的作品，他的诗歌翻译姗姗来迟，却不过是对撕裂他每个词语的冲突的一种苍白、模糊的反映。

总而言之，由于语言多样性的存在，在看似狭窄的欧洲大陆上，我们跟从前一样，始终是彼此分离的。无论教学与研究多么执着，多么有能力，我们都不得不意识到，当一个南锡的法国人和一个亚琛的德国人并排坐在一辆前往斯特拉斯堡的火车上时，他们根本无法交流一些严肃的话题。我当然不喜欢看到这样的局面。尤其因为，本该成为共同目标的东西如今却四分五裂，这在某个层面上产生了最令人遗憾的后果。这一层面关乎人们在一些极其重要的问题上的交流，这些问题极其困难，大多数人都不习惯面对它们。诗是其中之一。其结果是，诗可能无法得到全面的认识，并时刻有被虚假的乐观主义那信誓旦旦的宣言所淹没的危险。

II

尽管如此，语言多样性并非只有不便之处，即使从诗歌，从诗在时间意识中的深化、更新与保持的角度来说也是如此。障碍本身也具有教学与启发价值。我来解释一下原因。

多样性是一种残疾，这毋庸置疑。让我们重拾保罗·策兰的例子。在巴黎时，他曾是《蜉蝣》（*L'Éphémère*）杂志编辑部的一员。我也是编辑，和其他编辑一道，想发表他的诗歌的译文，而且我们也这样做了。可是他本人并不愿意，至少在很多年里是如此，他明确跟我讲过，甚至还写信跟我说过一次——这封拒绝信可以在马尔巴赫看到。他觉得自己作出的努力尤其促使他抗拒将自己的语言转换成另一种语言，因为身为诗人，他总是焦虑地、一字一句地检验自己的母语，因看到它遭践踏、遭戕害，可能还永久地遭到了毁损而痛苦。所以尽管他法语说得非常好，但在我们面前他却像是被禁言了一般，无法令他这些不会德语的朋友听到他最珍视的东西，而这种处境又很大程度上加剧了他的生存困难。这一切我不会忘记。

可是，这种对保罗·策兰来说不幸的处境——我们是否已经注意到，在巴黎生活的二十年间，保罗·策兰没有发表一行法语诗？——也具有某种社会价值，下面我将尝试说明。我们大多数人对其他欧洲语言几乎都一无所知，至少无法从根本处知晓它们，而这根本处正是诗歌的家园。这种无知对交流来说确实是一种阻碍，诗歌翻译也很难弥补这种缺失。然而，有一点非常重要：作为印刷品的翻译带来的东西很少，但作为必要性、作为道路的翻译的观念却能因此而更好地显现出来。如果我们愿意面对翻译的困难，那么这些困难就会帮助我们从本质上思考什么是诗，帮助我们向精神重申诗的存在（这一点关系根本），帮助我们将诗引入也许更为确定的道路。

我来解释一下。人们经常说，巴别塔事件是一个灾难。统一的语言本来能够支持人类齐心协力完成一个伟大的建筑任务，但这一统一语言被多种多样的地方语言取代。因为这一事件，人类社会立即走向了再也无法相互理解，从此以后彼此对立、征战不休的命运。这便是我们所经历的并正在经历的真实历史。可是，这一与巴别塔一起被颠覆的语言究竟是什么？同所有语言一样，这一语言也由观念网络组成，而观念又以概念化的方式彼此联结。这一点因某个简单事实得到证实：这个建造巴别塔的大工地上存在着有计划的手工劳作，甚至还存在科学。同所有语言一样，这一语言也是对世界的一种表征，而非对它的直接倾听，我们可以这一语言为形象，或某种粗略的框架，在这框架中，概念的普遍性只会剥夺说话者与其自身——也就是特殊存在——的某种完全私密的关系，阻止他察觉并经历他自身的有限性，而这一切又将他排除在统一性体验之外。其实巴别塔的建造计划已经象征了这种异化、这种缺失，因为它否定了作为超越语言的现实的周边世界。

原初语言不过是对世界的一种表征。一座趾高气扬地肯定自身充分性的塔，一座甚至自认优于外界一切现实的塔，这就是巴别塔。就我而言，我在看待这一切时几乎没有任何好感。在那些看似随意在地球上扎根的语言中，必定存在很多概念系统之外的东西，很多词语还保留着一种能力，能够直接呼唤难以察觉的世界或生活的种种面貌，能够言说感受，能够令我们最贴近我们那最为直接的存在：这一切正是诗能起到的作用。巴别塔大工地的建筑师和工程师队伍容不下诗人，控制这里的是一种有关自我的封闭表述系统，一种已经明显表现得独裁专断的意识形态。一种唯一的思想，其中被接受的神性只是一组界定明确的教条，一尊偶像，而非每个人都有权实践的开放而自由的自我体验。

在此种情形下，难道不应该庆幸，受嘲笑的现实存在终于撼动了巴别塔的地基，粉碎了这一妄图用固定说法取代现实的语言？天崩地裂之后，会出现迅速变得多样化的语言吗？人类会停止相互理解吗？人类会开始自相残杀吗？就算是吧！可是语言多样性的新现实沉重地打击了现实性幻觉，而这幻觉曾是那渴望唯一性、自视为根本的语言的骄傲。诗歌特有的直觉曾被某些工程师、神父和政治家碾压，这些人围绕巴别塔，投身于一项总的来说不祥的事业。但这诗歌直觉如今终于能在后巴别塔时代的各种乡谈与方言中逐渐重新崛起，因为乡谈与方言从此以后只能承认自身的相对性。当然了，在每一种语言中，存在着同一种意识形态化倾向，同一种建造超级塔的欲望。不过，为了与这一不断卷土重来、令人扼腕的倾向作斗争，这一次，至少对那些分散于新社会的少数头脑来说，终于有可能重申，我们全身心信奉的概念并非我们想象的那么现实，因为甚至在临近的语言中，也存在诸多概念的差异。语言的多样性令人类摆脱系统与教条的桎梏，在我们有关世界、有关自身的理念之下，向我们开启了一条通向自我的道路。

语言的多样性总的来说是有益的，它是既被语言建构又遭语言侵害的人类状况之中最为积极的东西。前提是在这些幸好彼此不同的语言之间，存在一些中介者，能够意识到它们的差异，令差异在他们每个人的语言中回响，令差异被自己的社会听到：这就是我最终想说的。巴别塔之后，译者成为精神生成最根本的载体。只有他有能力，让被封闭的自我思想所异化的人重拾渴望，于此时此地重建他在世界的在场，以及他在世界之在场之中的在场。

III

就算这样，他还需要明白，或者说感受到他的责任。时常，甚至可以说大部分时候，译者几乎从未想过（无论如何在我们这个时代是如此），除了将涵义理解为某种背负传达概念使命的思想的产物与场所，除了用一种语言来表达另一种语言的涵义之外，他还有别的任务。但这与我们后巴别塔时代的需求并不适应，因为我们要的是重新立足于有限性中。当然了，最大的危险始终是对系统的渴求，是意识形态，因为后者将一切都简化为根本不具备现实性的框架和形象。如此一来，在必然促使不同思想进行交锋的翻译中，解决同一些问题的途径表现得多种多样，这不啻为一笔财富。假说能够更快更有效地被察觉，教条更容易从外部得到分析、批判甚至拆解：这是思想的解冻，即使那些只关注涵义的译者，他们完成的工作可以说也是不可或缺的。可是，我们不应忘记，令有限性得到误解的是概念，停留于概念层面的批评活动无法弥补它所引发的否定，甚至还可能制造否定不存在的假象，从而令否定加剧。对主体性的似乎令人满意的再现实际上也显现于概念表达为主的文本中。在很多伟大小说家的笔下，对生存境况的描写夹杂着深入的心理分析。我们可以认为，这种心理分析足以让我们认识自我。

然而，从诗的角度来看，以文本涵义为先的翻译仍具有某种不良后果。如果译文合法地局限于概念范畴，那么这些翻译就是无害的。但这种情况少之又少，只出现于我们称之为硬科学的领域。而哲学文本呢？这些文本必须属于纯粹的认识论，探讨的完全是科学问题，可是因为它们的作者拒绝承认，它们就真的完全摆脱主体性了吗？或者，就算作者拒绝承认主体性，并想方设法在自己的词语中分离科学与幻想，他们运用的始终是同一种工具，而后者无法与有限性的真正处境相逢。工作中的哲学家的自我意识能够触及真理，有时会在电光石火之间做到这一点，但此时他所依靠的途径，并不是仅仅传达涵义、扮演滤网角色的翻译所能揭示的。那么历史学家的工作呢？可是哪种概念性工具能帮历史学家抓住他们的研究对象，也就是构成社会与世纪之经纬的生活呢？对他们来说同样如此，涵义只是他们最深刻观念的表层，如果译者仅停留于此，那将是对他们的背叛。涵义从来无法表达最直接的**“我”**（Je），**“我”**只能在我们日常话语的“自我”（moi）之下窒息。仅传达涵义的翻译令我们无法受益于巴别塔的倒塌。

可是偶尔，如果进行翻译的那个人本身具备足够的诗人气质，他便会发现言明的或可以言明的涵义网络对存在的直接体验与直觉体验造成的损害。于是，比起将这概念性涵义重新注入他自己的语言中，他会更加努力地尝试利用两种语言的概念差异，在它们不同的地平线下，将他自己的道路延伸得更远。这促使他像济慈、荷尔德林、莱奥帕尔迪或叶芝那样，在自己的文本中，转身面向远方的某道光：这道光是事物显现的即时性，是对自我与这些事物之间逐渐增强的统一性的感受。这样的翻译改变了自身与言语活动，因而也就是与自己语言的关系，我把它称作诗意的翻译，唯有它能与巴别塔事件相提并论，唯有通过它，那个表面的不幸才会转变成一种财富。唯有它，才能将具备更新换代能力的直觉从一个社会向另一个社会普及。

IV

现在我终于能够回到欧洲的问题，提出上述思考向我暗示的一个想法。这些思考促使我认为，欧洲那与地理紧密结合的历史能为译者提供某种可能性，后者是一种财富，如果译者有心，这可能性就能开启诗的道路。我在上文已经强调，欧洲人彼此不熟悉他者的语言，这个可悲的事实迫使我们不得不依赖翻译。我刚才再次重申，这些翻译对于诗意一无所知。然而，虽然我们对他者语言知之甚少，只阅读翻译作品，但这也无法阻挡一个事实，即我们的邻居通常位于几乎可以被声音触及的地方。如果有一座塔曾试图升起，那么在地球上任何地方，这座塔都没有像在欧洲那样，塌陷成如此多、如此密集的碎片。在这狭窄的欧亚半岛上并存着四十多种语言，每种语言都充满非常古老，又总是非常丰富的文化。这些文化之间存在亲缘性与差异性这两张重要网络，不仅呼唤普通的翻译，也呼唤我尝试定义为诗歌思想的东西。

是的，两个层面凸显出来，一者与另一者具有同等的基础性，并以一种亲密的方式彼此关联。这一方式甚至可能显得神秘，因为它对诗歌有很大的潜在价值。难道还需要重申，概念性思维已在欧洲超越了其他一切思想吗？我们都知道古希腊人在古典时代初期取得的非凡成就，例如利德尔和司各特编的《希腊语—英语词典》收录的成千上万个理性地构造出来的词语。希腊人对人类在自然界及整个宇宙的位置进行了研究，罗马人在此研究上又增添了对当时社会的同类型分析考察，以及对社会关系的理性构建。古代文明被一种对字母的狂热推动，决定性地接受了符号的任意性，这一文明令西方成为概念性思维的练兵场，从大西洋至西伯利亚边缘，整个大陆成为相似性的辽阔家园。在这些思想网络中，自我意识的很多方面原本更为自发地被表达为神秘主义形象，如今将受到过滤与重构，逐渐构成现代科学及其不同的认识形式，而在各处消失的——尽管因为社会与语言的多样性，消失的速度彼此不同——是与经历的时间、与即时性、与有限性的接触，而我多次提到，这一接触是诗所关心的重要问题。

但是，这个概念空间也是某种宗教迅速传播的空间，这一宗教的目的恰恰是找回并保存有关有限性的知识。这便是基督教的信息。因神性在耶路撒冷化身成人，承受折磨，于是个体存在的此时此地被神圣化，并被视作某种绝对。这一信念逐渐分化，并被传播至上述新的分析性思想寻求确立根基的地方，也就是欧洲大地。因此大陆不同民族的自我意识成为理解存在的两种不同途径的斗争场所，这一斗争的性质几乎等同于诗歌之中表征与在场的冲突。区别在于，诗并不寻求将自己的直觉奠基于超自然之上。宗教信仰在每种语言、每个国家中均要倚靠地区性信仰——也就是造成差异的元素，但诗歌并不需要它。可是，因宗教事实而在西方展开的概念与存在之间的斗争最终还是在不同的共同体中，令与之相关的经历诞生。这些经历进而被写入受诗性启发的作品，直至今日还能被诗歌理解。在他者的语言中存在某个空间，只有对此深有意识的译者才能立足于其间。

出于这些历史原因，欧洲是一个诗的翻译以及作为诗的翻译完全有可能进行的场所，而这些翻译很有可能结出累累的果实。这不难想象，尤其因为词语写下的诗歌并不是唯一涌动着诗意的作品，建筑、雕塑、绘画、音乐同样是超越概念性命题的机会。在这些情况下，能指不是封闭于每种语言特殊性的词语，而是色彩，是音响，是石头，以及姿势，汲取自某个共同空间中的感性即时性。这一空间的暗示立即具有普适性，或者几乎可以说是这样。结果是，如果运用这些元素的作品彼此相遇，它们与诗的关系能够忽略语言障碍而得到理解，而这有助于诗歌译者对词语写就的诗歌的阅读。建筑学就提供了这样的例子，罗马艺术在整个欧洲的变体有助于理解某些诗，后者时常很自然地混杂着神秘思想；或者有助于在这些诗中辨认出某种野心，而同样的野心也体现于最早期建筑的差异性中。古典主义或巴洛克时期的情形可能更是如此，那时罗马与巴伐利亚，圣依华堂与阿萨姆大教堂之间存在着虽不是一帆风顺但仍卓有成效的对话。政治经济因素、手工业技术与艺术技巧的自然推广促进了交流对话，这无疑是好现象，对于外语诗的理解来说，对于能确保诗之未来的翻译来说，它们提供了丰富的基础。

欧洲是一块经纬细密的织物，在各个角度，自我与他者相互对立又彼此联合。这一事实引人遐想。这个四分五裂的场所难道不能成为柴禾，令星星之火就此升起吗？首先是一些自知具有诗歌潜能的翻译；或者说得更确切些，此类翻译越来越多，因为我毫不怀疑历史上一直存在这类翻译。而最近，在欧洲大陆的中心，保罗·策兰与曼德尔施塔姆的相遇也是这一类翻译。随后尤其可能是对此类诗的翻译的可能性以及必然性的意识：这将是精神向前迈出的一步，因为在历史的每一个小时里，源头都会被指明，正是它们播撒了一直以来被否认的有关即时性、在场与诗性的记忆，向它们周边的事物保障了诗歌的绽放。源头被指明，被解放。这样的未来向世界其他部分敞开，向这里出现的看似对立但本质相似的命题敞开，例如选择芭蕉来回应奈瓦尔，选择佛教来批评我所谓的在场，选择亚历山大里亚的真知（gnose）来解释我们的幻想。这是我想在 2007 年的会议中触及的问题，也是今天我可能以更明确的方式重新谈论的问题。尽管我并没有更具说服力。

因为我知道，这一思想是个乌托邦。这个拥有如此多遗产，而且仍然拥有如此多可能性的欧洲，尽管二战后我们梦想它能重新崛起，但回顾一下，其实我们在不停地获得关于它的坏消息。当我们以为莎士比亚、卡拉瓦乔（Caravage）、普桑、歌德、克尔凯郭尔、波德莱尔、安德烈·布勒东、乔治·巴塔耶还有其他人会回归，好让我们能有谈资，能彼此理解，能制订未来规划时，我们却开始以更为沉重的方式评估集中营以及种族主义对身心的摧残，这已经是一种悲观元素，一个绝望的邀请。自此以后，我们还看到，欧洲大陆的其他地方发生了其他悲剧，阴险地组织起来的全民族饥荒，农村的匿名性保护下的成千上万人的暴动，被摧毁的城市与文明，昨日的灾难今日又在巴尔干半岛、在世界其他地区重演，令不安成为一种永恒。在一块分崩离析、许多物种逐渐消失的土地上，面对那么多野蛮与荒诞，如何能够不绝望呢？如何能够不承认，我们的梦想是可笑的呢？并不是说诗歌的计划显得没那么必要了，而是说，在被污染的巨大草垛中，它只是一根小小的麦秆，似乎只在某些注定无法融入历史发展的时刻才有价值。

我向自己提出了这些问题，而所有人显然都会向自己提出这些问题。每次下笔谈论诗，也就是说经常，我都会向自己提出这些问题。有时我想，至少应该期待，对我们中太多人来说，希望不会很快失去意义。希望也许没有存在的理由，但正是由于它的存在，我才会时时想到这些问题。

（曹丹红　译）

不是大海，而是海岸

I

精神迷恋大海，在精神之眼看来，大海既像一道界线，也许永远无法跨越，也像一道门槛。至少在我们西方国家，地平线远离我们，消失于地面的弧度之下，笼罩于云团之中，被落日或旭日开凿出条条沟渠。潮涨潮落，海水扬起我们脚下的灰尘，搅和水与光，向一切感官提供同等的享受。这一切是恐惧也是快乐的源泉，刺激着发现与认识的欲望，但在某些时刻也刺激着遗忘一切的欲望，好让被解放的身体获得幸福。这一切具备一种吸引力，从未停止对思想、感官、想象力之中最直接也最深刻的东西的呼唤。从这一事实产生了一个结果：有海岸的文明因其与大海的联系而与众不同，其中每一种文明都被围绕它的海水的存在方式中最惊人的东西所限定。北欧文明从其与大海的联系中汲取了它们的诗歌、它们的神话，可能还有它们最古老的文字：刻在石头上的如尼文就像遥远的浓雾中涌动着的深色海浪上的泡沫痕迹。远西的民族，他们的冒险与征服需求源自某片辽阔海域的广度，这片海域将他们的港口与某个可能存在的海岸隔离开来。在没有任何胜利的承诺也没有任何可见标识的情况下，他们预感到这片辽阔海域的存在，与它进行对抗并最终征服了它。

在飞机摧毁距离感、对精神造成威胁之前，大西洋是一个艰难的挑战。在现代想象的源头，是一个看不到任何事物、任何异域出现的环境，而自己的家乡已在水平线下消失数日。另一个海岸存在吗？克里斯多夫·哥伦布之前的航海家们问自己。我们的命运难道不是无止境地走向远方，最终失去一切记忆以及一切希望？未知难道不是一直威胁着我们的生活，侵占生活并令它迷失方向？在那个时刻，某种超越一切人类思想与语言的伟大外在的实在性不由分说侵占了人们的思想。六分仪与指南针再也起不了作用。星星失去了它们的方向。贾科梅蒂（Giacometti）在生命的最后几个月去了美国，在路上，当他思考他的艺术，思考他那试图赋予图像以生命的绝望计划时，他表达的正是同样的焦虑。这焦虑由无边无垠的空间在漫长的世纪中引起，并被镌刻于无意识之中。无边无垠的空间，什么也不知道，什么也不想要，既不知道生命也不知道图像。“在这里说什么好呢？”他草草写道，“在这没有尽头、没有名字的大海中央，在这黑水中间。我很可能被这黑水淹没，被瞎眼的、无名的鱼吞掉。”

但丁正因预感会有这样的体验，而产生了想象尤利西斯的念头。这一念头无比诗意：刚回到伊萨卡岛的尤利西斯可能又进行了另一场旅行，这一次他走出海格力斯之柱，来到了大西洋。尤利西斯此举是受到了未知的强烈吸引，而对未知的想象本身，以及全部的希望都淹没于这未知之中。尤利西斯和他的同伴在茫茫水域上航行了很长时间，他对地狱中向他发问的但丁这样说道。随后，一个晚上，他们看到前面出现了一座褐色大山，比世上任何一座山都高。一道海岸终于出现，它是“新的大地”吗？不是的，它是旋涡，即将掀翻他们的航船，令它旋转，令它倾覆。随后一切都消失了。

II

可是，想象着尤利西斯临终想法的但丁，他是地中海人。他是维吉尔的读者，因而也就是荷马的读者，一个熟悉大海与海岸之间交流的人。在《地狱篇》第二十六歌中，他清楚地表明，他欣赏尤利西斯最后的事业，但同样也认为这是一个错误，因为将航海计划的发起者安排在受罚者中间的不正是但丁本人吗？因此，尤利西斯的大西洋和伟大诗歌中的这一段，我们可以理解为向另一片大海回归的鼓励，以便发现这一片为荷马史诗英雄和基督教诗人所共有的大海的意义，或许还有其值得探索的真相。

地中海是什么？初看之下，它确实完全不同于尤利西斯最后的航行所代表的一切，也就是空洞的大海，和那高耸及封闭程度无法想象的阴沉大山形成的海岸。想象地中海与其说是想象“alto mare aperto”（另一片无边的大海）[1]、危险甚至致命的“pontus maris”（深海）[2]，不如说是想象它的海岸。世上任何地方的海岸都比不上这里的海岸，漫长的海岸线展现了财富，让人忍不住想在此停留，而近旁的水和它的水道、它的气息和它的嘈杂声本来可能因另一个事实而令人掉转头去。在刚刚过去的几个世纪，这片海域发出了怎样的邀请，又留下多少未开垦的处女地？小海湾把蓝色的海水引入它们的丘陵之间，丘陵上橄榄树或松树的树荫一直蔓延至海水附近。沙滩让孩子们可以在没有潮汐影响的海水里玩耍；游泳的人如果累了，可以返回一条溪涧旁，坐在某个客栈的露台上乘凉，露台上搭着葡萄架，成串的葡萄成熟了，蜜蜂在此间流浪，桌上放着红酒与面包。日复一日，这样的生活可以很幸福，而且幸福一直延伸至小渔船或大航船脚下。

可是一旦上船，我们能想象的视野多么狭窄，航行之中能看到的日出日落多么少！复活节岛上的居民面对巨大的空无所体会到的感受，在地中海上无论如何都体会不到。面对空无，复活节岛民不得不树起一排排神秘的抵抗者，而后者从它们保卫的土地上汲取了生命的力量。北方人对仙境的想象，也是地中海上任何东西或者几乎任何东西无法提供的。对于仙境，北

---

1 语出但丁《神曲·地狱篇》第二十六歌。

2 语出维吉尔《埃涅阿斯纪》第十章。

方人从未停止从海市蜃楼中去寻找它们。喀耳刻或许是神话，但她的土地不是。从希腊或意大利或达尔马提亚或土耳其的某处海岸看去，某个真实存在的岛屿几乎总是可见的，或远或近，后面是其他岛屿，形成群岛。更远处（然而是一种很容易跨越的距离），我们知道我们可以到达那些早就被认识的国家，同这些国家的关系无论友好还是敌对，都意味着交流这一根本的事实和语言的重要性：这是一个无法撕裂的人类空间。提洛斯岛与比雷埃夫斯港，巴勒莫与那不勒斯，亚历山大里亚与提尔或贝鲁特都相去不远。即使要坐上几天船，一定会到达某个港口的想法在这段时间内始终是最为重要的，人们靠它指引，正如靠天上星星指引。距离是一种信任。

地中海一直是这样一块凹地，在这里，相遇、交流能够成为真正的思想的黄金，这一思想被人类社会固执地追求又不断地背叛。由此，地中海作为大海或汪洋的一面在多数情况下似乎更多是上述美好愿望的见证，有时甚至是它的同伙，而非与这愿望格格不入的一大片海水。大海“gong-tormented”（被钟声折磨）[1]，叶芝在他那首伟大的诗歌中说，是的，也许，这里也有风暴，有海难，我们知道在这片海底深处涌动着某种无法理解的黑色物质，某个黑夜。可是海神对希腊人的计划，对特洛伊人的命运很感兴趣，他可以帮助他们或毁灭他们。总

1 “gong-tormented”与下文的“dolphin-torn”都出自叶芝的诗作《驶向拜占庭》。

之当我们在船头坐下，目光探寻着地平线时，我们从不会感到孤独。

所以，还是用叶芝的话来说，地中海“dolphin-torn”（被海豚撕裂）：我们在此会看到，跳跃的海豚用它们轻快的外表，把海水撕裂成星星点点的浪花；我们会感受到这种愉悦，这种物质的轻盈，将其视作俗世生活的证明，视作某个精神事件，而非某种无视梦想的生活的简单动荡。古希腊和古罗马一直很喜爱海豚，海豚对这两种文明来说富含意义，照亮了它们关于世界的理念，坚定了它们的美好信念。海豚在这两种文明看来证明了一个事实：它们嬉戏的这片海域不应被视作一种黑色的、巨大的致命外在，一种非存在，而应被理解为一种中介，为我们的方便考虑，它深深地钻入这外在、这黑暗之中。以海格力斯之柱为界，在地中海一侧，尤利西斯不会遭遇危险，不会碰上那座褐色山脉，也不会因向它靠近而被粉碎一切思想。

III

接下来是一个结论，似乎因陆地与大海之间惊人的结盟而呼之欲出。在这块凹地中首先成形的是什么呢？那神秘的实体是什么？这实体已经成为精神，从中能诞生黄金，满足我们对这些海岸的期待。很显然是语言，或者更确切地说，是对那里的人所讲语言的某种额外的兴趣。不仅仅停留于自己小小的社群，还与其他或远或近的社群进行接触，意识到这样做是存在，也就是创造新词来命名昨日还未知的事物，来分析表面看来迥然有别的思想，这一切立即会鼓励人们从存在的各个角度去思考语言。地中海的各个角落确实很快就出现了关于词语的种种思考：拥有涵义的词语，作为能指的词语。涉及埃及象形文字，腓尼基人发明的字母，由希腊人创造，之后分化成无数非凡词汇的概念性思维。甚至涉及罗马法，因为罗马法是一项语言工作，甚至涉及犹太人的宗教，因为信上帝是对某种语言的倾听，甚至涉及伊斯兰教，因为《古兰经》是一首诗。

一首诗，正如在哲学、神学、演说家的政治计划寻求建立彼此矛盾的统治之前，《吉尔伽美什》（*Gilgamesh*）、《伊利亚特》、《奥德赛》及之后《旧约》中的《诗篇》（Psaumes）或《雅歌》（Contique）都是诗。比起语言方面的考虑（现在让我们承认吧），诗歌方面的考虑才是奠定地中海文明的伟大经验，这一点很容易理解。说话时身边立即就有一种他者的语言，无论后者是否被称作“野蛮人的”语言，这样的经验都意味着察觉附着于相同事物之上的观念的地区差异，也意味着遭遇我们随时准备认为表述得不好或者说虚幻的思想，很快还意味着知道在现实与词语之间既存在着连续性，也存在着距离。由此产生一种需求：在两者之间扎根，来更好地理解并揭示可能被话语遮蔽的存在。这种需求即是诗。以某种现实的名义来重新把握语言，这一现实，我们确实感到它是显而易见的

(évidente) ——明见性 (évidence) 这一希腊理念是整个地中海地区的中心，这个词与光明 (lumière) 有着同样的词源——但我们也发现它受到了威胁。作为存在之记忆的言语。一种感觉，仿佛世界表象下存在一股强大的、汹涌的暗流，而我们最终会堕入这股暗流之中，就像堕入某个深渊。然而我们也感觉到，在我们身边，在我们之间，在我们身上，还存在一些从根本上说对我们必不可少因而需要保留的东西。这意味着我们必须保卫它们，抵抗对词语的另一种用法，后者是漫不经心的，盲目的，具有欺骗性，只对词语外部的某些特征感兴趣。一个世界的存在有其真理，有其充分性，我们不要追随尤利西斯越过海格力斯之柱，但丁对他的愤怒有充分的理由。

在地中海，诗很早就诞生了。几乎在同一时间，诗开始在此大声说话。是诗试图在美索不达米亚的《吉尔伽美什》中，给予王子和士兵以道德意识和玄学经验；是诗奠定了希腊世界，令雅典城的悲剧作家开始与理性交流，而这一交流延续至今。在这些开化的社会大声说话，也在此长久地说话。《埃涅阿斯纪》很好地理解了它的警世任务，这一任务由维吉尔交由但丁，被《神曲》，被同样是诗人的塞万提斯、莱奥帕尔迪重拾。卡瓦菲斯 (Cavafy) 和塞菲里斯还承担着这一任务，甚至在不久之前，我们发现它也是占据马哈茂德·达尔维什 (Mahmoud Darwish) 心头的重要问题之一。

IV

不久之前，那么今天呢？某个时代已经揭幕，历史那直至今日始终得到控制的洪流开始发生中心偏离，而且这种偏离将继续下去。从此以后，历史的舞台将是大陆，历史的问题将是悲剧，后者希望诗歌实现彻底的更新，或者干脆自我放弃。一个问题就此产生，关系到从西班牙到遥远的黑海地区的真理教育。用一句话总结：过去，这份遗产没有得到应有的保护。这片拥有如此多海岸的大海，它的诗是真实的，平衡的，它的海豚保护精神，使它免受无中介的同一性（l'Un non médiatisé）的钟声，也即追求神秘主义危险激情的钟声的折磨 。然而，过度倾向始终在召唤着人们。在诗拥有力量的地方，某些重大争论曾一度获得有益的形式（在耶路撒冷与雅典之间就是灵与肉的冲突），这些争论照亮了交流，但也很快并且很大程度上令本该去除一切意识形态偏见的交流变得令人不安。从帕加马到罗德斯岛，从埃及到爱琴海，希腊化时代的和平当然是存在的，普罗提诺将亚历山大里亚带到了罗马，伊斯兰教在安达卢西亚遇见了西方海岸的艺术和哲学，人们希望那些投身埃及远征队伍的学者的著作能多少弥补因征服而加剧的不幸，毕竟这些时刻也是启蒙的时刻。可是，在这些世纪，产生了多少误会，发生了多少引发误会的战争，在神学家的诡辩中，又有多少危害思想与生命的说辞！这些神学家已经不知道诗的记忆，也不知道超验其实产生于日常现实中。东征的后果绵延不绝，它们是怎样的灾难！地中海是一个清晰而巨大的数目，可它无法用它的光照亮政治与宗教。如此一来，那曾经历过这晦明交加的过往的事物，又有着怎样的未来？

怎样的未来？仅有诗所确保的未来，幸好诗总是能在大地上不断重生。不过有诗确保的未来已经意义非凡。有人说，密涅瓦的鸟儿在黑夜降临时展翅翱翔。这是一幅美好的地中海图景。可是这些词并不仅仅意味着，为了令理性、科学的理解成为可能，某个事件或事实需要充分展露形式，需要曾经存在。这些词对诗也有意义。诗是存在的记忆，它从各种概念性知识不断拓展的黑暗中经过，却能回忆起曾为我们存在过的现实，因为我们可以在即时性中经历这些现实，水、美酒、某个夜晚的清凉、酒杯——在感受时间流逝的时刻，我们可以从这杯中饮酒。还因为这些现实帮助我们察觉到完整的在场教给我们的东西，不是事物的结构，而是瞬间的强度，使强度成为可能的词语的重要性，每个词语身上的深度，词语在言语中占据绝对优势时所形成的交流的质量，总而言之，是存在的诗意的可能性。诗回忆起这些现实，它们在一生中时常转瞬即逝，有时却是辽阔的、坚决的，比如一条河、一座山、一片海。就像渴望认识而非吞噬的密涅瓦的小鸟，诗也在夜幕降临时展翅翱翔，向光在此处彼处留下的痕迹飞去。

所以，它只能如此并且始终走向存在的这一形象，这是地中海连同它的海岸、它的水道、它的重要港口，以自己既特殊又普遍的方式——“the dolphin-torn”、“the gong-tormented sea”——出现并保持的形象。从前的“mare nostrum”（我们的大海）[1]在当今世界已不是决策的中心，可是，因为它的言语很早之前就已被一些作品理解，因为这些作品流传至今，因此它仍然是重要的能指，令真正的思想，也就是坚持祛除神话的思想得以存在。地中海是诗，它被交托给了诗。我们可以期待，诗会一直和地中海一起，在自己身上保留地中海，为它而战，为它满怀希望。

（曹丹红　译）

1　古罗马人征服欧洲后对地中海的称呼。

- 附　录 -

译者共同体

I

朋友们，我一点都不怀疑，在座的许多人对翻译问题的某些方面有明确的兴趣，我甚至能够想象，在座的一些听众自己就是译者，但我的演讲并非只和这一部分人有关，因为在我看来，翻译问题超越了专家就其任务的特殊层面展开的思考。一方面，诗的翻译本身也是诗，对这一问题的思考能解释诗歌活动，而诗歌活动与我们每个人相关。另一方面，所有翻译都提出了文化间关系的问题，也就是价值甚至普世价值的问题，一位译者一旦开始比较几种文化，这些问题便会出现在不同文化的博弈中。实际上，译者能够看到不同文明之间的差异，甚至是它们表面的不兼容。那么他应该局限于说明这些差异，还是借助对眼前两种句式的观察，明白这对他来说是个自我反思、自我批评以及批评他者语言的绝佳机会？译者小心翼翼地尊重别人交托给他的文本，甚至可以说在与他操同一门语言的人中为它辩护，因为他们在说这门语言时可能充满了偏见，而偏见因被他们的说话习惯深深掩盖而显得格外有害。但这是否意味着译者就可以忘掉自己的任务，也就是寻找一种能被所有人接受的存在于世的方式？

因此，我想提请大家检验的第一个观点，是我对今日某种流行的诗歌观念的批评。大家知道，当代思想倾向于认为，文学的价值在于作品中超越作者有意表达或自认成功表述的东西。对文学接受问题的这类思考很正确地意识到，诗歌“文本”，甚至叙事文本，甚至论述文本，它们具有的涵义远远多于作者所承认的涵义。另外，文本也有多重维度，仿佛层层叠叠的意义滑入文本深处，令其注定无法完全被一个人把握。我们应当承认，相较于其解读或阐释的超验性，书写解释了今日作家——至少那些观察文明发展趋势的作家——研究中的某种兴趣及其前所未有的强烈程度。书写的超验性无疑是一个承诺，代表着不同时代会带来对文本的出其不意、不断更新的理解。

至于阅读，对那些公认的或约定的文学文本的阅读，它必须明白，它既不是也不可能是过去甚至最近人们所认为的一种消极的摄入，哪怕这种摄入是细心的，并且涉及对各种研究工具的思考、研究与获得。它应该将自己定位为一种活动（activité），一种无止尽的活动。为什么？因为在被阅读的文本中不再存在某种构成它本质的明显涵义，从今以后我们不得不在文本表面之下开掘一条道路，这条道路始终是个人的，唯有它才能通向作者未能解释的涵义的集合。阅读是一种活动，但它同样也是——对这一点的强调也很重要——一种意识到自身主观性的活动，因为它由某个完全为自身差异负责的个体完成。实际上，勘探文本厚度的途径是多种多样的，多种多样，或者说多得不计其数，无法指望为其绘制图册，因此对文本的勘探应该交由阐释者以合宜的方式完成，但无论通过智力手段或欲望倾向，这些方式都受到阐释者“个人方程式”的限制，而且这种限制超越了阐释者本人的想象。

概而言之，当我们希望一蹴而就地或逐渐地构建对作品的正确而充分的阅读，能够成为文本的经典阐释时，文本表面反射出的却是读者自己，形成了作为批评者的读者的一种自画像。这看起来令人沮丧，不过对于某种应由集体构建的真实来说，还存在挽回的余地。因为——我正提及的思想会这样补充——新类型的读者恰恰因行动的主观性，因将文本的所指转变成自身世界的能指的胆识，事实上实现了与作者相类似的功能，而作者在面对他从社会接受的话语时，也曾表现出同样的自由态度。今日的读者阅读犹如作者写作，能比过去的头脑更好地理解作者，过去的头脑无论属于作者、读者还是文论家，都一致错误地认为作品的意义既是唯一的，又是可以解释的。事实上，面对他所分析的诗人，这位读者甚至具有优越地位。由于他可能更关注言语的实际运转机制，可能想要以一种更为清晰的方式来考察无意识所流露的迹象，因此他对人类活动、人类欲望的敏感性可能超越经常还处于懵懂状态的创作者，而他的清醒程度能超越被自己幻觉所欺骗的作者。

总之，长期以来，作者一直认为自己是在直面存在于他身上和他周边的世界，以此来发现世界的真相，事实却是，世界与真相不过是他的词语编造出来的，其中一部分还是海市蜃楼。作者由此忽视了文本中涌动的可能性，而这些可能性正是应被我们视作言语潜力的东西。他那勇气十足的新阐释者却看到了这些含混与多义，并懂得它们的价值，甚至明白它们是仅由永恒变动的符号构成的某个宇宙的唯一现实。所以这位作家错了，他误以为在词语之外存在一个世界（无论它是宇宙还是社会），他只关心这个世界，他试图言说这个世界并对自己的言说方式颇为满意。而这位警惕的读者是对的，他形成了新的思想，他关注语言独立的运转机制，他观察语言的流变，他在阅读中时刻注意止步于这些层面——幸运的是，作家在不自知的情况下，令词语与形象在文本中拥有了自由的生活和蓬勃的生命力。

大致来说，这就是上文提到的有关文学作品及其阅读的流行观念。当然了，它也被运用于一种特殊的阅读形式，即译者的阅读中。首先，译者在翻译中不会遇到书页上的词语及词语关系以外的东西，这似乎是不容质疑的事实。换句话说，译者遇见的只是文本（texte），而非某种经验的痕迹，这一经验是诗人在自己人生的某一刻，于某个场所，在某些人事物之中经历的生活：选择、决定、面对他的命运，由此摆脱语言的控制，哪怕语言确实控制了人类生活的很多方面、很多事件。

译者的材料是文本。其结果是——我们同样可以预料——面对我们想要翻译的作品，采取我之前提到的刻意个人化的阐释态度，这将是一种既合适又方便的做法。任务很明确：译者自由地阅读，自由地、大胆地翻译他所喜欢的作品段落。这将产生另一个文本，与原作相比可能会有缺漏，或者危险地偏离原作，因为他会令作品的某些层面，也就是被他的阅读重点关注的层面绝对化，尽管作品显然蕴含着丰富多样的层次。但是，这一既无幻想也无删节的翻译，这种刻意个人化的途径，它必须明白自己仅仅是对同一首诗的一连串阐释中的一个时刻。这种自知之明表明译者一开始就对未来其他译者的工作作出了首肯，它将确立一种伴随不同结果和重要影响的活动，也就是翻译（le traduire），正如言说（le parler）、书写（l'écrire）[1]。复译能在一代代人中不断展现原作的多元性，后者是作品最重要的特征。通过这种方式，翻译将成为最具决定性的行动，令思想习惯于重视词语的秘密生活，并从被它解构的精神中找出所谓的事实及虚幻的信念，也就是找出一切阻碍精神发展的因素。

总之，就算每部译作都少于原作，真正的翻译，那可以被称为翻译的活动久而久之能够——人们对我们说——给出与原

1　“traduire”、“parler”、“écrire” 原来都是动词，这里用作名词，应为强调过程之意。

作对等甚至超越原作的译文。因为接连的辨析令无尽的涵义暴露在光天化日之下，这些涵义既是作者体验过的，也是受他压制的。这一判断的结果是，尽管诗歌本应是翻译活动的出发点，但认为这一判断真实不虚、从诗学角度看充分有效的批评家或哲学家却宣布，诗歌并非翻译的起因，而是其结果，因为翻译最后会提供原诗潜在力量得到发展后的形式。由此观之，翻译归根到底不应被视作一种低等的、处于真正的创造边缘的任务，它几乎应被视作运转的思想最首要的活动。

因此人们有充分的理由强调，译者能在自己的文字中令原作的某些特征显现。由于压抑、幻想、偏见等内在于作者语言的因素，人们无法一眼看出这些特征。人们也喜欢指出，翻转土壤，掘出原作中未加思考或无意识的东西，这能让译者帮助他自己的语言——也就是他用来翻译的语言——发现它的不足之处。确实，在那些坚持不懈进行创新的翻译活动中，诞生了多少诗歌，多少伟大的诗歌啊！如若不信，只须想象一下荷尔德林，他既革新了希腊诗歌的翻译方式，又更新了德国的诗歌。

II

我刚刚非常简要地陈述了某种翻译理论（théorie de la traduction），或者，如大家所见，更确切地说是某种有关翻译活动的理论（théorie du traduire）。我很乐意马上补充一点，即这种理论是一种连贯犀利的思想，考察这种思想的影响，尤其考察其中蕴含的有关精神统一性的某种理念，对我们来说不无裨益，而且我已预感到这一理念呼之欲出。这一理念认为，精神是一种绝对言语，它就像各种语言汇聚的入海口，是写作与翻译共同的地平线，而写作与翻译的使命是以互补的方式，解构当前言语造成的幻觉。尽管如此，我还是需要指出（不能再拖延了），当涉及诗的时候，某种可能关乎根本的东西，甚至没能被上述写作哲学所察觉。

首先我想提一个问题：为什么译者——我指的是那些作品将流芳百世的伟大翻译家——青睐一部作品胜过另一部？为什么翻译——指作为活动的翻译——会以某种引人注目的执着，不断回到某些诗歌，仿佛相比其他诗歌，它们才是真正的源头？相比其他不那么伟大的诗人，但丁、莎士比亚、莱奥帕尔迪、波德莱尔的诗中有更多的涵义更紧密地分布于文本中吗？可是，别人不是跟我们说，即使最普通的句子，其涵义也是无穷无尽的吗？由此我们应该下结论说，翻译、不断翻译、无止尽地翻译某些二流、三流甚至四流的作家也能令我们受益无穷。

然而是时候重申了：涵义根本不是一首诗的构成要素。想想大家第一次阅读诗歌、发现诗歌的情景吧！当你们还是孩子时，你们并非因为涵义而被一首诗吸引；你们并非对它感兴趣，而是被你们在诗中体会到的某种特别新颖的东西感动，这东西位于寻常意识的边缘。当听到“阿里阿德涅，我的姐姐”[1]，或者“今夜致冰川高耸的西尔塞多［……］它那琥珀和火绒的心”[2]时，震撼你们的不是某种思想或评价，你们也不会觉得自己抓住了什么蛛丝马迹，就此可以展开对拉辛或兰波生平的研究。不是的，我们喜欢一首诗时，第一时间并不知道它究竟说了什么。在考察诗歌文本中交织的换喻和隐喻之前，我们已经因为它的词语而喜欢它，仅仅是词语本身，既明显又神秘的词语；我们喜欢它，因为这些伫立于思想中的宏大词汇仿佛在宣告，它们指示事物的方式比过去更为直接、更为强烈，事实上，那是另一种方式。

现在，人们可能会跟我说，如果诗歌通过词语召唤我们，那恰恰是因为我们在这些与日常话语差别如此明显的言语集合中，预感到了多义性的萌芽，预感到意义就要溢出我们对文本的意识；而且正是由于多义性，我们也预感到很快有可能对诗歌进行丰富而主观的阅读，也就是我之前提到的众望所归的阅读方式。可能吧。可是为什么我们那么快、那么强烈地被触动我们的诗句所承载的音乐、被赋予诗句起伏的节奏占据？我们明显体会到，在倾听词语之时，这音乐——波德莱尔说这“大海”——增强了它的音响，而后者逐渐战胜了思想网络。在诗歌中，词语的音乐改变了词语的效果。在诗歌中，受音色、韵

1　语出拉辛《淮德拉》。

2　语出兰波《灵光集》之《虔信》，何家炜译文。

律与节奏支撑的词语也许是一种工具，用来从观念层面解释世界的方方面面，或者为欲望确立一个舞台，但是，它们更是摆脱话语链条后的一种直接呼唤，我甚至要说是一种沉默的呼唤，在呼唤之中，词语复原了事物在伊甸园中的色彩。诗并不意指，它只展示。它并不玩涵义游戏，恰恰相反，它否定了这种游戏，因为它的存在理由超越了再现、分析与表达，也就是超越了一切知识话语，而走向被概念盗走的感性存在的即时性。

我认为这一结论是最基本的结论，是所有诗歌爱好者的信念，它会促使我们换一种方式思考诗歌中的某些因素，这些因素在诗歌中仍以涵义的方式存在，因此必须对其正确定位，即便只是为我们计划中的翻译作准备。诗歌有涵义，这是一个事实，虽然诗歌只有超越涵义的界限才能存在，才能获得真正的价值。无论诗人多么渴望超越能指与所指游戏，直接、完整地体验世界或另一个存在的在场，他始终囿于与自身关系的幻觉。这一关系经常误导他，促使他把实际上不过是自身梦境的东西当成直接且原初的东西，而梦境是换喻与隐喻的网络，因而也就是涵义的网络。由于作者介入自己词语的含混性中，“诗歌即文本”的拥护者们便有理由在这含混性中看到致密的甚至喷涌的涵义，同时也就有理由去揭示这些涵义了。

可是，诗歌中还融入了完全不同于涵义网络的东西，至少在那些重要的诗歌中是如此。实际上，错综复杂的概念无论是一种思想，是对价值的肯定，还是对欲望的表达，它们从来只是诗人与自身形成的关系中出现的某种形象，代表着诗人的“自我”，也就是其存在与体验现实——尤其是出生、受教育、形成道德或智力教养的现实——的方式。自我是个体向自身的撤退，是一切过度定义与意义浓缩的自然场所，这些定义与浓缩的意义涌动于作品中可被称为文本的部分。而诗人将他的词语视作音响材料，从中寻找一种节奏，并创造出一种音乐；诗人由此与涵义拉开了距离，并窥见了彼岸的现实所具有的即时性、不可分解性和明见性；诗人意识到，在自我（moi）的结构之下活跃着一种存在于世的能力，它更为原始，从潜能来说也更具普适性，它是兰波所说的“我是一个他者”（Je est un autre）中的“**我**”（Je）。当他说出这句话时，他已经预感到存在于世、遭遇现实的不同方式，后者为意识这一层次所独有。

他发现了一些显著的事实。例如，在某些圆满的时刻，这个什么都不是的**我**也是一切，之后他渴望借助他掌握的词语来固定这种直觉（可能还是知识，但已是一种全新的知识），即便词语仍然会背叛他，因为它们始终被普通的涵义所召唤……任务当然是困难的。毫无疑问，“自我”企图覆盖“**我**”的声音，日常生活中的思想、忧患与欲望会试图将它们的观点甚至它们短浅的目光强加给“**我**”。可是，对于诗人而言，并不存在其他任务；理解到应该用一（l’Un）的记忆来战胜做梦的“自我”，这是诗人的特殊使命。一的记忆就是有限性的意义，是它始终困扰并推动着深层的“**我**”。诗人正是在对这种断裂感的不懈追求中形成了他作品的美与诗意，后者既体现于他书写的矛盾之中，又超越了这些矛盾。

总而言之，在一首诗的涵义中，在构成诗歌的层层叠叠的能指与所指中，应该学会区分两个层次。首先是概念意识层，概念意识——请允许我这样说——看得不会比语言更远，它被我命名为“自我”，拥有它自己的知识、观念、欲望、梦想，是整个有意识或无意识的、错综复杂的、意义多元的话语网络，也可以被定义为文学活动尤其是小说创作的素材。随后来看一下另一个层次，这个层次由直觉构成。直觉是有意识的，它在诗人身上试图摆脱总体上属于幻想言语的“自我”的追问，以深化并展示自己的知识。后者是对显著事实及其绝对性的觉察，但也是对由此而来的有关生活的思考的觉察。这思考将十分简单，意义尽可能单一，我们甚至倾向于说它天真，却必须非常严肃地对待它，这将是我们这些读者辨认出诗歌主旨、参与诗歌行动的方式。

这后一种征用涵义的方法既简单又次要，它是伟大诗歌的特征。我将它称作这些伟大诗歌的言说（dire）。言说即某种深思熟虑的、有意识的东西，被诗人狂热追寻、坚定承担，它是一种生活理念，一经产生，诗人便会立即向他亲近的人传达，并得到后者的赞同。可以说它是词语的某种意义（sens），与文本批评在为诗人代言时强加给诗人的涵义（significations）完全不同。

III

言说。在思考言说时，我推导出了我所认为的读者与译者应承担的任务。

首先是读者的任务，更确切地说是批评者的任务。批评者当然可以做他想做的任何事。假如他决定将一首诗看作一份简单的文献，为他自己所进行的研究——比如说历史学或精神分析学或社会学研究服务，他完全可以随心所欲地在文字素材中进行各种切割，归纳出不同的涵义层次，在每个涵义层次提取出为他的目的服务的能指结构。他可以以这种方式关注爱伦·坡《安娜贝尔·李》或《阿恩海姆乐园》（Domaine d'Arnheim）中的神经官能症；或者关注莎士比亚戏剧中伊丽莎白时代宗教或社会冲突的回音；或者关注某个作家隐藏的政治动机，有时作家本人也会作这样的分析，比如兰波在《与诗人谈花》（Ce qu'on dit au Poète à propos de fleurs）中就嘲讽了某位凯尔德雷尔先生。这些片面的阅读当然有意义，有存在的理由，前提是它们自知片面，并通过这种认识证明，诗并不存在于此类阅读从文本深处汲取的涵义中。

也没有什么能够阻止读者和文本向他提供的词句玩游戏，在自己梦境的支配下，通过剪切拼贴，拉近文本某些元素的关系。尽管如此，这位阐释者仍然需要明白，或者我们需要明白，他做了一件其实有些严重的事。他的确让别人以为，他把诗歌当作诗歌来尊重，只不过他致力于揭示诗歌的多元意义及其之于诗歌的重要性罢了。可是，事实上，他除了立足涵义网络，还做过别的什么事吗？而他本该承认某种言说的首要地位，知道并回忆起言说是诗人独有的行动，是诗人的特殊性，没有它诗歌就无法发生。这种总的来说纯属玩票性质的诗歌阅读并不是对诗歌实体的多少还算深入的揭示，而是对诗意的制裁。这就是为什么面对那些毫无疑问机巧非凡的注解，我们会感到不适甚至抗拒。这些注解令人讶异，因为它们竟在覆盖甚至压抑诗歌本质的脚手架中找到了极大的乐趣。我由此想到别人对波德莱尔的《猫》（Les chats）这首诗的解读。

事实上，如果我们在读诗时想读到诗从根本上说意欲成为的存在（这存在多少有些被言语的其他目的遮蔽），那么我们就应该抛开所有这些片面的分析，尤其抛开所有在文本层面进行的游戏，因为从诗的角度来说，只有言说，只有被我称作言说的东西，才是重要的，才是唯一重要的。有时这言说很简单，我之前已经提过，它既简单又明晰，跟日常智慧很相似，以致看起来很平庸，比如叶芝在《在学童中间》（Among School Children）里总结到，精神生活与肉体生活应该一起“跳舞”。这个想法看起来可能不怎么新鲜，纵然它的表达令人赞叹。尽管如此，还是需要读者作一些努力，而这努力正是诗歌本身：在我们的现实生活处境中，在我们情感的核心，赋予上述思想以所有的意义层次，重新创造这些处境与情感，重复为它们着色，重新令它们具备激动人心的力量，将它们可能不再具有的强度还给它们。

有时，诗歌的言说确实被遮蔽，晦暗不明，在不确定的表达中寻找自我。这些表达首先需要文本分析，因而我们有可能在走向诗歌的途中迷失自我，与其他同样对诗意的本质了然于心的读者意见相悖，甚至受制于多元阅读的盛名。在这些情况下，多元阅读比任何时候都更具诱惑力。可是注意了！这些阐释即便有风险，主观色彩很浓，也不是我前面所说的本质上属于游戏的练习，因为它们并没有提出要将诗歌称作文本的多义性。在它们的摸索中，有一个始终明确的观念，即存在一种有关诗歌的真理，一种言说，而读者必须听到这真理与言说，时刻准备在别人向他指出更好的解读与领悟时，修正自己的想法。读者的任务，是将以下这一点铭记在心：诗人追求某种真理，并试图与那些信任他的人分享。

IV

那么译者的任务呢？如果译者不是单纯的历史学家，如果他不满足于告诉我们《神曲》中但丁在地狱或炼狱里的对话者的名字与行为，如果他想要译诗为诗，那么他就得承认，他首先应该关注的，不是文本材料的复杂性，而是诗歌音乐的节奏、音响材料的热情，诗人正是借助后者，在自己的诗句中超越了某个层面，在这个层面，词语首先作为概念出现。为了达到这种专注程度，除了令自己被这音乐俘虏，使它在自己身上创造出与所译作者同样的“歌咏状态”来重新言说意义之外，译者还有什么可做的呢？

希望他懂得如此倾听，如此回答，如此响应，这样，音乐会在他身上重新出现，从此以后将是他自己的音乐，来自他自己的语言，夺取他正酝酿的词语；一条道路将在这音乐中打开，通向一种有关生活的知识，只有词语的音乐能令这知识成为可能。

之后，新的节奏是否在韵律、音色、节奏感上有别于原作，这已经无关紧要，因为最根本的问题，是在成为诗人的译者身上确立一种与音响材料的真正关系，因而那些竭尽全力试图在法语中摹仿济慈或叶芝诗歌格律的做法在我看来徒劳无益。作品的形式当然参与整体直觉，我们当然需要体会形式的意义。然而，一个音步一个音步、一个韵脚一个韵脚地照搬原作会压制译者的自发性。无论如何，在韵律方面，没有一种语言经得起另一种语言的考验。必要的，是译者进入诗句音乐中，在此听到诗歌的言说，而这一切会在他未来的生活中重新成为音乐。这是一种存在方式，它显然不可能妨碍进行中的翻译。因为要翻译诗歌，我们只能使用在生存处境中重新淬炼过的词语。

译者不应陷入多元涵义也就是诗歌文本特征的圈套。面对这多义性，他应该做的是重拾某种活力，原诗人曾依靠这活力，在似乎无边无际的涵义中支撑了言说的独特性。唯有这样，唯有通过“我”（Je）对“自我”（moi）的超越，诗意才能被保存。至于隐藏在作品深处的涵义，对于明白何为诗的译者来说，它们将以原作者眼中的面貌呈现：作者如何遇见它们，如何承受它们，有时又如何战胜它们。这将是与涵义打交道的好方式，通过这种方式译者能够理解它们，认识到它们在我们的生活中也十分活跃，由此在寻找彼岸的道路上，自行承担它们带来的全部风险。

如果读者在面对一首对他来说至关重要的诗时，不满足于译者超越诗歌涵义的方式，那么他始终可以重新开始翻译活动；如果他接受诗性的指引，那么从一个译本到另一个译本，一种生成（devenir）能够被确立，重新令翻译这一被我称作无止尽的超越的行动成为可能。只不过这次要做的不再是将不同的解读并置，逐步展现一个文本织体，仿佛其中每一种解读都是这个身体的一个阶段。相反，这次要做的是从不同角度接触这个庞然大物，在原作中，在这个庞然大物的中心，比概念话语飞升得更高的，是奠定诗歌的在场直觉。在普通社会中，对在场也就是对显著事实的体验并不常见，且很快会被遗忘，因而需要向它提供尽可能多的机会，仅仅在生活中进行诗歌创作远远不够。也是因此，世界文学中的伟大诗歌作品不停地得到译者的重新阐释和重新翻译，这是众望所归。文明进程导致了世界意识的改变，变化要求新的阐释者通过其他途径来理解诗歌，这些途径在这些新阐释者的时代变得更为切实可行。在“翻译”中，重新开始只不过意味着一种需要，与某个历史新时期的言语一起，再次经历作品所完成的对在场的指称，尽管在场从本质上说并不具备历史性。由于这不断的重新开始也是诗人仅从自身出发尝试实现的，因此译者和诗人几乎无须感觉彼此有别。他们延续的，是同一个共同体。

关于这一点，我有些想法。前面谈到的将诗歌等同于文本的思想设想了一个译者共同体，我们看到，在这过程中清晰显现出来的是一种希望：通过解读文本中难解的部分，通过借助全新的阅读令能指元素组成的深层网络浮现，译者将逐渐拓展言语，令新的力量、新的语言领域显现，由此促成某种与思维潜力吻合的语言的降临。总而言之，就是弥补巴别塔灾难带来的损失。大家现在可以想象我对这一计划和这一希望的批评。这一孕育中的语言，它只能诞生自对文本涵义也就是对符号概念的叩问，它本身只能成为概念的联结。无论概念之间的差别有多大，无论它们多么适用于精确分析与它们自然相关的客观现实，语言的此种未来中仍存在某种后果，既使得借助音乐的自我恢复以及自我向明见性和统一性的敞开都变得愈加困难，也令作为诗歌表现对象的存在者的实践在未来精神的眼中变得愈加陌生。总而言之，这种总体性语言能做的不过是展开物质，它会将与真正人类关系有关的一切记忆全部抹除。对于生活来说，期待概念越来越精细的语言没有任何益处。这种丰富性有利于科学，却无法保存那些伟大的象征和原型；今日诗性思想从某些至今尚存的语言中借用了词汇，才得以重新赋予这些象征和原型以生命力，而这些语言是自源头起，便对真正重要的东西了然于心的语言。

因此，我们应期待诗的翻译给予的，根本不是一种能解决任何问题的语言。然而，翻译这项活动，这一无止尽的行动仍然有一个目的，需要通过与创造性作品更为直接的合作才能完成：一个目的，一种欲望，也就是从逐渐堆积的风暴中，萃取一种完整的、令人满意的理性。

V

一种理性？在有关诗歌的思考中遇到这个词，这种想法，大家一定会觉得奇怪。更多情况下，人们会将诗人与幻想，与幻想的非理性，与其最荒诞的幻觉和幻象联系起来。为了证明这一点，人们可以参考很多似乎无法反驳的例子。《灵光集》有什么理性的成分吗？布勒东与亨利·米肖的诗歌中有什么理性的成分吗？此外，这也是文本分析理论家们迫不及待占为己有的观点。因为他们将文学文本定义为摆脱一切束缚的书写，接受一切悖论、一切断裂的书写，文学当然有价值，但它的价值恰恰来自悖论与断裂。书写打开了通道，应在有关书写结构的研究中揭示真理与普遍性的，是批评家和哲学家，而非写作者本人。

不过，大家现在已经知道，我对诗歌有一个看法：作为对某种无法分解的原初状态、对我们此世之在场的记忆甚至经验，诗性直觉超越了将这直觉从我们这里夺走的所指，因而否定了一切诞生自概念词汇与物体之间偏差的幻景幻觉和糟糕神话。创作这种简朴诗歌的使命能引导精神遇见最根本的生活要素及这些要素中最基本、最普遍的东西，人类正是在此处，在逻辑的武装下，能对一切个人利益问题进行自由的思考，这个人利益，我们即称之为理性。那么诗呢？诗既得益于理性，又服务于理性。我刚才已提到，在西方历史上，如果说理性恰好在诗歌创新的主要时期，摆脱了对无关真理的教条的依赖，这不是一个巧合。想一想但丁，他的创作正产生于阿奎那哲学那正本清源的工作之后。想一想彼特拉克开创的十四行诗与柏拉图思想之间的联系，十四行诗很注重可读性。想一想文艺复兴最辉煌时刻的阿里奥斯托。再想一想启蒙时期之后的歌德和荷尔德林，想一想莱奥帕尔迪，想一想华兹华斯。想一想这些连续的结合，然后问问我们自己，是否应该将今日诗歌的困境与理性在这个意识形态始终占据上风的世纪的失败联系起来。

由此引出我今天要讲的最后一点。译者的翻译活动在 20 世纪越来越具有创造性，借助他们的翻译活动，欧洲对其他国家、其他语言的文明的认识取得了巨大进展。陌生变熟悉，别的社会昨日还不为我们所知的无数生活侧面，从此成为我们深入思考的对象。这一切无疑是好的。尽管如此，近年来，伴随这一日渐增长的认识出现了某种越来越被坚决肯定的思想。这些文明——人们说——每一个都是美好的，可敬的，我们应该研究它们，但也应该让它们自由发展，不去干预它们的原则，因为每种文明都有一种一贯性，保证了它自身的存在，而且无法被等同于任何其他一贯性。对于这些文化，我们应当理解而非批评它们，应当给予它们的差异性以一个位置。这一思想很自豪，因为看到自己那么宽容，它断定自己是敞开的、包容的。在我们与异的关系中，再无种族中心主义存在。

而我没有这么乐观。因为这种敞开给予他者一种权利，也就是自我封闭于历史演变进程中的某种状态。在这样做的同时，这种敞开实际上放弃了检验和质疑的意愿，而理性——我刚才提到的理性，及其对普世价值的需求——却有义务检验、质疑一切人类行动，不管这一行动是他人所为还是我们自身所为。假如接受他者却不给予自己批判的权利，我们就会忘记某种需求，也就是去共同寻找对所有人来说都代表着更好地存在、更好地思考的价值。因此在我看来，上面提到的这种敞开并非精神进步，而是一种严重的放弃，它的隐秘目的在于，某些抱持这一观点的人试图保护自己的幻觉，因为分析到最后，他们所谓的与其他文明之间的开放关系只不过是一种漠然的形式与机会，这一点时刻得到美洲与欧洲利己主义的证明。这两大洲在利己主义影响下，任由更为贫穷的社会与自己的不幸抗争，却不愿提供一点帮助。真正的开放性是同情也是批判，此外，这批判，我们首先通过它来拷问自己，由此能够产生一种交流，一种真正的交流。但是，在需要真正开放性的地方，人们却说："他们就是这样的，这是他们的存在方式。"对差异的所谓尊重由此只成为种族主义精致的现代形式，而种族主义却借此机会，令它那最粗暴的形式得以重新扩散。

一言以蔽之，对他者认识的深入是翻译小说、杂文以及一切可被称作社会散文的文本的一个有益成果，但这种深入认识如果只是放弃普遍性思考，不加批判地接受其他文化，那么它的结果将毫无裨益。因此我最后想提醒大家注意，诗的翻译只要能正确进行，便能——我刚刚暗示了这一点——突显普遍价值，重新打开理性的场域。从这个角度来看，诗的翻译在今日社会中无疑具有一种有益的功能。首先，它通过不断的复译指明了谁是伟大的诗人，这些诗人对社会、对语言幻觉与谎言的直接批判极其强烈。它能够看到，阅读莎士比亚不仅能了解伊丽莎白时期的文化，也能重新发现比如《哈姆雷特》或《暴风雨》（*La Tempête*）中有关精神之未来的问题。其次，诗的翻译在其代表性例子的武装下，能够帮助读者实现对异化与惰性的同一种超越。对诗歌的翻译，对诗歌之追问的翻译，只要它懂得辨识诗歌的精髓，愿意积极地忠实于后者，那么它无疑是今天我们最需要的东西。在我们这个不幸的时代，它是一项能为拯救世界作出贡献的活动。

（曹丹红　译）

本书所收文章原始出处

虽然作为序言的《声音中的另一种语言》（L'autre langue à portée de voix）还未发表过，但除此之外，组成这部论集的其他文章都曾发表于不同的场合，下文将会详细列出这些文章的出处。在本书中，一部分文章保持原样，另一部分文章则进行了改动，其中有一些修改是非常彻底的。这本书要展示的绝不是某种不可动摇的思想。

《诗的翻译》（La traduction de la poésie）是在“翻译、被翻译、合译、翻译博纳富瓦”（Tradurre, tradursi, tradurre insieme, tradurre Bonnefoy）研讨会上作的报告，该研讨会在锡耶纳大学文学与哲学学院的支持下，于 2003 年 10 月在意大利阿雷佐举行。这篇报告首次于2004年刊登在佛罗伦萨的杂志《半圆》（*Semicerchio*）上。它也是 2004 年 4 月里昂大学城一场讲座的报告。

《广义的翻译》（La traduction au sens large）是有关广义的翻译的三场讲座中第一场讲座的文字稿，讲座在法兰西公学院与意大利国家研究委员会的支持下于 2005 年 4 月至 5 月在罗马举行。另外两场讲座讨论的是波德莱尔与马拉美对爱伦·坡的解读，它们的内容还未被编录。

《译者的悖论》(Le paradoxe du traducteur) 是为雅克琳·里赛（Jacqueline Risset）的著作《翻译与诗性记忆：但丁、塞弗、兰波、普鲁斯特》（*Traduction et mémoire poétique. Dante, Scève, Rimbaud, Proust*，Paris：Hermann，2007）写的序言。

《涵义与诗: 对话皮埃尔－埃马纽埃尔·多扎(以及马克·鲁杰里)》（Signification et poése: entretien avec Pierre-Emmanuel Dauzat [et Marc Ruggeri])的第一个版本,以“关于诗性翻译”(Sur la traduction poétique）为题，收录于 L'Herne 出版社 2003 年出版的小册子《乔治·斯坦纳》（*George Steiner*）。

《语言，动词，parlar cantando》(Langue, verbe, parlar cantando)原题“语言,动词,言语: parlar cantando 的力量”(Langue, verbe, parole: les pouvoirs du parlar cantando），是在“我的语言之外的语言”（D'autres langues que la mienne）学术研讨会上作的发言。该研讨会由米歇尔·津克（Michel Zink）组织，于 2012 年 5 月在法兰西公学院举行。

《希腊语和法语》（Grec et français）是一部论文集的序

言，论文集收录了多篇由塔纳西斯·哈佐普洛斯（Thanassis Hadzopoulos）翻译为希腊语的论文，2005 年出版于雅典，书名为“在场与图像”（*Η ΠΑΡΟΥΣΙΑ ΚΑΙ Η ΕΙΚΟΝΑ*）。

《拉丁语，民主，诗》（Le Latin, la démocratie, la poésie）收录于《如果没有拉丁语……》(*Sans le latin...*)，由塞西莉亚·苏佐尼（Cécilia Suzzoni）和于贝尔·奥珀蒂（Hubert Aupetit）于 2012 年 4 月在 Librairie Arthème Fayard 出版社的“一千零一夜”（Mille et une nuits）丛书中出版。

《但丁与词》（Dante et les mots）是“但丁在法兰西公学院”（Dante au Collège de France）国际研讨会的发言稿，该研讨会由卡洛·奥索拉（Carlo Ossola）组织，于 2009 年 12 月在法兰西公学院举行。文章以法语刊登于《意大利文学》（*Lettere Italiane*），2010 年（创刊第十七年），第 3 期。之后收录于该研讨会论文集。

《过时，不过时：彼特拉克十四行诗二首》（Vieillir, ne pas vieillir: duex sonnets de Pétrarque）是“古书，新读”（Livres anciens, lectures vivantes）学术研讨会的发言稿，当时题为“过时，不过时：彼特拉克十四行诗二首”（Vieillir, non vieillir: deux sonnets de Pétrarque）。研讨会由米歇尔·津克组织，于 2009

年 4 月在法兰西公学院举办。该研讨会论文集由 Odile Jacob 出版社出版。

《Ridenti e fuggitivi》(Ridenti e fuggitivi) 收录于《贾科莫·莱奥帕尔迪，致西尔维娅》（*Giacomo Leopardi, A Silvia*），Alpignano：Tallone editore，2011。此书是伊夫·博纳富瓦对莱奥帕尔迪诗歌的翻译和评论集，另收卡洛·奥索拉的评论一则。

《声音中的意大利语》(L'italien à portée de voix) 收录于《意大利语手册，2008，2009，2010，2011》（*Cahier italien, 2008, 2009, 2010, 2011*），Paris：Società Dante Alighieri，Comitato di Parigi，2011。这篇文章写于罗萨那·卢莫（Rossana Rummo）离开巴黎意大利文化研究中心领导职位时，是一篇致谢与致敬。

《法语的雪，英语的雪》（La neige en français et en anglais）收录于《雪的始末》（*Beginning and End of the Snow*，附《箭落之处》[*Where The Arrow Falls*]），艾米莉·格鲁舒尔兹（Emily Grosholz）译，法尔哈德·奥斯托瓦尼（Farhad Ostovani）绘水彩插图，Lewisburg：Bucknell University Press，2012。

《沙漠的想象》（L'imaginaire des sables）是由穆罕默德·本·萨拉赫（Mohamed Ben Salah）翻译的论文选集《红云》（*Nuage rouge*，Mourouj，Tunisie：Waraka Édition，2011）的序言。

《俳句、简短形式与法国诗人》（Le haïku, la forme brève et les poètes français）是 2000 年 9 月 10 日于日本松山举办的正冈子规国际诗歌奖的提名演讲。收录于《俳句在法国，诗与音乐》（*Le Haïku en France, poésie et musique*），热罗姆·泰洛（Jérôme Thélot）和里昂内尔·韦迪耶（Lionel Verdier）主编，Paris：Édition Kimé，2011。

《俳句可译吗？》（Peut-on traduire le haïku）是“俳句在法国，诗与音乐”（Le Haïku en France, poésie et musique）学术研讨会的发言稿，该研讨会由热罗姆·泰洛和里昂内尔·韦迪耶共同组织，于 2010 年 3 月 2 日至 5 日在里昂大学召开。文章收录于前文提及的该研讨会论文集。

《大学与诗歌译者》（L'université et le traducteur des poèmes）是作者 2011 年 10 月获得那不勒斯东方大学名誉博士学位时发表的演讲。

《欧洲与译者：给斯特凡·米肖的信》（L'Europe et les traducteurs: lettre à Stéphane Michaud）是《欧洲与诗：译者的任务》（L'Europe et la poésie: la tâche du traducteur）大篇幅修改后的

新版本。后者是“欧洲世界的四位诗人：伊夫·博纳富瓦、米歇尔·德吉、马顿·卡拉兹、沃夫·克尔斯顿”（Quatre Poètes dans l'Europe monde. Yves Bonnefoy, Michel Deguy, Márton Kalász, Wulf Kirsten）研讨会的发言稿，该研讨会在斯特凡·米肖（Stéphane Michaud）的组织下于 2007 年在索邦大学举办。研讨会论文集由 Klincksieck 出版社于 2009 年出版。

《不是大海，而是海岸》（Moins une mer que des rives）是艾格拉·埃雷拉（Eglal Errera）汇编的诗选集《地中海诗人》（*Poètes de la Méditerranée*，Paris：Poésie/Gallimard et Culturesfrance，2010）的序言。

《译者共同体》（La communauté des traducteurs）的第一个版本是 1996 年阿尔勒“第十三届文学翻译会议”（Treizièmes Assises de la traduction littéraire）的开幕演讲稿，该版本收录于与会议同名的小册子（Paris：Atlas/Actes Sud，1997）。本书收录的版本为 1999 年 5 月在法兰西公学院举行的“关于诗的反思”（Réflexions sur la poésie）研讨会的讲座报告，该版本曾收录于《译者共同体》（*La Communauté des traducteurs*），Strasbourg：Presses universitaires de Strasbourg，2000。

其他与诗的翻译相关的文章

《诗的翻译》（La traduction de la poésie），法国文学译者协会 1976 年会议，收录于《关于诗的访谈录（1972—1990）》（*Entretiens sur la poésie, 1972-1990*），Paris：Mercure de France，1990。

*

《莎士比亚与法国诗人》（Shakespeare et le poète français），《证据》(*Preuves*)，1959 年 6 月，第 100 期；作为后记收录于《哈姆雷特》（*Hamlet*），Paris：Mercure de France，1962。

《移译还是翻译〈哈姆雷特〉》（Transposer ou traduire *Hamlet*），《证据》，1962 年 4 月，第 134 期；作为后记二收录于《哈姆雷特》，Paris：Mercure de France，1962。

《如何翻译莎士比亚?》(Comment traduire Shakespeare?)，英语学者学会 1964 年（莎士比亚年）图卢兹年会，作为序言收录于《李尔王》（*Roi Lear*），Paris：Mercure de France，1991。

《翻译成诗还是散文》（Traduire en vers ou en prose），作为序言收录于莎士比亚《诗歌》（*Poèmes*），Paris：Mercure de France，1993。

《翻译莎士比亚十四行诗》（Traduire les sonnets de Shakespeare），作为后记收录于《威廉·莎士比亚十四行诗二十四首》（*Vingt-Quatre Sonnets de William Shakespeare*），出版人为蒂埃里·布沙尔（Thierry Bouchard），1995。

《叶芝的诗学》（La poétique de Yeats），作为序言收录于《叶芝诗四十五首（附〈复活节〉）》（*Quarante-Cinq Poèmes de Yeats suivis de La Résurrection*），Paris：Hermann, 1989；再版，Paris：Poésie/Gallimard，1993。

（以上六篇文章亦收录于《莎士比亚与叶芝》[*Shakespeare et Yeats*]，Paris：Mercure de France，1998。）

*

《译诗》（Traduire la poésie），与让-皮埃尔·阿塔尔（Jean-Pierre Attal）的两次对话，刊登于《国际现用语言论坛》（*Tribune international des langues vivantes*），Paris：1989 年 11 月，

第 2 期；1993 年 11 月，第 14 期。

《诗性翻译》（La traduction poétique），与塞尔吉奥·维拉尼 (Sergio Villani) 的对话，刊登于《文学实况》(*LittéRéalité*)，Toronto：1994 年秋冬号，第 2 期，第 6 卷。

《翻译莎士比亚》(Traduire Shakespeare)，与玛丽昂·格拉夫 (Marion Graf) 的对话，收录于《瑞士与欧洲的作家及其译者》（*L'Écrivain et son traducteur en Suisse et en Europe*），Genève：Éditions Zoé，1998。

《翻译〈哈姆雷特〉》（Traduire *Hamlet*），在“威廉·莎士比亚的《哈姆雷特》”（*Hamlet* de William Shakespeare）活动中与迪迪埃·梅勒兹（Didier Méreuze）的对话，维勒班国家人民剧院，1988 年 10 月。

《舞台上的莎士比亚》（Shakespeare sur scène），与编辑的问答，刊登于《今日戏剧》（*Théâtre d'aujourd'hui*），1998 年第二季度，第 6 期。

《场所、时刻、演出》（Le lieu, l'heure, la mise en scène），收录于《南泰尔阿芒迪埃剧院：谢罗的年代，1982—1990》

（*Nanterre Amandiers. Les années Chéreau,1982-1990*），Paris：1990。

《翻译莱奥帕尔迪》（Traduire Leopardi），刊登于《罗曼语及比较研究》（*Recherches romanes et comparées*），Paris：1999 年 3 月，第 4 期，附译诗五首。

（以上七篇文章，连同一篇《前言》［Avant-Propos］，亦收录于《译者共同体》［*La Communauté des traducteurs*］，Strasbourg：Presses universitaires de Strasbourg，2000。）

*

《莎士比亚十四行诗的翻译》（La traduction des sonnets de Shakespeare），收录于《莎士比亚 & 法国》（*Shakespeare & La France*），法国莎士比亚学会 2000 年大会会刊，Paris：2001。

《访谈伊夫 · 博纳富瓦》（Interview with Yves Bonnefoy），收录于伊夫 · 博纳富瓦，《莎士比亚 & 法国诗人》（*Shakespeare & the French poet*），约翰 · 诺顿（John Naughton）编辑、作序，Chicago et Londres: The University of Chicago Press，2004。后以“莎

士比亚与法国诗人”（Shakespeare et le poète français）为题收录于《无法完成：关于诗的对话，1990—2010》（*L'inachevable. Entretiens sur la poésie, 1990-2010*），Paris：Albin Michel，2010。

《翻译里的〈歌集〉》（Le *Canzoniere* en sa traduction），刊登于《会议》（Conférence），2005 年春季号，第 20 期。

《〈乌鸦〉与它的翻译》（Il Corvo e i suoi traduttori），收录于《乌鸦（附伊夫·博纳富瓦的注解和爱德华·马奈的绘画）》（*Il Corvo, con una Nota di Yves Bonnefoy e i Disegni di Édouard Manet*），Novara：Interlinea Edizioni，2006。

《莎士比亚十四行诗与诗的思想》（Les sonnets de Shakespeare et la pensée de la poésie），作为序言收录于莎士比亚《〈维纳斯与阿多尼斯〉、〈卢克莱修受辱记〉、〈凤凰与斑鸠〉及十四行诗》（*Les Sonnets précédés de Vénus et Adonis, Le Viol de Lucrèce, Phénix et colombe*），伊夫·博纳富瓦推介、翻译，Paris：Gallimard，2007。

《作为交换的翻译》（La traduction como intercambio），收录于《诗艺（现代诗版本）》（*Ars Poetica [Versiones de poe-*

sia moderna]），安德烈斯·桑切斯·罗贝纳（Andrés Sànchez Robayna）编，Editorial Pre-Textos，2011 年 9 月。

《翻译：译者的任务》(Traduire. La tâche du traducteur)，刊登于《欧罗巴》（*Europe*），2012 年 8—9 月，第 1000-1001 期。

L'Autre Langue à portée de voix. Essais sur la traduction de la poésie, by Yves Bonnefoy,
ISBN: 9782021081947

版贸核渝字（2016）第 140 号

图书在版编目(CIP)数据

声音中的另一种语言 /（法）伊夫·博纳富瓦著；许翡玎，曹丹红译. — 南宁：广西人民出版社, 2020.3（2020.11重印）
（人文丛书）
ISBN 978-7-219-10930-4

Ⅰ. ①声… Ⅱ. ①伊… ②许…③曹… Ⅲ. ①诗歌—文学翻译—研究 Ⅳ. ①I106.2

中国版本图书馆CIP数据核字（2019）第272781号

拜德雅 · 人文丛书

声音中的另一种语言

SHENGYIN ZHONG DE LINGYIZHONG YUYAN

[法] 伊夫 · 博纳富瓦　著
许翡玎　曹丹红　译

出 版 人　温六零
特约策划　邹　荣　任绪军
执行策划　吴小龙
责任校对　李亚伟
特约编辑　任绪军
责任编辑　唐柳娜
书籍设计　左　旋

出版发行　广西人民出版社
社　　址　广西南宁市桂春路 6 号
邮　　编　530021
印　　刷　广西民族印刷包装集团有限公司
开　　本　787mm × 1092mm　1/32
印　　张　12.75
字　　数　253 千
版　　次　2020 年 3 月　第 1 版
印　　次　2020 年 11 月　第 2 次印刷
书　　号　ISBN 978-7-219-10930-4
定　　价　69.80 元

拜德雅
Paideia
人文丛书

（已出书目）

语言的圣礼：誓言考古学（“神圣人”系列二之三）	［意］吉奥乔·阿甘本　著
宁芙	［意］吉奥乔·阿甘本　著
奇遇	［意］吉奥乔·阿甘本　著
普尔奇内拉或献给孩童的嬉游曲	［意］吉奥乔·阿甘本　著
品味	［意］吉奥乔·阿甘本　著
什么是哲学？	［意］吉奥乔·阿甘本　著
海德格尔：纳粹主义、女人和哲学	［法］阿兰·巴迪欧 &［法］芭芭拉·卡桑　著
苏格拉底的第二次审判	［法］阿兰·巴迪欧　著
追寻消失的真实	［法］阿兰·巴迪欧　著
不可言明的共通体	［法］莫里斯·布朗肖　著
自我解释学的起源：福柯 1980 年在达特茅斯学院的演讲	［法］米歇尔·福柯　著
什么是批判？自我的文化：福柯的两次演讲及问答录	［法］米歇尔·福柯　著
铃与哨：更思辨的实在论	［美］格拉汉姆·哈曼　著
福柯的最后一课：关于新自由主义，理论和政治	［法］乔弗鲁瓦·德·拉加斯纳里　著
非人：漫谈时间	［法］让-弗朗索瓦·利奥塔　著
从康吉莱姆到福柯：规范的力量	［法］皮埃尔·马舍雷　著
艺术与诸众：论艺术的九封信	［意］安东尼奥·奈格里　著
批评的功能	［英］特里·伊格尔顿　著
走出黑暗：写给《索尔之子》	［法］乔治·迪迪-于贝尔曼　著
时间与他者	［法］伊曼努尔·列维纳斯　著
声音中的另一种语言	［法］伊夫·博纳富瓦　著